L'épouse modèle

Emma Chapman

L'épouse modèle

Traduit de l'anglais
par Amélie de Maupeou

FEUX CROISÉS
PLON

Titre original
How To Be a Good Wife

Collection Feux Croisés

Publié pour la première fois en 2013 par Picador, une filiale de Pan Macmillan, division de Macmillan Publishers Limited, Londres

ISBN édition originale : 978-1-4472-1618-6

Édition française publiée par :
© Éditions Plon, un département d'Édi8, 2014
12, avenue d'Italie
75013 Paris
Tél. : 01 44 16 09 00
Fax : 01 44 16 09 01
www.plon.fr

ISBN Plon : 978-2-259-22158-0

Pour Kate et Keith Chapman
Qui m'ont appris tout ce que je sais

« Au galop, l'histoire ! »

« En dessous se cache toujours le passé accumulé, qui disparaît sans disparaître, qui périt et perdure. »

Marilynne Robinson,
Housekeeping.

1

Aujourd'hui, curieusement, je suis fumeuse.

Je ne savais pas que je l'étais. Du plus loin qu'il m'en souvienne, je n'ai jamais fumé auparavant.

Cela me semble peu naturel, assez étrange pour une femme de mon âge – épouse et mère d'un enfant déjà adulte – de se retrouver assise quelque part au beau milieu de la journée, une cigarette coincée entre les doigts. Hector déteste qu'on fume. Il lâche toujours un toussotement sec quand nous marchons derrière quelqu'un qui tient une cigarette, dans la rue, et j'imagine alors le raclement de ses cordes vocales humides et roses comme de la chair de poulet.

Je frotte la petite face blanche et ronde de ma montre. Midi quinze. D'ordinaire, à cette heure-ci, je m'affaire dans la cuisine. Il faut que je prépare le dîner pour le soir, le livre de recettes est là, ouvert, sur le pupitre qu'Hector m'a offert à l'occasion de l'un de nos premiers anniversaires de mariage. Il faut que je fasse du pain : mélanger les ingrédients dans un grand bol, pétrir la pâte sur le bois froid du plan de travail, la regarder lever dans le four. Hector aime avoir son pain frais, le matin. *Fais de ton foyer un lieu de paix et d'ordre.*

La fumée a un goût terreux qui me rappelle celui de l'air, sous le sol. Elle se déplace aisément entre ma bouche et mon cendrier de fortune : un ancien sucrier, cadeau de la mère d'Hector. La crainte de me faire surprendre est comme une ombre familière; je l'inspire avec la fumée de la cigarette.

J'ai trouvé le paquet dans mon sac à main ce matin, niché sous mon porte-monnaie. C'était troublant – comme si ce n'était pas mon sac, en fin de compte. Il manquait quelques cigarettes. Je me demande si c'est moi qui les ai fumées. Je m'imagine, debout devant l'épicerie du village, en train de m'en allumer une. Cela me semble ridicule. C'est un peu alarmant de ne pas avoir de certitudes. Je sais ce qu'Hector dirait : que j'ai trop de temps pour moi, qu'il faut que je m'occupe, qu'il faut que je prenne mes médicaments. Devant ses copains du pub, devant sa mère, il évoque le syndrome du nid vide. Il a toujours dit que j'avais une imagination fertile.

Dehors, je distingue un cercle de lumière aux contours précis. Les caleçons, les chemises et les pantalons d'Hector se balancent silencieusement dans la brise. Je tiens ma cigarette bien droite, son bout incandescent pointant vers le plafond, et je suis frappée par la bordure écarlate de mes ongles. Une ombre se déplace sur la table. Je vois une main s'avancer : ses doigts s'écartent pour saisir une cigarette. Elle est petite, ses ongles sont rongés, et une bague argentée brille à son index. Sans réfléchir, je lui tends la mienne, mais quand je lève les yeux, la main a disparu. Sur mes bras, les poils se dressent. Je me retourne d'un coup, le cœur battant : la pièce est déserte.

Tremblante, j'écrase ma cigarette contre la porcelaine délicate et je traverse la cuisine. J'enveloppe le mégot d'une serviette en papier et je l'entoure d'un élastique pour enfermer son odeur nauséabonde de fumée froide; rien à faire, elle persiste. Je plonge le sucrier dans l'eau bouillante de l'évier et je cache le paquet de cigarettes dans la théière. Je dépose mon petit baluchon de papier sur le rebord de la fenêtre, juste à côté de la porte d'entrée. L'air est froid et vivifiant, c'est comme si je plongeais mon visage et mon buste dans l'eau glacée. Je m'en débarrasserai plus tard, sur le chemin du marché.

Je vérifie de nouveau l'heure sur ma montre. Midi vingt-cinq. Je la règle tous les soirs en fonction de celle des infos, à la télévision : il est important que je connaisse l'heure exacte.

Debout dans l'embrasure de la porte d'entrée, sur le porche surélevé, je contemple notre tronçon de route sale. Derrière celle-ci, les champs verts se succèdent jusqu'aux confins de la vallée qui remonte en pente douce. Le ciel bleu, limpide, s'étend à perte de vue au-dessus des montagnes sombres, et je ressens comme un étourdissement quand je plonge mon regard dans son immensité.

L'arbre qui marque le bout de notre allée perd ses feuilles roussies : elles s'amoncellent délicatement autour de son pied. J'ai envie de les sentir craquer sous mes semelles, de courir à travers la vallée et la forêt sombre, jusqu'à ce que mes poumons se mettent à brûler. Le vent glacial cinglerait mon visage et décoifferait mes cheveux. Mes pieds feraient tourbillonner la poussière. Je ne m'éloignerais pas du chemin.

Agrippée au chambranle en bois, je ne sors pas. À une heure pile, il faudra que je me mette en route pour le supermarché. *Ton mari fait partie du monde extérieur. Le foyer est ton domaine, il est sous ta responsabilité*.

Un nouveau coup d'œil à ma montre. Midi trente.

Derrière la porte d'entrée fermée, la maison est silencieuse. On n'entend pas de micro-ondes sonner, aucune portière de voiture ne claque dans l'allée. Même le lave-linge est silencieux : je n'ai pas réussi à rassembler suffisamment de linge pour faire une machine, aujourd'hui. Le seul son qui me parvienne est celui de ma propre respiration. Inspire, expire; inspire, expire. Il n'y a plus personne à la maison désormais, hormis moi et parfois Hector.

La faible lumière de midi se déverse sur la moquette beige. Kylan me sourit depuis les nombreux cadres qui ornent les murs. Voilà son premier jour d'école. Il se tient debout près de la voiture d'Hector, fier, les chaussettes bien remontées, son blazer neuf replié sur le bras. Ici il porte des lunettes de ski, on distingue son visage rose et ses lèvres bien ourlées autour de ses dents légèrement de travers. Nous avons quantité de clichés de lui bébé, les cheveux anormalement dressés sur la tête, ce même sourire élastique qu'il a encore. Certaines choses me manquent : la raideur de son corps en pleurs, ses hurlements aigus et puis le fait qu'il recouvrait son calme dès qu'il était calé dans mes bras. Il a oublié tout cela aujourd'hui, c'est néanmoins ce qu'il a ressenti un jour.

Il n'y a qu'un seul cliché d'Hector et moi ensemble : notre photo de mariage. Nous nous tenons debout sous le porche de l'église, Hector regarde droit dans l'objectif et, moi, je le contemple en souriant. Il ressemble en tout point à l'image qu'on se fait d'un bon mari : fort, protecteur et satisfait. Si j'étudie le cliché de plus près, j'arrive à distinguer quelques cheveux gris sur sa tête, quelques rides autour de ses yeux. Mon visage blanc est ébloui par la luminosité du cimetière : j'avais vingt et un ans tout juste, une enfant au corps incroyablement mince dans l'étroite robe de mariée. J'ai l'air heureuse, mais je ne me souviens pas si je l'étais véritablement. C'était il y a si longtemps qu'un brouillard opaque s'est formé et, j'ai beau fouiller, seuls quelques rares détails subsistent. Les détails de ma vie domestique ont rempli le vide, remplaçant les vieux souvenirs. Il m'en reste quelques-uns : la main rêche d'Hector qui se referme sur le haut de mon bras pendant que nous fendons la pénombre de l'église pour rejoindre le carré de lumière. Et puis cette sensation d'exposition : les yeux du photographe posés sur mon visage, les parents d'Hector reculant pour mieux observer.

C'est la mère d'Hector qui a tout organisé : elle aimait que les choses soient bien faites. J'ai bien senti qu'elle me trouvait trop jeune pour comprendre. Le jour de mon mariage, elle m'a offert un livre : *L'Épouse modèle*, en me précisant qu'il m'apprendrait tout ce que j'avais besoin de savoir. Je l'ai gardé quelque part, vieux et écorné. J'ai appris chaque page par cœur.

Les ficelles de mon tablier se prennent dans la poignée de la porte et je m'arrête pour me libérer. Au passage, je remarque un peu de saleté au bas d'une vitre. Quand il était petit, Kylan laissait toujours des traces de doigts à cet endroit, comme autant de fantômes. Cette fois, on dirait plutôt que quelqu'un a étalé ses mains sales sur toute la largeur de la partie inférieure. J'attrape le détergent rangé sous l'évier, surprise de n'avoir pas remarqué plus tôt un détail aussi évident, et je frotte jusqu'à ce que le verre soit impeccable. *Fais preuve de persévérance quand tu polis le verre, les miroirs et l'argenterie. La saleté est tenace : elle ne veut pas partir.*

Tandis que je nettoie la vitre, une image se forme dans mon esprit comme une photographie en train de se développer. Je vois Hector, très agité, me dominant de toute sa hauteur pour me dire que j'ai oublié un coin de saleté, qu'il faut que je me dépêche, que tout doit être parfait pour l'arrivée de sa mère. Avant notre mariage, elle avait coutume de venir ici le dimanche. Elle nettoyait la maison et préparait les dîners d'Hector pour la semaine à venir, de manière qu'il n'ait plus qu'à choisir parmi les Tupperware soigneusement empilés dans le frigo. Avant notre première rencontre, Hector a exigé que nous rangions la maison de la cave au grenier, et bien que cela me semblât superflu puisqu'elle prévoyait de toute façon de repasser derrière nous, j'avais obtempéré. Tout devait être parfait, avait-il répété, elle remarquait tout. Ce n'est que plus tard, en entendant les claquements de langue discrets de sa mère jugeant mon travail sous l'œil attentif d'Hector debout non loin de nous, poings serrés, que j'ai compris. Hector m'avait entraînée dans un duel qu'ils menaient depuis toute une vie.

Quand la sonnette avait retenti, il m'avait aidée à enlever mon tablier et mes gants en caoutchouc et nous nous étions avancés ensemble dans l'entrée. Je le revois m'intimer de sourire comme si c'était hier, ou plutôt comme si tout recommençait maintenant, depuis le début. La manière dont elle m'avait étudiée de la tête aux pieds, serrant ma main avec un sourire pincé. Elle m'avait demandé d'où je venais, quelle école j'avais fréquentée. Est-ce que je désirais avoir des enfants ? Hector avait répondu pour moi et je m'étais contentée de hocher la tête.

J'entends encore leurs voix à travers la porte de la cuisine. Je me tenais de l'autre côté, invisible.

« Elle est très jeune, Hector.

— Elle fait plus jeune que son âge.

— Où l'as-tu rencontrée ?

— Nous nous sommes rencontrés pendant ces vacances, sur l'île.

— Est-ce qu'elle habite la région ?

— Pour l'instant, elle loge ici. »

Elle avait pris une brusque inspiration. « Elle loge ici ? Pendant combien de temps va-t-elle rester ? »

Hector avait soupiré. « Je ne sais pas, Mère. Ses parents sont décédés il y a peu de temps et elle ne veut pas être toute seule.

— Bon, très bien. Si tu es si sûr de toi. Cela me semble juste un peu rapide, vois-tu. Cependant, il est vrai que tu ne rajeunis pas. » Elle s'était interrompue un instant, puis : « Elle est vraiment très maigre. Elle est malade, peut-être ?

— Elle a traversé une période difficile, avec ses parents. C'est une bonne fille. » Il y avait eu un silence. « Je vais l'épouser. »

Je me revois là, la tête collée au bois de la porte fermée de la cuisine. Mon cœur bat la chamade. Ces mots semblent avoir resurgi d'un repli caché de ma mémoire, oubliés de longue date, et pourtant je les ai entendus aussi clairement que s'ils avaient été prononcés à l'instant. Je n'arrive pas à me défaire de cette impression tenace que quelque chose n'est pas tout à fait normal.

Je me dirige vers la grande vitrine de l'entrée, celle où je garde mes poupées de porcelaine. Hector m'en achète une neuve chaque année depuis que nous sommes mariés. Vingt-cinq poupées, pour vingt-cinq années. Afin de les protéger de la poussière, je me contente de les regarder à travers les panneaux de verre et j'ouvre la porte le plus rarement possible. Je ne voudrais pas qu'elles s'abîment. Il y a là des brunes, des blondinettes et des rousses arborant toutes un visage parfait, chacun à sa manière. Ma préférée est une poupée blonde assise à la place d'honneur, dans la rangée du milieu. Ses boucles parfaites et ses yeux d'un gris pâle accrochent la lumière. Je la cherche du regard et pendant un moment je reste interdite par ce que je vois. Elle est tournée dans le mauvais sens. Ma gorge se serre. Hector sait qu'il ne doit pas toucher à mes poupées. Je me demande s'il pense que c'est une bonne plaisanterie.

J'ouvre la vitrine et j'enfile l'un de mes gants blancs. J'en extrais la poupée et je la secoue un peu de haut en bas pour voir ses yeux se fermer et s'ouvrir. Du bout de mon doigt, je suis le contour de ses lèvres, toujours entrouvertes, toujours souriantes.

J'entends un bruit de l'autre côté de la porte d'entrée, et la surprise me fait lâcher la poupée. Tout en regardant par-dessus mon épaule, je me penche pour la ramasser, le cœur battant. Elle a atterri sur la tête, mais je ne vois pas de dommage apparent. Le bruit retentit de nouveau, et ma tête se met à tourner, comme si c'était moi qui étais tombée. Je la glisse de nouveau dans l'armoire et je me dépêche d'aller me réfugier dans la cuisine en prenant soin de refermer derrière moi. J'attrape un couteau dans l'égouttoir et j'attends.

La porte d'entrée s'ouvre en grinçant et se referme aussitôt. Un bruit de pas traverse lentement le couloir. J'expire enfin.

J'ouvre les yeux. C'est Hector. Il se tient de l'autre côté de la porte vitrée et me regarde.

Nous nous observons l'un l'autre à travers le verre épais : nous ne sourions pas. À ses pieds, je vois ses richelieus marron, lacets noués. Un peu au-dessus, les jambes de son pantalon de velours côtelé sont pressées l'une contre l'autre, raides, et ses mains sont enfoncées dans ses poches. En haut : ses yeux bleus, limpides. La ligne constante de ses lèvres qui retombe légèrement aux commissures ; ses cheveux gris, coiffés à la va-vite. Des plis profonds barrent la peau de ses joues.

Ce qu'il voit, lui : des pantoufles, le bas de mon pantalon de tous les jours. Le tablier rouge, impeccable, un pull de cachemire rose pâle, le couteau qui étincelle dans ma main. Mon visage dépourvu de maquillage, sans aucun doute sévère dans la lumière de cette journée. Mes cheveux tirés, ramassés sur ma nuque en un chignon serré, sans intérêt, d'un blond foncé mêlé de quelques mèches grises. *N'oublie pas de rafraîchir ton maquillage et de mettre un ruban dans tes cheveux avant son retour à la maison.*

Je risque un sourire : les lignes autour de sa bouche se déplacent quand il me sourit lui aussi. Je me sens mieux maintenant qu'il est là, un peu bête, aussi, de m'être imaginé que quelqu'un pourrait vouloir entrer chez moi par effraction.

Je me retourne et je laisse le couteau s'enfoncer sous la surface de l'eau, dans l'évier. Hector ouvre la porte.

« Salut », lance-t-il.

Je jette un coup d'œil à l'horloge de la cuisine. Midi trente-cinq.

« Tu rentres tôt », dis-je.

Hector hoche la tête. « Il n'y avait pas cours cet après-midi. »

Je me sens obligée de détourner le regard, alors je fixe le fond de l'eau et je commence à nettoyer le couteau. Le savon glisse le long du métal étincelant quand je le dépose dans l'égouttoir.

Hector reste planté là, à me regarder.

« Comment s'est passée ta journée ? dis-je.

— Ça sent la fumée, ici, me répond-il.

— J'ai laissé brûler un toast. » Je garde les mains enfouies sous la surface de l'eau. « Est-ce que tu as touché à mes poupées ?

— Qu'est-ce que tu veux dire ? » Sa voix est lente, prudente.

« Mes poupées. Quelqu'un les a déplacées. »

Il s'approche de moi ; je demeure immobile. Il lève la main, et je sens la chaleur de sa paume posée sur mon front, sa peau sèche, parcheminée.

« Est-ce que tu te sens bien ?

— Ça va, dis-je en rouvrant les yeux.

— Tu ne te sens pas malade ?

— Non.

— Est-ce que tu as pris tes médicaments ? »

Je secoue la tête.

Hector fouille dans le placard, au-dessus de l'évier. J'entends le cliquetis des pilules dans le flacon.

« Ouvre la bouche », intime-t-il.

Je relâche la mâchoire. La pastille rose passe devant mes yeux et, quand je la sens sur ma langue, je déglutis. Il esquisse un geste et j'ouvre de nouveau la bouche. Il vérifie. « Bonne fille, approuve-t-il en posant une main sur ma nuque. Je vais prendre une douche. » Il se retourne pour sortir de la pièce.

J'attrape le couteau dans l'égouttoir et je recommence à le laver.

Sans lever les yeux, je l'écoute monter l'escalier. Une fois certaine qu'il est bien arrivé à l'étage, je me laisse aller. Mes jambes se replient et je glisse le long des placards de la cuisine. Je porte une main à ma bouche et je recrache la petite pilule que je fait tomber dans un espace, entre la plinthe et le sol. La dernière que je me souviens d'avoir avalée remonte à tellement longtemps, maintenant.

Je n'en ai pas parlé à Hector. Je n'ai pas envie d'en discuter, qu'il me rappelle comment je suis quand je ne les prends pas. Rien que d'y penser me donne mal à la tête, et je lève les mains à mes tempes pour les masser, chasser la douleur.

La dernière fois que j'ai cessé d'avaler mes médicaments, Kylan devait avoir onze ou douze ans. Il commençait tout juste à prendre le bus qui passait au bout de notre allée accompagné de Vara, sa petite camarade de la ferme d'à côté. J'avais pris conscience qu'il passait désormais davantage de temps dehors, au lycée et à toutes ses activités extrascolaires, et que j'avais moins de travail à la maison. Quand il était petit, j'étais tellement occupée que j'avais à peine le temps de réfléchir : il était toujours là, à vouloir que je lui tienne compagnie. Et voilà qu'il ne me restait plus que les machines à laver, le repassage, le ménage et la préparation du dîner. J'avais déjà tué le temps à confectionner des piles entières de repas à réchauffer, qui attendaient dans le congélateur. J'avais commencé à observer les ombres de poussière qui se formaient sur les objets.

Mais ce n'était pas seulement qu'il y eût moins de travail et que la maison fût si silencieuse, tout d'un coup. Je sentais qu'il m'échappait. Le soir, j'allais l'accueillir à la sortie du bus et je lui posais des questions tandis que nous regagnions la maison, mais il manifestait de moins en moins de désir de parler. Il gardait souvent les choses pour lui, dorénavant, et j'étais nostalgique de la silhouette de son corps d'enfant qui s'agrippait à moi. Un jour, il m'avait annoncé qu'il n'avait plus besoin que je vienne le chercher à la sortie du bus. J'avais objecté que cela me faisait plaisir, mais il avait insisté : il était capable de remonter l'allée tout seul. Hector m'avait fait remarquer que c'était bien normal, qu'il grandissait. C'était facile à dire, pour lui. À la même époque, Kylan s'était mis à lui parler davantage.

J'avais cessé de prendre mes pilules dans l'espoir qu'il se passerait quelque chose. Je crois que ce que je voulais, c'était qu'il reprenne conscience de ma présence. J'ai été jusqu'à ressentir une sorte de soulagement en sentant une fatigue m'envahir dès lors que je ne les prenais plus : cette obscurité lourde dont je me souviens vaguement et qui recommence à m'envahir maintenant. Il m'arrivait par exemple d'être en train de faire quelque chose dans la cuisine et, avant même de m'en rendre compte, j'étais sur les marches du porche, fixant l'horizon d'un air hébété. Kylan me trouvait là en rentrant de l'école. Le dîner n'était pas prêt, son lit n'était pas fait. Parfois je me mettais à pleurer sans en comprendre la raison et même le corps chaud de Kylan contre le mien, ses cheveux contre mon nez ne parvenaient pas à me calmer. Je me souviens que je m'agrippais à lui et que je murmurais à son oreille en attendant que la crise passe.

Kylan avait fini par en parler à Hector qui m'a fait avouer que j'avais cessé de prendre mes pilules. Il m'avait semoncée, disant que ce n'était pas bon pour Kylan de devoir tout faire lui-même. *Les enfants ont besoin d'ordre et de routine : ils doivent évoluer dans un environnement stable*. C'est à cette époque-là qu'il a commencé à vérifier que j'avalais bien mes cachets.

« Certaines personnes ont besoin d'un peu d'aide, c'est comme ça, Marta. Il n'y a rien de honteux à cela. »

Maintenant, Kylan est de nouveau absent, et cette maison silencieuse me donne envie de hurler. Il ne reviendra pas, cette fois, et je n'ai plus aucune raison de la maintenir en ordre. Il y a encore moins de travaux ménagers à faire, ces derniers temps. M'abstenir de toute médication est une sorte d'expérience. Je la laisse perdurer parce que, dans les pires moments que je traverse, j'ai envie qu'il se passe quelque chose de grave. Peut-être qu'alors Kylan reviendrait et qu'il m'aiderait à prendre soin de moi.

Et puis j'aime cette sensation chaude et forte que cela me procure de duper Hector. C'est mieux que de ne rien ressentir du tout.

Croyant l'entendre sur le palier, je me force à me lever et à sortir les ingrédients pour confectionner du pain. Debout dans la cuisine, je regarde les paquets de farine, de levure et de beurre bien alignés et je guette le vrombissement du ventilateur de la salle de bains, le bruit de la douche. J'ai envie d'avoir l'air occupée, mais la pression que je ressens à savoir Hector au-dessus de moi me fatigue et, au bout d'un moment, je range les ingrédients en veillant à les remettre à leur emplacement exact.

Je vérifie l'heure sur ma montre : une heure moins cinq. Dans l'entrée, la canne en acajou d'Hector repose contre le mur. Un nouvel attribut qui date de son opération du genou, comme un petit rappel du fait qu'il vieillit. Le docteur a dit que ce n'était que temporaire, mais j'ai l'impression que cela plaît à Hector, qu'il trouve que sa canne lui donne l'air distingué.

Je ramasse le tas de lettres qui repose sur le paillasson et j'en époussette le dessus. Il y a une légère trace marron sur l'une d'elles, mais je l'ignore.

Les noms inscrits sur les enveloppes ne me semblent pas familiers.

Mme Marta Bjornstad. M. et Mme Hector Bjornstad. M et Mme H. C. Bjornstad.

Avant de quitter la maison, je dépose toutes les enveloppes, y compris celles qui ne sont adressées qu'à moi, sur une pile destinée à Hector, dans l'entrée. *Laisse ton mari s'occuper de la correspondance et des finances de votre foyer. Donne-toi pour tâche d'être jolie et joyeuse.*

Quand ma montre indique treize heures, j'enfile mon manteau écossais rouge et mon écharpe bleu marine et je quitte la maison.

2

Je roule jusqu'au centre-ville. La verdure défile de l'autre côté de la fenêtre : nous avons eu un automne verdoyant, avec beaucoup de pluie. Verdoyant. Je me demande où je suis allée chercher ce mot.

Le soleil est à son zénith : nous sommes au beau milieu de la journée. La route longe notre côté de la vallée, et depuis notre modeste altitude, j'ai une vue plongeante sur des kilomètres à la ronde. Le ciel s'étend au-dessus de la courbe de la Terre ponctuée de carrés presque noirs à l'emplacement des forêts touffues. Je vois les traces formées par les routes, des lignes blanches entrecroisées dans l'éclat du soleil, contournant les maisons et coupant à travers champs. Les montagnes lointaines s'élèvent, plus hautes et plus sombres, et nous encerclent : des masses ombrageuses, bleues et vertes, surmontées de neige blanche.

Je distingue le début du fjord qui se niche au fond de la vallée. Chaque fois que je l'aperçois au loin, au détour du virage, je me rappelle cette balade où Hector m'avait emmenée, juste après notre mariage. Nous étions à vélo et cela me semble étrange car je ne me rappelle pas d'où venait le mien, ni quand il était apparu dans la maison. Je n'avais pas de casque, si bien qu'Hector avait dû me prêter le sien : les cheveux argentés autour de ses tempes se dressaient dans la lueur du soleil. Il me semblait si âgé, déjà à cette époque ! Il n'avait pourtant que quarante et un ans quand nous nous sommes mariés, il était donc plus jeune que je ne le suis aujourd'hui.

En parcourant cette même route que nous avions empruntée à vélo, je me dis exactement ce qu'il m'a répété au sujet de cette journée. Que nous étions tellement heureux. J'avais senti sa présence, juste derrière moi, pendant tout le chemin : j'écoutais le cliquetis de la chaîne de son vélo s'emballer quand il s'approchait, puis se relâcher un peu. Nous avions le soleil dans le dos, et l'ombre étirée d'Hector se superposait à la mienne pendant que nous pédalions. Je regardais nos ombres entremêlées sur le macadam. C'est l'ombre de mon mari, me disais-je, je suis sa femme. Je me souviens de m'être fait la remarque que la présence d'Hector à mes côtés me donnait l'impression d'être en sécurité.

Je poursuis ma route à travers la vallée. Des maisons de bois parsèment le bord de route et d'autres sont dispersées par-ci, par-là, à travers la campagne. Elles me font penser aux vieilles maisons miniatures, parmi les jouets de Kylan : rouges, bleues et jaunes, des couleurs vives pour lutter contre l'obscurité perpétuelle qui règne en hiver. Plus haut, des bâtisses identiques s'accrochent tant bien que mal aux pentes abruptes des montagnes. J'imagine l'eau noire du fjord monter et les emporter toutes sur son passage, propulsant des éclats de bois dans les précipices rocheux, jusqu'à la mer.

Le ciel ne va pas tarder à reprendre cette teinte lugubre. L'hiver se profile, trop faible encore pour se faire remarquer, mais bientôt le monde sera plongé dans le noir, et nous serons contraints de nous déplacer les yeux mi-clos.

Je roule lentement le long de l'eau, j'approche du village. Ce miroir aquatique double la surface du ciel. Quelque chose brille dans un coin de mon champ de vision et, quand je tourne la tête, j'aperçois une enfant qui s'éloigne en courant sur le chemin qui mène au fjord. Le soleil se prend dans les cheveux blonds de la petite fille. Elle avance vite, agitant à toute allure ses bras et ses jambes. Je la regarde plus attentivement pour comprendre si elle joue à un jeu, si quelqu'un la poursuit, mais elle est toute seule au bord du lac. Bien qu'elle soit à une cinquantaine de mètres de moi, j'entends d'ici le bruit de sa respiration, je sens comme elle inspire puis expire de plus en plus fort, jusqu'à ce que son souffle emplisse l'habitacle de la voiture.

Un vacarme soudain, à l'extérieur du véhicule, me fait bondir. Je me suis immobilisée au beau milieu de la chaussée. Derrière moi, un conducteur de tracteur me dévisage en klaxonnant pour m'inciter à continuer ma route. Je redémarre non sans jeter un dernier coup d'œil à la fillette, mais elle a disparu.

Je me gare non loin de l'église de bois blanc qui s'élève gentiment au bord de l'eau, entourée du cimetière hérissé de pierres tombales. Assise dans la voiture, je regarde les stèles qui se dressent à l'ombre des arbres, par petits groupes. L'agacement de savoir Hector à la maison quand il n'est pas censé s'y trouver m'a poursuivie tout au long de la vallée baignée de lumière. Il envahit les parois blanches de l'habitacle et rétrécit l'espace jusqu'à ce que je me sente à étroit. Je sais qu'il serait déplacé de l'interroger : Hector a sûrement une bonne raison d'être là. *Ne remets jamais son autorité en question, car il fait toujours au mieux pour la famille, et tes intérêts lui tiennent à cœur*.

En sortant de la voiture, je regarde par-dessus mon épaule pour vérifier qu'elle est encore là. La flèche de l'église se dresse, noire et claire, dans le ciel, suffisamment pointue pour créer comme une rupture.

Je dépasse l'ancien hôtel de ville en caillebotis de bois que l'on repeint soigneusement tous les ans. Sa façade est ornée d'une horloge : les chiffres romains dorés brillent au soleil. Une heure vingt-cinq. Les grandes portes jaunes sont béantes, et le vestibule sombre apparaît, la lumière poussiéreuse cédant progressivement la place à l'obscurité.

Le bureau de poste bleu qui lui fait face, de l'autre côté de la rue, est une construction plus modeste, moins imposante. Il ressemble presque à une maison individuelle, avec sa véranda de bois et ses bancs blancs où les personnes âgées s'installent quand vient l'été. J'essaie de nous imaginer assis là, main dans la main, Hector et moi, mais je n'y arrive pas.

L'ancienne école de Kylan se situe au-delà de l'artère principale, devançant un vieux gymnase semblable à une grange. Derrière ceux-ci se trouvent les deux hôtels : le plus vieux qui est aussi le plus grand, les pieds dans l'eau, et le moins impressionnant, plus semblable à un motel, qui fait également office de pub du village. Je ne dépasse jamais ces deux hôtels : je ne m'y suis jamais risquée depuis que j'habite dans le coin. Ce sont là mes limites : les deux hôtels de ce côté du fjord et le cabinet de mon médecin, de l'autre.

Je parcours la route étroite jusqu'au marché, entrapercevant l'éclat de l'eau entre les bâtisses éparses.

La plupart des stands sont recouverts de bâches bleues pour se protéger de la pluie, plongeant les gens dans une étrange clarté. Certains me sourient, mais malgré toutes ces années, je reste une étrangère, à l'inverse d'Hector qui a toujours vécu ici.

Un groupe de femmes s'est formé non loin du stand des légumes. Elles papotent avec un homme, un fermier et l'un des élus de la ville. Il porte l'uniforme des hommes de la vallée : une vieille parka, des Wellington et un pantalon de travail marron. Son visage dur et ridé change d'expression, il sourit et lève une main. Ses interlocutrices chuchotent en faisant mine de ne pas me voir. Elles arborent des manteaux pratiques aux couleurs vives et des chaussures de randonnée, leurs cheveux dépassent de leurs bonnets de laine. Ce sont des femmes robustes, capables de donner un coup de main à la ferme et d'élever des familles vigoureuses. À l'époque, elles ont vu arriver cette fille mince, cette citadine portant des vêtements neufs, et c'est encore ainsi qu'elles me voient aujourd'hui. Pourtant, j'ai passé la plus grande partie de ma vie ici, désormais.

J'arrive au pub, où la plupart des habitants du village se réunissent le soir : ils échangent les derniers potins de la ferme, des nouvelles de leurs enfants devenus adultes, partis vivre ailleurs. Hector était un habitué des lieux, avant mon arrivée, et je me souviens que nous y sommes allés ensemble, un soir. Debout près de ces portes, aujourd'hui, je me sens étrangement nerveuse, comme si je revivais ce moment-là. Je répète ce qu'Hector m'a toujours dit : à quel point cette soirée avait été merveilleuse, à quel point j'avais été heureuse d'être enfin à deux, un vrai couple ! Mais l'inquiétude familière me revient, comme pour attirer mon attention sur certaines choses : je me revois soudain tirer sur la manche du nouveau pull qu'Hector m'avait acheté, et puis cette nouvelle coupe de cheveux qui ne me ressemblait pas. Ces gens me mettaient mal à l'aise, je ne savais pas quelle attitude adopter pour faire bonne impression. Je sentais sa préoccupation, sa crainte que je ne sois pas encore prête, que je ne sois pas suffisamment rétablie.

Le pub était chaud et sentait le poisson frit. Hector était entré avant moi, chaleureusement accueilli par un groupe. Aussitôt, il avait redressé ses épaules avachies. Il y avait du monde partout, on se bousculait jusqu'au long des murs, des groupes s'agglutinaient autour du bar. Ils se sont retournés pour nous regarder, quand nous sommes entrés, puis j'ai vu qu'ils se mettaient à parler. Mes mains n'arrêtaient pas de trembler et je les avais glissées au fond de mes poches, baissant les yeux sur mes jambes osseuses, sur ces vêtements trop amples. Chaque fois que je tournais la tête, mon regard se heurtait aux contours sombres de ma nouvelle coiffure.

Un homme mûr, sans doute du même âge qu'Hector, s'était avancé vers nous et avait passé un bras autour de la taille d'Hector.

« Alors la voilà, ta nouvelle conquête ? avait-il constaté en m'adressant un sourire que j'avais essayé de lui rendre.

— Je te présente Marta », avait dit Hector.

J'avais tendu la main.

« Elle a des manières, cette jeunette », avait remarqué le type.

Hector avait souri. « Ah, elle est bien dressée ! », et ils avaient ricané de concert.

« Je suppose qu'Hector vous a parlé de moi, avait repris le type. Je suis le médecin du village. D'où venez-vous, Marta ? »

J'avais consulté Hector du regard avant de répondre. « Je viens de la ville.

— Une fille de la ville ? s'était exclamé le type en levant les sourcils. Vous devez nous trouver bien attardés, dans le coin. »

Je m'étais contentée de sourire en secouant la tête, mais l'homme attendait une réponse.

« Elle ne parle pas beaucoup, avait-il relevé. Enfin, c'est comme ça qu'on les aime, hein ! » Il s'était penché vers moi et je me souviens de m'être interdit de reculer en sentant son haleine lourde de bière. « Si seulement ma femme vous ressemblait un peu plus ! »

Une femme était apparue, derrière lui. Des hanches généreuses, voilà ce que j'avais pensé en la voyant. J'apercevais ses veines rouges, coléreuses sous la peau transparente de ses joues. Ses yeux brillaient et ses cheveux étaient d'un brun lumineux, parsemés de quelques fils gris. Elle m'avait détaillée de la tête aux pieds puis elle s'était penchée pour déposer un baiser sur la joue du type.

« Quand on parle du loup, avait dit ce dernier en me regardant d'un air rieur.

— Qu'est-ce qu'il racontait ? », avait demandé la femme en posant une main sur sa hanche. Ses ongles étaient courts et soignés, et elle semblait avoir toujours porté son alliance.

« Je racontais seulement à quel point tu étais merveilleuse, ma chérie, avait rétorqué le type. Tellement merveilleuse, d'ailleurs, que ça me donne envie de t'offrir quelque chose à boire. »

La femme avait brandi un verre sous son nez en faisant tinter les glaçons.

« J'ai déjà un verre, *mon chéri* », avait-elle répliqué.

Il lui avait adressé un clin d'œil. « Tu ne vas pas reculer devant un deuxième verre, si ? » Il s'était tourné vers Hector. « Elle est beaucoup plus sympa avec moi quand elle a quelques verres dans le nez. Tu veux boire quelque chose ? »

Hector avait commandé une bière. « Et pour vous ? m'avait interrogée le type.

— Un verre d'eau, s'il vous plaît. »

Il s'était éloigné pour se diriger vers le bar.

La femme s'était alors adressée à nous :

« Ça fait un moment qu'on ne t'a pas vu, Hector. Est-ce que tu as enfin terminé tes travaux de rénovation ?

— Oui, c'est enfin fini, a répondu Hector. Merci encore, d'ailleurs. Vous m'avez beaucoup aidé.

— C'est bien normal », avait-elle reparti en posant sa main sur le bras d'Hector.

Un silence s'était installé au milieu du vacarme incessant du pub.

« En tout cas, Hector n'avait jamais ramené de fille au pub avant vous, avait-elle ajouté. On avait commencé à perdre espoir. Ce doit être l'amour. »

Hector avait rougi, et mes joues s'étaient mises à chauffer, elles aussi.

« Tant mieux pour vous, s'était réjouie la femme en riant avant de passer un bras autour de moi, chaud et lourd. C'était pas trop tôt ! »

L'autre homme avait interpellé Hector de l'autre côté de la salle : il avait besoin de renfort pour rapporter les verres depuis le bar. Une fois Hector parti le rejoindre, la femme s'était retournée vers moi.

« Comment vous êtes-vous rencontrés, tous les deux ? »

J'avais fixé l'oreille rouge et osseuse de la femme, à quelques centimètres de ma bouche. Le regard d'Hector pesait sur moi depuis l'endroit où il se tenait avec l'autre homme. Son visage était sérieux. Je ne voulais pas dire de bêtise et encore moins faire une scène, je ne voulais surtout pas le mettre dans l'embarras alors qu'il avait été si bon avec moi. J'avais essayé de me souvenir du moment où j'avais rencontré Hector, mais c'était comme si un rideau épais m'empêchait de voir clairement. Je me rappelais seulement ce qu'il m'avait raconté.

« Nous nous sommes rencontrés pendant des vacances au bord de la mer, avais-je répondu. J'étais en train de nager et Hector m'a empêchée de couler. »

En prononçant ces mots, j'avais vu l'eau s'étendre à perte de vue, lourde, et j'avais senti son poids autour de mon nez, mes yeux et ma gorge.

La femme avait écarquillé yeux. « Oh, qu'est-ce que c'est romantique ! s'était-elle écriée. À côté de ça, notre histoire à nous est plutôt ennuyeuse. Nous nous sommes rencontrés ici, très précisément. Dans ce pub. »

J'avais senti la main d'Hector se poser dans le bas de mon dos.

« Il va falloir qu'on rentre. »

Maintenant aussi, la lumière baisse derrière les bâtiments, barrant la route de longues ombres. Je reste debout là, immobile, et j'essaie de respirer lentement. Je vérifie l'heure sur ma montre. Je suis incapable de dire où j'ai été pendant les minutes qui viennent de s'écouler.

Les femmes du village ne sont plus là. Je fixe l'endroit où elles se tenaient, je regarde les chaussures des gens qui passent. Des souliers confortables, pratiques, adaptés à la marche avec leurs semelles antidérapantes. Je remarque des pantalons bien enfoncés dans des chaussettes. Les marcheurs plus sérieux portent des bottes de randonnée, mais je vois aussi des baskets légères de touristes, humides de rosée. Et puis il y a les bottes de neige, fourrées bien qu'il ne fasse pas encore assez froid. Enfin, le marché réapparaît dans mon champ de vision et je recommence à avancer.

Quand j'aperçois les traces de givre sur la fenêtre du poissonnier, je resserre mon écharpe autour de mon cou et je me glisse dans la boutique. Un grand poisson de bois accroché au mur me fixe de son unique œil jaune. Le poissonnier est en train de servir une jeune maman avec une poussette. L'enfant qui y est installé lève les yeux vers moi tout en suçotant son poing, et ses cils caressent ses joues comme des pattes d'insecte.

Le poissonnier choisit dans l'étalage un flétan à la chair semblable à du verre, puis il se retourne vers le comptoir blanc pour le préparer. Tandis que je l'observe effiler les bords du poisson, je suis prise d'une envie de préparer un ragoût de flétan pour Kylan : c'est son plat préféré.

Il y a une jeune fille blonde de vingt ans tout au plus non loin du poissonnier, qui est là pour donner un coup de main. Sa chevelure brille à la lueur de l'éclairage électrique. Elle lui propose les outils de désossage et d'évidage, elle patiente pendant qu'il œuvre, puis elle enveloppe le poisson dans du papier paraffiné et le tend à la dame au bébé. Ses ongles sont mordillés, rouges et douloureux : je n'arrive pas à détacher mon regard de ses mains. Quand elle lève les yeux et considère la cliente avec un demi-sourire, j'aperçois le trait de crayon noir qui souligne ses paupières. Quelque chose de froid bouge dans mon estomac puis sur ma peau, et mes cheveux se dressent sur ma tête. Je fixe les traces d'humidité poissonneuse qui brillent au sol.

J'entends l'homme qui se tient derrière moi taper du pied sur le linoléum. Je me retourne et il regarde à travers moi, sa bouche est cachée sous sa barbe. Tout d'un coup, le magasin me semble trop chaud, trop petit. Je me dirige vivement vers la porte, bousculant au passage la dame à la poussette qui émet un petit claquement de langue et je poursuis mon chemin le long des stands du marché, contente de sentir l'air froid sur mes joues.

Mon cerveau bourdonne. Certains vendeurs frottent l'une contre l'autre leurs mains rêches et rougies. Quand je veux des légumes, ils font mine de ne pas m'entendre. Je vois bien, pourtant, les sourires qui font remonter les commissures de leurs lèvres.

En regagnant ma voiture les mains vides, je pense aux mains du poissonnier. Je me demande si sa femme et ses enfants ont fini par s'y habituer : cette odeur de mer, quand il se penche non loin d'eux pour attraper quelque chose dans un placard ou au-dessus de leur tête ou quand il les borde dans leur lit, à la nuit tombée. Je me demande s'ils ont parfois un mouvement de recul involontaire. Peut-être qu'ils vivent tous avec cette odeur et qu'ils ne la remarquent même plus.

Au-delà des dernières maisons, devant l'église, la route traverse la vallée en ligne droite. L'eau est toute proche, je sens sa présence juste derrière les maisons, je perçois sa profondeur. Seule désormais, je m'éloigne de plus en plus du centre-ville, j'avance à découvert dans l'espace qui sépare l'ici et le chez-moi.

Je me convaincs que je suis en train de marcher vers Hector, vers l'école de brique rouge qui se dresse de l'autre côté de l'eau, mais je sais bien qu'il n'y est pas. J'aime penser à lui, à son allure élégante dans son pantalon de velours côtelé et son blazer. Parfois je m'imagine parmi ses étudiants, installée au fond de la classe où il enseigne. La morne lumière du matin filtre à travers les stores de la fenêtre et se pose sur le tableau noir. Une formule y est inscrite, à la fois incompréhensible et son contraire : aussi claire et logique que l'esprit d'Hector. Ce dernier est assis derrière son bureau, le stylo en suspens au milieu du bruissement des étudiants concentrés sur leur travail, ou alors il se tient debout en face de la classe, les bras croisés, guettant l'un de ces instants de prise de conscience qui se posent dans la pièce comme des plumes.

C'est là son territoire : l'endroit où il peut prouver qu'il a raison. Si l'on suit une argumentation logique pas à pas, jusqu'à sa conclusion, il ne peut y avoir de zones grises. Sur ce tableau, dans cette pièce, il n'y a que le vrai ou le faux, le blanc ou le noir. *Si les prémisses d'un argument valide sont vraies, alors sa conclusion sera nécessairement vraie. Il est impossible que les conclusions d'un argument valide soient fausses si ses prémisses sont vraies*. Voilà le genre de choses qu'il enseigne.

Hector dit que je ne pourrais jamais suivre l'un de ses cours parce que mon cerveau ne fonctionne pas de la même manière que le sien. Je ne suis pas logique; je suis incapable de voir les choses comme elles sont réellement. Il dit que c'est le cas d'un grand nombre de femmes : incapables de distinguer la forêt de l'arbre. J'ai bien d'autres forces, dit-il, mais il ne me précise jamais lesquelles.

En m'engageant sur la chaussée je me l'imagine, lui, dans la maison. La lumière orange du tableau de bord indique trois heures vingt-cinq. C'est tellement inhabituel de sa part de sortir de sa routine quotidienne. Je me rends compte que mes mains commencent à trembler sur le volant à l'idée qu'il fasse les cent pas dans son bureau ou qu'il salisse la cuisine. Il a fait basculer le fragile équilibre qui nous unissait.

3

Je parcours en sens inverse notre tronçon de route familier. Au-delà de la ligne noire des arbres déchiquetés, tout en haut de la vallée, je remarque que le ciel commence à faiblir, comme si sa force s'épuisait doucement. Les horloges ont été retardées la semaine dernière et nous perdons en lumière. Année après année, ce glissement dans l'hiver se produit graduellement. Il faut être attentif si on ne veut pas se retrouver dans l'obscurité la plus totale. Un rien inaltérable qui me donne des maux de dents.

La pression de la ville s'estompe à mesure que j'avance. À ma gauche débute la forêt, dense. Du coin de l'œil, j'aperçois un éclair rose entre les arbres, mais quand ma tête se tourne, il a disparu. Je tends la main pour allumer la radio.

Au bout de quelques chansons, je me surprends à accompagner doucement la mélodie en chantonnant. Je ne reconnais pas cet air et, pourtant, les paroles continuent de se former, remplissant l'habitacle. Après un moment, je porte une main à ma bouche. Elle est fermée. La voix continue de chanter. Je braque le volant pour essayer de m'éloigner d'elle et, avant que je m'en rende compte, j'ai dévié, je me suis engagée sur l'herbe du bas-côté et mon pied a glissé de l'accélérateur.

L'engin a calé. La voiture est pleine de silence, et l'écran de la radio n'affiche plus rien.

Je lève les yeux vers la route grise et déserte qui serpente devant moi et je tends l'oreille pour entendre la voix, mais elle ne revient pas. J'ai beau me dire qu'elle n'était que le fruit de mon imagination, quelque chose en moi aspire à l'écouter. Il ne se passe rien. Je regarde la vallée qui se déploie à ma droite : je me trouve au point le plus élevé de la route qui conduit à la maison. Je vois l'étendue d'eau contourner les montagnes, derrière moi. Vu d'ici, le clocher de l'église blanche est une piqûre d'épingle, et je me rappelle comme il me semblait dangereux quand je me trouvais juste en-dessous, les yeux vers le ciel.

Il ne me reste pas d'autre choix que de continuer ma route, alors je démarre et j'écrase l'accélérateur d'un pied tremblant, pendant que le vrombissement du moteur se répercute à travers l'espace.

Enfin, je tourne dans notre allée. Longue et étroite, elle forme une boucle, de sorte que la maison est invisible depuis la grand-route. Notre demeure est un peu en retrait, plus bas, cachée derrière les squelettes des arbres, son toit démesuré s'incline vers le sol. Les volets blancs semblent sales, et le vent a rassemblé un tas de vieilles feuilles mortes sur le grand porche surélevé.

Une femme s'avance sur le perron en pierre. Un enfant est calé sur sa hanche, un petit garçon aux cheveux blonds. Elle porte mon tablier rouge, éclaboussé de ce qui ressemble à de la pâte à gâteau. Elle sourit en déposant le garçonnet à terre avant de commencer à balayer les feuilles. Je l'entends chantonner doucement. Le petit garçon l'observe, les yeux écarquillés. Il tend les bras vers elle et, une fois qu'elle a fini, elle le soulève et l'emmène hâtivement à l'intérieur. J'entends leurs rires se mêler. La porte se referme derrière eux, et la maison reprend son apparence habituelle.

Je distingue mon propre souffle pendant que je gravis les marches qui mènent à la porte d'entrée. Le petit colis enroulé a disparu du rebord de la fenêtre. J'essaie de repérer où Hector se tient, dans la maison ; toutes les lampes du rez-de-chaussée sont éteintes. Je glisse la clé dans la serrure.

Dans la cuisine, j'ouvre la porte du frigo : le mélange désordonné de couleurs, l'entassement compact des choses qui s'y trouvent me réchauffent le cœur. Avec la meilleure volonté du monde, je ne pourrais rien y faire entrer de plus et pourtant j'aime aller au marché, tous les jours à treize heures. C'est une habitude que je n'arrive pas à briser.

Je vérifie l'heure sur l'horloge.

D'ordinaire, je devrais être en train d'attendre le retour imminent d'Hector : je devrais être en train de préparer le dîner. Depuis notre lune de miel, je ne me souviens pas qu'il ait pris un seul jour de congé ni qu'il soit jamais rentré à la maison avant l'heure.

Je passe un coup de chiffon sur toutes les surfaces de la cuisine, cela me fait gagner dix minutes supplémentaires. Puis je vérifie la théière. Les cigarettes n'y sont pas.

La table de la cuisine est parsemée d'enveloppes vides : Hector a dû ouvrir le courrier. D'un geste, je les rassemble en une pile et j'ouvre le couvercle de la poubelle pour les jeter.

Le paquet de cigarettes est dans la poubelle. Je l'attrape avec précaution. Il est humide, les cigarettes à l'intérieur sont trempées : on les a passées sous l'eau. Deux d'entre elles y ont échappé. Je les sors du paquet avant de remettre celui-ci là où je l'ai trouvé.

Lentement, je traverse la cuisine et je gravis l'escalier en scrutant la porte du bureau d'Hector, tout au bout du long couloir sombre, l'oreille affutée pour détecter sa présence. Un rai de lumière filtre dessous : une ombre s'y déplace. Je marche jusqu'à notre chambre, puis je me penche vers mon côté du lit et je glisse les deux cigarettes sèches sous le matelas. Je sens la pression des ressorts sur mes doigts.

Quand je veux retirer ma main, je n'y arrive pas. C'est comme si quelque chose la retenait là, comme si elle était bloquée. Au contraire, il me semble qu'une force l'aspire plus loin encore; une douleur traverse le bout de mon doigt et je lâche un petit cri. Puis, sans crier gare, la tension se relâche et je bascule en arrière.

Je tends la main pour allumer ma lampe de chevet. L'ongle de mon index est arraché : une fine ligne de sang commence à apparaître.

Je soulève le matelas des deux mains et je jette un coup d'œil en dessous, mais je ne vois rien. En reportant mon regard sur ma main, je me demande si je me suis fait ça toute seule et si je viens seulement de m'en apercevoir. Tous les doigts sont rongés, mais celui-ci est le pire. Je me relève, j'essuie mes mains sur mon pantalon et je pars me réfugier dans la clarté de la cuisine.

Je passe longuement mes mains sous le robinet d'eau chaude, je les enduis de savon et je frotte. L'eau devient de plus en plus chaude, et bientôt les bords rêches de mes doigts me piquent, mais je les garde sous l'eau jusqu'à ce qu'elles soient vraiment propres.

4

Il y a de l'agneau en cocotte pour le dîner. *Après une dure journée de labeur, ton mari aura envie d'un repas consistant pour se régénérer.* J'emplis la plus grande de mes casseroles de gros blocs bruns d'agneau fumant, de carottes, d'oignons et de champignons, et j'immerge le tout dans une sauce épaisse.

Une fois que le contenu de la casserole bout doucement, je me verse un verre de vin et je me poste à côté des fenêtres de la véranda. Le ciel est d'un bleu d'encre. Je distingue encore la ligne de la corde à linge ainsi que les bords épais de la haie, aux confins du jardin. Les montagnes se dressent en toile de fond. Ma montre indique dix-sept heures trente-six, et il fait déjà nuit.

Autrefois, Kylan aurait dîné à dix-sept heures trente, affamé par l'école. J'aurais entassé une grosse portion de nourriture dans son assiette avant de l'appeler à table. Debout ici, près de la fenêtre, je l'aurais interrogé au sujet de ses cours et il aurait raconté le foot, les maths et les sciences naturelles, il m'aurait fait la liste des devoirs qu'il avait à faire pour le lendemain. Une fois son repas terminé, il serait retourné devant la télévision en me laissant son assiette à ranger.

Encore plus tôt, j'aurais nourri mon bébé moi-même. À l'époque, nous possédions une vieille chaise haute, de couleur verte et dotée d'un plateau bleu, que Kylan adorait frapper de ses petites mains potelées. J'attachais un bavoir autour de son cou en le chatouillant pour le faire rire et j'approchais ma chaise le plus près possible de lui pour qu'il voie mes grimaces pendant que je lui donnais la becquée. Ce n'était pas toujours facile, mais quand bien même il fût parfois de mauvaise humeur et refusât de jouer, je vénérais chaque seconde que je passais en sa compagnie.

*

À dix-neuf heures trente précises, je me poste en bas des marches et j'appelle Hector. Son nom est un mot rêche, raclant ma gorge comme le moteur d'une machine en train de rendre l'âme. La première fois que je l'ai entendu, je me suis figuré que c'était un nom solide : le nom d'un protecteur, d'un guerrier, d'une forteresse. Je suppose que c'était assez bien vu.

J'entasse d'énormes collines de purée de pommes de terre dans nos assiettes, je les noie dans la daube et je les garnis d'arbres en brocoli. Il reste suffisamment de nourriture dans la casserole pour nous rassasier encore deux fois.

Je suis assise à table mais je ne mange pas. Je me contente de regarder les volutes de vapeur s'élever de mon assiette. Je l'imagine dans son bureau, ses pantoufles bleu marine posées sur le bord du meuble en imitation acajou. Ses lunettes de vue reposent sur son nez, leurs demi-lunes scintillant à mesure que son regard se déplace sur la page. Il finit toujours son chapitre.

Ne le presse pas, ne le harcèle jamais. Son temps est précieux et doit être traité comme tel.

C'est ma punition pour la cigarette, bien sûr. Je me verse un second verre de vin.

J'ai faim. Mon déjeuner s'est résumé à cette cigarette, et les tendres morceaux d'agneau sont quasiment irrésistibles.

Attends-le avant de commencer à manger : il doit toujours passer en premier.

Je l'entends se mouvoir dans son bureau. Il se lève de sa chaise. Repose son livre.

Il se rend maintenant à la salle de bains.

Les murs de cette maison sont fins. Je rirais presque sous cape en contemplant la table que j'ai préparée avec tant de soin. Il y a même une bougie.

J'attrape ma fourchette.

Quand que je regarde l'assiette fumante de nourriture qui repose devant moi, son odeur s'immisce dans mon corps et emplit ma tête. J'ai l'impression qu'il ne reste plus d'espace pour respirer.

Quand je jette un coup d'œil sur la gauche, vers les larges baies vitrées de la véranda, je vois le corps robuste d'une femme d'âge moyen et un verre de vin. L'une de ses mains enserre une fourchette, l'autre est posée sur la table de bois. Son alliance scintille.

Je me rappelle m'être regardée de la sorte plus tôt, des années plus tôt, mon reflet statique emprisonné dans la vitre de la voiture alors que nous filions à travers la campagne en longeant le cours d'une rivière. Nous étions en route vers nos premières vacances communes. Le mariage était imminent, c'était l'été. Nous avons toujours dit aux gens que nous avions fait connaissance lors de ce même voyage mais en réalité nous nous étions rencontrés plus tôt, quand j'étais malade et qu'Hector avait pris soin de moi. Nous étions tombés d'accord sur le fait qu'il valait mieux ne pas raconter cette version aux autres : cela ne servirait qu'à les inciter à poser davantage de questions concernant le passé. Hector ne voulait pas me mettre dans l'embarras ni m'obliger à parler de mes parents : il savait que cela me chagrinerait.

Nous nous étions enfoncés dans d'innombrables vallées, tout au long de ce long trajet vers l'est. Hector et moi évoquons souvent ces vacances que nous avons prises, nous y repensons toujours avec plaisir. Il y a quelques détails auxquels je reviens sans cesse, comme cette vision de la voiture filant au beau milieu de la nature verdoyante. Quand j'y pense très fort, je peux encore sentir le vent rabattre mes cheveux en arrière sur le ferry, pendant la traversée vers cette île interdite aux voitures. Je me surprends à essayer de reprendre mon souffle, comme pendant le bref trajet en pente raide, depuis le port. Je me vois jeter un coup d'œil en arrière pour apercevoir l'eau s'étendre jusqu'à l'horizon, le soleil se fondant dans l'immense surface orange de la mer. De la maison, je me rappelle une table en pin lisse où nous dînions de pain et de fromage, et le store en bois vert, toujours fermé, de la fenêtre de la salle de bains. Hector soutient que nous sommes sortis dîner, un soir, dans l'un des restaurants qui longent le port : que nous avons tous deux choisi du homard, une véritable gourmandise. Il existe des photos de nous, prises dans la lumière déclinante du jour. Sur l'une d'elles, nous nous tenons la main.

Pendant que je suis assise là, immobile, à la table de la cuisine, d'autres détails resurgissent. Je me souviens de l'odeur de moisi de la chambre à coucher et aussi d'un étrange silence, tout autour de nous. Je crois que c'était le matin, de la lumière filtrait à travers la fenêtre et j'entendais le chant des oiseaux. Je revois le monticule que le corps endormi d'Hector formait à côté de moi, je perçois sa respiration. Je l'ai écouté pendant un long moment, redoutant qu'il ne soit éveillé. Quand il a commencé à ronfler, je me suis glissée hors du lit et je suis sortie dans le couloir sans faire de bruit.

Depuis la fenêtre, l'eau scintillait dans la lumière du jour naissant. Le soleil enflammait l'escalier en bois, se brisant en lourds aplats sur le sol et sur les meubles du salon. L'odeur des pins était entêtante. Une planche a craqué et je me suis figée. Après une minute de silence, j'ai continué à avancer. J'ai trouvé la clé qui ouvrait la maison. Lentement, aussi silencieusement que possible, j'ai traversé la cuisine aux vieux carreaux bruns, j'ai déverrouillé la porte de derrière et je me suis engagée dans le sentier qui parcourait l'étendue de terre rocheuse.

Je vois d'ici la bâtisse : toute proche de l'eau, perchée sur le rebord pentu des rochers marron et rouges. La forêt d'un vert sombre était juste derrière la maison. Les roches étaient éclaboussées de taches de lichen blanc, d'étranges arbustes écarlates s'élevaient des interstices obscurs qui les séparaient. Trébuchant un peu, mesurant chacun de mes pas, je m'étais frayé un chemin, craignant de tomber, voyant déjà mon crâne éclater comme une pastèque sur la pierre dure.

La mer s'étendait devant moi, lisse comme de l'huile dans la crique désertée. Des îlots rocheux se dressaient non loin du rivage, brisant la surface de l'eau comme pour faire croire qu'elle était peu profonde : une plaine inondée. J'imaginai les toitures d'ardoise grise des maisons sous la surface, recouvertes par un raz-de-marée imprévu : des tables, des chaises, des assiettes, des tasses et des soucoupes flottant sur l'eau, juste au-dessus de l'endroit où elles reposaient un instant plus tôt.

Au son des vagues qui se brisaient, au contact de l'air marin que je humais, j'ai commencé à me sentir éveillée. J'ai ôté mes vêtements et j'ai marché le long d'une jetée de bois avant de m'asseoir sur son rebord.

L'air était frais contre ma peau nue et, sans réfléchir plus longuement, je me suis laissée glisser dans l'eau.

J'ai nagé vers le fond, la saveur du sel sur ma langue, les remous tourbillonnant contre mes tympans. J'ai repoussé l'eau avec mes bras et je me suis propulsée le plus loin possible. Un étrange brouillard bleu a empli mes yeux, déformé par la lumière qui filtrait d'en haut. Ma tête m'avait soudain semblé plus légère, mes membres se relâchaient aux articulations. Tout était enfin calme, enfin silencieux. La surface s'éloignait à mesure que mon souffle se crispait dans ma poitrine. Je l'ai regardée disparaître petit à petit pendant que les rayons de soleil devenaient de plus en plus flous, de plus en plus faibles. J'ai fermé les yeux.

À l'instant précis où un silence parfait m'envahissait, une ombre a surgi. Il y eut des mains solides sous mes aisselles, et mon corps a été hissé vers le haut, entraîné à la surface. J'ai battu des pieds pour m'éloigner, mais le monde est entré dans mon champ de vision, scintillant, la ligne d'horizon encore instable. Mon corps était trop faible pour se libérer : je ne souhaitais que retrouver la fraîcheur sous-marine. Je me suis débattue, mais quelque chose m'attirait obstinément. Mon cri a percé l'air matinal. Aussitôt, les mains ont disparu.

« Chuuut », a dit une voix.

J'ai inspiré l'air brusquement, chaque respiration bousculant celle d'avant, incapable de rattraper mon souffle. J'apercevais désormais la jetée, à quelques mètres seulement de moi.

Hector flottait à mes côtés : ses cheveux rejetés en arrière, collés sur son crâne, ses grands yeux bleus aussi sombres que l'eau qui se cachait sous le miroir.

Il s'est hissé sur la plate-forme et a tendu le bras vers moi. Avec le soleil dans le dos, il semblait à peine plus consistant qu'une ombre. J'ai senti toute la force de ses bras bruns quand il m'a soulevée. Son corps était tendu et musclé, l'ombre des poils noirs sur son torse scintillait de gouttes d'eau emprisonnées.

« Mais qu'est-ce que tu as fait, bon Dieu? », a-t-il demandé.

Je me suis affalée sur le sol en bois, incapable de reprendre mon souffle. Le soleil était aveuglant. Quand enfin j'ai pu ouvrir les yeux, il était parti. Je l'ai vu s'éloigner de moi, sur la jetée. Je tremblais. J'ai entendu un bruit dans mon dos : il revenait, brandissant une large serviette bleue, grande ouverte. Il m'a enroulée dedans et s'est assis auprès de moi.

Son regard s'est perdu dans l'eau sombre.

« Qu'est-ce que tu as fait? a-t-il répété.

— J'ai voulu nager », ai-je finalement répondu.

J'ai senti son regard détailler mon corps nu, mes membres frêles, et je les ai repliés contre ma poitrine, sous la serviette.

Il a saisi mon poignet étroit et l'a serré dans sa main.

« Marta, sois honnête avec moi. Je sais que tu ne nageais pas. »

J'ai baissé les yeux sur sa main qui enserrait ma peau.

« Je croyais que tu commençais à te sentir mieux, que cela te faisait du bien d'être à mes côtés. »

Il semblait si blessé, j'ai voulu le consoler.

« C'est la vérité. Je voulais seulement nager.

— Je pensais que j'étais capable de te rendre heureuse. »

J'ai essayé de sourire. « Je suis heureuse.

— Je ne vois pas ce que je pourrais faire d'autre, a-t-il ajouté. Tu as recommencé à prendre tes médicaments. Tu reprends du poids. Tu es beaucoup plus calme qu'avant.

— Je vais bien, Hector, sincèrement. »

Son regard s'est perdu au loin, au-delà de la mer. « Est-ce que je m'y prends mal ? a-t-il murmuré comme s'il se parlait à lui-même. J'ai fait tout ce que je pouvais. »

J'ai secoué la tête. « Non. Tu as été si généreux envers moi.

— C'est parce que je t'aime, Marta. Tout ce que je désire, c'est prendre soin de toi.

— Je me sens parfois seule, c'est tout.

— Mais tu n'es pas seule ! Je serai toujours à tes côtés. »

Je n'ai rien dit.

« Ils te manquent encore ? »

Lentement, j'ai hoché la tête.

Il a semblé si malheureux. J'ai réfléchi à ce que je pouvais dire d'autre pour le consoler, mais il s'est tourné vers moi au même moment.

« Si nous nous marions, tu ne seras plus jamais seule. Nous pouvons fonder une nouvelle famille, tous les deux. Peut-être que cela t'aidera à oublier. »

J'ai baissé les yeux sur sa main qui enserrait de nouveau mon poignet. Des auréoles rouges avaient commencé à se former autour de ses doigts.

« Cela te plairait ? »

J'étais incapable de répondre. Il a surpris mon regard sur mon bras et a relâché son emprise. Quand il a aperçu les marques rouges, il en a retracé les contours du bout d'un doigt.

« Tu es si délicate. »

J'ai appuyé ma tête contre son épaule, brisant le contact visuel. « Je suis tout le temps fatiguée…

— Nous n'avons pas besoin d'en faire tout un plat : je sais que tu n'aimes pas beaucoup cela. Juste une petite cérémonie. Je demanderai à Mère de l'organiser dès notre retour. »

Je tremblais encore.

« Rentrons, a-t-il suggéré. Je vais te faire couler un bain. La prochaine fois que tu auras envie de nager, je t'accompagnerai. Tu n'aurais pas dû sortir seule. » Je l'ai laissé frotter mes bras avec la serviette. « Marta, a-t-il repris, et ce prénom a eu une consonance étrange à mes oreilles. Regarde-moi. » Mon regard est lentement remonté de la barbe de trois jours qui recouvrait son menton à ses joues brunies par le soleil d'été, puis à ses yeux pleins d'attente. « Je viens tout juste de te dénicher. Ne m'abandonne pas. Promets-le-moi. »

Ses yeux étaient agrandis par quelque chose.

« Je te le promets. » J'ai essayé de me lever, mais le soleil était si lumineux tout autour de moi que suis retombée en arrière, les yeux fermés. Il s'est levé et m'a tendu la main. Après une brève hésitation, je l'ai saisie.

Il m'a hissée sur mes pieds, puis il a passé un bras autour de mes épaules et l'y a laissé pendant un moment. Il était mouillé et lourd; j'avais l'impression qu'il n'était pas à sa place sur mes épaules.

J'ai observé l'eau qui dégoulinait de ses cheveux, formant de petits ronds sur le bois, près de ses orteils poilus. Nous avons marché vers la maison.

Dans la cuisine, ma fourchette retombe bruyamment sur mon assiette. J'inspire, puis j'expire un grand coup. Je sais qu'Hector m'a sauvée, que j'ai failli me noyer pendant ce voyage : cela fait des années maintenant que nous racontons cette histoire aux gens. Elle est légère, romantique, et puis tout le monde adore l'entendre. Mais cette version est différente. C'est comme si j'écoutais une chanson familière sur une tonalité légèrement fausse. Cette lourdeur que je ressentais alors, cette nausée imminente, je la ressens maintenant.

J'ai attendu assez longtemps, me dis-je en enfonçant ma fourchette dans la nourriture avant d'enfourner une bouchée après l'autre, oubliant presque de mâcher. J'aimerais m'arrêter, attendre Hector, et la culpabilité me monte aux joues, brûlante, mais j'ai trop faim.

Il descend l'escalier, foulant aux pieds la nouvelle moquette que nous avons posée après que Kylan fut parti s'installer en ville, il y a trois mois. Je m'oblige à reposer ma fourchette et j'avale ce que j'ai dans la bouche.

Je vois le tissu bleu marine de ses pantoufles, le bas de ses jambes en velours côtelé. Il est lent, il se tient à la rampe pour ménager son genou. Mon estomac se décroche. Hector entre dans la pièce, un demi-sourire sur les lèvres, et s'assied à sa place. Il regarde la nourriture, mon assiette à moitié entamée. J'ai les yeux rivés sur la table. Il saisit son couteau et sa fourchette. Je prends les miens. Il commence à manger. Je suis son exemple. Nous mangeons en silence. Je me concentre sur mon agneau. Il est cuit à la perfection.

Laisse-le prendre la parole en premier. Souviens-toi que ses sujets de conversation sont plus importants que les tiens.

Il rompt toujours le silence quand je le laisse durer suffisamment longtemps :

« C'était comment, au marché ?

— Bien. Le boucher était très occupé.

— C'est un bon boucher. On peut manger sa viande en toute confiance. »

Hector dit cela comme s'il était un expert en boucherie, comme s'il se donnait la peine d'aller personnellement chez le boucher.

« Oui. »

Nous continuons de manger.

Souviens-toi d'être toujours brillante et joyeuse : une brise légère et fraîche.

D'un geste, je lui montre la bouteille à moitié vide : « Est-ce que tu veux un peu de vin ?

— Non, merci. » Il me regarde. « Ce sera ton dernier verre. Tu sais que tu n'es pas censée boire quand tu prends ces médicaments. »

Je garde les yeux baissés sur la table. Tout d'un coup, je me rappelle la bougie et je saisis le briquet. La table s'illumine.

« Où as-tu trouvé ce briquet ? demande Hector.

— Il était dans le tiroir de la cuisine. »

Dans ses yeux, le regard accusateur vacille.

« Cela fait des années qu'il est là. Je m'en sers pour allumer des bougies d'anniversaire, ce genre de choses », poursuis-je.

Il prend une bouchée d'agneau et la mâche lentement, toujours occupé à examiner son assiette.

« Pourquoi se trouvait-il dans ta poche ?

— Je voulais allumer la bougie, dis-je en le regardant calmement.

— Ah, bon. »

Je racle mon assiette jusqu'à ce qu'il n'y reste rien.

Je regarde Hector manger, découper sa nourriture en toutes petites bouchées qu'il dépose ensuite dans sa bouche, mâcher lentement, méthodiquement. C'est plutôt rare, pour un homme. *Les bonnes manières sont plus importantes que les belles apparences*. En observant sa bouche, je découvre une autre rangée de dents qui mastique de plus en plus vite puis qui enfourne, avale, enfourne, avale. Sans mâcher. Quand il sourit, j'aperçois la nourriture entre ses mâchoires, sur sa langue, je l'imagine en train de se frayer un chemin dans sa gorge. Je ferme les yeux et, pendant un instant, je crains de vomir.

« Marta ? Tout va bien ? »

J'ouvre les yeux. Un morceau d'agneau brille sur sa fourchette. Je déglutis. « Tout va bien. J'ai mangé trop vite, c'est tout. »

Quand tu manges, veille à prendre de petites bouchées, comme un oisillon, et prends soin de mâcher délicatement, la bouche toujours fermée.

J'attends qu'il détourne les yeux.

5

Après le dîner Hector se rend au salon, me laissant le soin de débarrasser.

Tout en frottant les assiettes à l'éponge verte, dans l'évier, le goût de porcelaine brute emplit ma bouche, froid et dur. Mes dents me font mal jusqu'au plus profond de mes gencives et je serre la mâchoire en espérant que cela ne durera pas. J'avale une gorgée de vin au goulot pour faire passer le goût. Quand je repose la bouteille, elle est vide.

J'ouvre la poubelle pour nettoyer les assiettes des restes de brocoli et je fais un pas en arrière : elle est pleine de cheveux humides. Il me semble voir quelque chose bouger : l'espace d'un instant, je crois que c'est un animal et je m'apprête à appeler Hector. Au deuxième coup d'œil, cependant, il n'y a plus rien. On aperçoit le coin du paquet de cigarettes sous une pile d'enveloppes. Je referme le couvercle de la poubelle d'un coup sec.

Je tends la main dans le placard au-dessus de ma tête et j'attrape le petit pot de médicaments orange. Je le tiens entre mes doigts, je touche le rebord décollé de l'étiquette. *Marta Bjornstad. Trois par jour au moment des repas*. Non, me dis-je. Il n'en est pas question.

Je remets les pilules à leur place. Après avoir débouché une nouvelle bouteille de vin, je m'en verse un verre et me dirige vers le salon.

Au-dessus de la cheminée, l'horloge indique vingt heures quinze. Hector a allumé les lampes et la pièce est baignée dans une douce clarté. Les épais rideaux crème de la baie vitrée qui donne sur l'allée sont tirés.

Il est allongé sur le canapé, soutenu par l'un des coussins ivoire, les bras croisés sous sa tête. Une de ses pantoufles pend à son pied. Son visage a une expression douce : ses yeux sont fermés, son torse se soulève et s'abaisse lentement, en rythme. Les plis de son front ont disparu, il semble presque heureux. On dirait un petit garçon. J'observe ses tempes grisonnantes, sa chevelure clairsemée. Ce n'est pas un enfant, me dis-je; il est en train de devenir un vieillard, maintenant. Pendant que je le regarde, que j'écoute sa respiration laborieuse, une bouffée de pitié familière m'envahit. Vingt années nous séparent.

Ses yeux s'ouvrent, je suis prise sur le fait.

Hector se redresse, se frotte les yeux.

Nous restons assis là en silence, devant la télévision.

« Kylan a appelé tout à l'heure, annonce Hector. Quand tu étais sortie. Il vient dîner demain soir. »

Je sens mon souffle se raccourcir. « Il revient à la maison ? »

— Ils viennent dîner et passeront la nuit ici, me répond-il. Ils travaillent, lundi.

— Katya vient aussi, alors ?

— Bien sûr. Tu vas enfin pouvoir faire sa connaissance. Ils ont quelque chose à nous annoncer.

— Il était temps qu'il l'amène ici. Je finissais par croire qu'elle n'existait pas. »

Hector me dévisage. « Oui. C'est vraiment regrettable que tu ne supportes pas d'aller en ville. »

Je reste silencieuse pendant un moment : « Cela doit commencer à être sérieux, entre eux.

— Ils vivent ensemble. Si tu veux mon avis, c'est assez sérieux, oui.

— Mais elle n'a pas encore rencontré sa mère. »

Hector ne réplique pas. Nous regardons tous deux l'écran de télévision.

« Est-ce qu'il veut que je le rappelle ?

— Il a dit que ce n'était pas la peine. » À ces mots, je ressens un coup violent. Une fois de plus, je suis exclue. Je me souviens des éclats de rire derrière la porte du bureau d'Hector, les silences de réflexion paisible et puis le cliquetis horrible des pions d'échecs.

« J'irai au marché demain matin, alors, dis-je.

— Je suis sûr que nous avons suffisamment de nourriture dans le frigo », objecte Hector.

Je le regarde. « Je voudrais faire un ragoût de flétan. C'est la première fois depuis trois mois que Kylan revient à la maison, j'ai envie de lui préparer son plat préféré. » Ma voix se fait presque implorante.

Je patiente. Au bout d'un moment, Hector finit par hocher la tête.

« J'ai invité ma mère », prévient-il.

Je soupire. « Mais où vais-je loger tout ce monde ?

— Kylan et Katya peuvent dormir dans la chambre d'invités, et ma mère dans celle de Kylan.

— Kylan ne peut pas dormir dans la chambre d'invités.

— Pourquoi pas ?

— Ce n'est pas sa chambre. »

Hector esquisse un demi-sourire. « Je doute que cela le dérange. »

Mais moi, ça me dérange.

« Je ferais mieux d'aller préparer les lits, alors, dis-je en faisant mine de me lever.

— Tu ne peux pas le faire demain ? »

Je me rassieds.

Hector se retourne vers la télévision, mâchoire serrée. Du coin de l'œil, je guette les signes : les paupières qui tombent, le ralentissement de sa respiration. Il est en train de lâcher prise. Une fois certaine qu'il est endormi, je quitte la pièce.

Je monte à l'étage et je parcours le couloir jusqu'à la chambre de Kylan. Ma montre indique vingt heures trente. À travers la fente de la porte, il me semble apercevoir son petit corps recroquevillé sous la housse de couette parsemée de dinosaures. Bien que la lumière continue de filtrer de chaque côté des rideaux, il est l'heure de se coucher. Sur la commode trône un petit trophée doré : il l'a gagné récemment, à un tournoi de handball organisé par l'école. Ses cheveux couleur sable reposent sur son oreiller et je fais un pas en avant, mue par l'envie de le caresser avant qu'il ne s'endorme. Puis je vois un Hector plus jeune se pencher au-dessus du lit et je recule d'un pas.

« Qu'est-ce qu'il y a, Kylan ? », demande Hector.

La première fois, Kylan ne répond pas, et je vois sa tête remuer de droite à gauche sur l'oreiller ; il couvre son visage de ses mains.

« Qu'est-ce qui t'arrive ? Tu peux me le dire, tu sais. »

Rien. Je souris intérieurement. Hector est convaincu d'être le plus fort en la matière.

« Je ne dirai rien à ta mère. »

Kylan relève la tête de son oreiller, il ôte les mains de son visage et regarde son père. Il parle doucement, mais je l'entends quand même.

« Elle ne veut pas me parler d'eux », se plaint-il.

Je me souviens du visage de Kylan, ses yeux bleus limpides hérités de son père et sa poignée de taches de rousseur. Au début je restais silencieuse, je faisais comme si je ne l'avais pas entendu, mais il n'arrêtait pas de me pousser à bout, encore et encore, comme il le faisait quand il voulait que je lui achète quelque chose, au supermarché. S'il te plaît, Maman, s'il te plaît, Maman, s'il te plaît, Maman. D'un ton sec, je lui avais dit de la fermer. Je n'ai jamais voulu lui mentir, à lui, à mon fils. Après cela il s'était tu, il avait fixé les champs verts qui défilaient de l'autre côté de la vitre. Son silence s'était prolongé pendant le dîner, puis jusqu'au coucher, et il avait refusé de me dire bonne nuit quand j'étais venue le border. Je l'avais supplié, d'une voix chargée de larmes retenues, mais il ne m'avait pas dit un mot.

« Elle ne veut pas te parler de qui ? insiste Hector.

— Elle ne veut pas me parler de sa mère et de son père », précise Kylan.

Hector ne dit rien.

« À l'école, tout le monde en a deux paires, ajoute Kylan. Moi, je n'ai que Granny. Ce n'est pas juste. »

Je soupire. Tout le monde n'a pas quatre grands-parents, ce n'est pas vrai.

« Les parents de Maman sont morts, finit par dire Hector. Ils sont morts quand elle était jeune, avant que je fasse sa connaissance. Elle ne veut pas en parler parce que cela la rend triste. »

Hector s'assied sur le rebord du lit et pose son bras en travers du corps de Kylan.

« Comment est-ce qu'ils sont morts ? interroge Kylan.

— Ils ont eu un accident de voiture, explique Hector. Ne pose plus de questions à Maman à ce sujet. Nous ne voulons pas qu'elle soit triste. »

J'appuie ma tête contre le mur, mes yeux brûlent. Je sais que je ne peux pas me permettre de penser à cela : c'est un terrain sur lequel je n'ai pas le droit de m'aventurer.

Kylan reste silencieux un moment, puis il hoche la tête et disparaît de nouveau sous ses couvertures.

Quand j'ouvre la porte, la pièce est vide, plongée dans la pénombre. Je ne me donne pas la peine d'allumer la lumière avant de m'asseoir sur le rebord du lit. Je ne viens pas souvent ici. Les murs sont nus et je sais que seuls quelques cintres tordus pendent encore dans l'obscurité du placard. Je m'étale sur le dos, je me retourne et j'enfouis mon visage dans la couette, je respire dans l'épaisseur du tissu. Seule l'odeur sucrée de l'adoucissant emplit mes narines. Comme il me manque, ce parfum qui régnait dans la chambre de bébé d'un beige tendre : une odeur innocente, familière comme celle d'un biscuit trempé dans du thé. Ses menottes agrippées aux barres blanches et solides, ses pieds qui s'enfoncent dans le matelas fin; ses jambes raides, défiant la gravité. Sa chevelure blonde, verticale, et ses yeux guettant le moindre mouvement. Son sourire excité, puis le contact de son visage contre le coton de mon épaule tandis que je le porte vers la table à langer. Je sais qu'il ne peut pas se rappeler ces instants, alors je vais devoir m'en souvenir pour nous deux.

Après son départ, cet été, il m'arrivait de revenir ici au beau milieu de la nuit. Je me glissais sous la couette et je me réveillais en larmes, consciente du fait qu'il ne reviendrait pas. Quand il a rangé sa chambre dans des cartons, je lui ai dit qu'il valait mieux laisser quelques affaires ici, que tout ça était un peu trop soudain, mais il m'a ignorée, excité à l'idée d'emménager avec Katya et de commencer son nouvel emploi à la banque. J'avais envie de lui dire que c'était trop tôt : il ne la connaissait pas assez bien. Je le trouvais égoïste. Il ne comprenait pas que je ne pourrais plus jamais le voir s'il partait vivre en ville. Il sait que je n'aime pas la ville : cela fait vingt-cinq ans que je n'y suis pas allée. J'avais envie de crier, d'attraper ses bras et de lui dire de ne pas m'abandonner.

Mais je lui avais déjà dit toutes ces choses auparavant, quand il avait voulu s'inscrire à l'université de la ville. Je l'avais supplié de rester, de choisir une université locale. Je lui avais dit qu'il me briserait le cœur en partant. Un soir, nous nous étions même réunis autour de la grande table de la cuisine pour en parler, Hector et Kylan d'un côté, moi de l'autre. Mon argument était que l'université locale avait un bon niveau, qu'il pourrait y obtenir ses diplômes tout en travaillant à la ferme, au bout de la rue. Hector trouvait qu'il devait aller en ville, voler de ses propres ailes. Je ne lui ai jamais pardonné ça.

Je m'étais mise à pleurer, des larmes lentes, délibérées. Assis en face de moi, de l'autre côté de la table, Kylan m'avait contemplée pendant un long moment. Hector, lui, avait soupiré. J'avais pris ma tête entre mes mains, j'avais entendu la chaise de Kylan racler le carrelage de la cuisine et, enfin, j'avais senti les bras de Kylan m'entourer. *C'est bon, Maman,* avait-il chuchoté. *Je vais rester là.*

Je souris en silence, une onde de chaleur se déplace dans ma poitrine. Il va rentrer à la maison. Demain, Kylan sera là et tout rentrera dans l'ordre. Je lui montrerai tout ce qu'il a abandonné, tout ça sans l'aide de mes pilules. Il y a tant de choses à faire, je suis impatiente de commencer. Je me figure qu'il ne me quittera plus, après cela.

Je me rends dans la salle de bains et je me lave la figure. En me penchant tout près du miroir, je vois les rides autour de mes yeux, les mèches grises dans mes cheveux. J'esquisse un sourire et je regarde les sillons s'approfondir. Ma peau est plus pâle que celle de la plupart des femmes de la vallée, celles qui prêtent main-forte dans les champs. Mes mains sont plus pâles elles aussi, moins marquées, bien que les paumes se soient durcies au contact de tous les produits ménagers. Mon alliance fait tellement partie de ma main, désormais, que je ne la vois même plus. Je n'ai jamais possédé de bague de fiançailles : je crois que nous n'avons jamais été vraiment fiancés.

Dans ma chambre, j'enfile ma chemise de nuit en laine et je me glisse sous les couvertures. Je pose mes mains sur mon estomac et je le gonfle en m'imaginant que je suis de nouveau enceinte. Ce sentiment qui nous envahit quand notre corps n'est plus le nôtre, qu'il est la propriété de quelqu'un d'autre, quelqu'un de plus important. Avant de savoir que j'étais enceinte, j'ai d'abord cru que quelque chose s'était détraqué dans mon corps.

Un jour, alors que je me rendais au marché, j'avais dû ranger la voiture sur le bas-côté pour aller vomir dans l'herbe qui borde la route. J'avais filé tout droit chez le médecin, sur l'autre rive. En demandant un rendez-vous, j'avais eu honte, comme si je trahissais Hector en admettant que quelque chose clochait dans la nouvelle vie qu'il s'était donné tant de mal à construire pour nous. J'avais lu les inscriptions sur les posters de la salle d'attente, mes mains tremblant sur ma jupe verte, évitant le regard des patients, craignant de les connaître ou qu'ils ne connaissent Hector.

La secrétaire avait dû répéter trois fois mon nom avant que je me sente interpellée. Marta Bjornstad. Rouge de gêne, j'avais traversé le long couloir plein de courants d'air.

« Vous attendez un enfant », avait dit le docteur une fois mon examen terminé, levant les yeux vers moi par-dessus un bureau encombré de documents agrafés et de souvenirs de famille.

J'avais senti ma mâchoire se décrocher. « Mais je suis malade, avais-je objecté. J'ai eu des vomissements épouvantables. »

Le docteur avait souri avant de noter quelque chose. « C'est parfaitement normal. Je vous prescris de l'acide folique.

— Mais je ne me sens pas bien », avais-je insisté.

Elle n'avait pas même levé les yeux. « Tout cela en vaut la peine, vous verrez, avait-elle conclu. Quand le bébé sera là. »

C'était tellement étrange de sentir que quelque chose s'était mis en route dans mon corps sans que je m'en rende compte. J'avais posé les mains sur mon ventre, mais je n'avais remarqué aucune différence. Quand enfin j'étais sortie du cabinet médical, dans la lumière éblouissante, j'avais souri et j'avais imaginé cette personne à qui je pourrais parler, que je pourrais protéger. Je me suis accrochée à cette nouvelle comme si c'était précieux. Hector a tout de suite remarqué qu'il se passait quelque chose : je chantonnais sous cape en préparant le dîner, je souriais davantage que d'habitude. J'avais attendu que nous soyons au lit, ce soir-là, assis côte à côte, pour le lui annoncer. Il avait changé de position, s'était penché au-dessus de moi, cherchant mon visage. Puis il m'avait attirée contre lui pour m'enlacer et me serrer doucement, et c'est à cet instant que j'avais compris que c'était là ce qu'il souhaitait, qu'il était aussi heureux que moi.

Je laisse la lumière allumée pour Hector, je me tourne sur le côté et je ferme les yeux.

6

Au beau milieu de la nuit je me réveille en sursaut, les yeux humides. À côté du lit, le réveil lumineux indique deux heures treize. Le clair de lune brille faiblement à travers l'interstice des rideaux et je distingue à peine son disque blanc dans le ciel noir. La pleine lune.

Je rêvais d'une forêt. Une silhouette courait aussi vite que possible, fouettée sur son passage par les feuilles sombres des arbres. Je me souviens d'un éclair de cheveux d'un blond presque blanc, d'un éclat de rire perçant, de ses membres musclés la propulsant plus avant. Des chaussons de danse qu'elle portait aux pieds. Des rubans qui traînaient derrière elle, dans la saleté.

J'expire. Je me retrouve dans mon lit, au chaud et à l'abri. Hector est à mes côtés, ses bras m'entourent. Je l'imagine, allongé tout éveillé dans l'obscurité, détaillant les contours de mon corps, rassemblant son courage pour s'approcher encore. Je sens son ventre chaud contre mon dos ; le relâchement de sa peau, comme de la soie ; sa chair douce, inoffensive. J'écoute les allers-retours de son souffle : le léger sifflement dans ses poumons, le raclement de sa gorge. Je dépose mes mains sur les siennes : sa peau me paraît sèche.

Aucun bruit ne retentit dans la pièce, hormis celui de notre respiration et les battements de mon cœur dans ma poitrine. Je sens une anxiété lancinante poindre dans mon estomac. J'essaie de me calmer, de me rendormir, mais l'obscurité est lourde, le silence oppressant. Les sons de la nuit, dehors, me manquent : un hibou dans la forêt, le gémissement d'un renard.

Quand cela devient trop insupportable, je me détache délicatement d'Hector et je sors du lit en me hissant sur mes pieds. Alors que je marche en direction du couloir, je frémis au grincement du parquet.

L'air est vif à l'extérieur de la chambre chaude. Je regrette ma robe de chambre, accrochée de l'autre côté de la porte. Sur la rampe de l'escalier pendent une chemise repassée d'Hector et mon pantalon noir, prêts à être rangés. J'enlève ma tenue de nuit et je les enfile. La chemise est en laine épaisse et me fait penser à des bottes en caoutchouc, du bois à couper et une odeur de pâtisserie. Des choses chaudes, saines.

Des rayons de lune traversent le couloir et projettent des ombres sur les cadres des tableaux. Je passe un doigt sur l'interrupteur, au mur. Je ne le presse pas : Hector dort, mais j'imagine la lumière se répandre dans le couloir obscur. Je suis douée pour cela. Le carré noir de la fenêtre ne tarde pas à devenir blanc.

Je marche jusqu'à la chambre de Kylan, j'ouvre les portes du placard à la recherche de traces de sa présence. Tout au fond, je découvre une paire de chaussettes roulée en boule et un vieux magazine de philatélie aux bords jaunis. Je porte les chaussettes à mon nez et j'inspire leur odeur, mais je ne sens rien. Je finis par reposer ces objets là où je les ai trouvés.

Quand je me retourne je vois une fille assise par terre, adossée au lit. Je laisse échapper un petit cri, mais elle ne semble pas me remarquer. Elle me fixe sans ciller de ses yeux gris, écarquillés et brillants. Elle est toute décoiffée : ses cheveux sont sales, presque gris bien que leurs pointes fourchues soient blondes. Elle porte un pyjama blanc crasseux, ses bras fins entourent lâchement ses genoux osseux. Le lit est différent : plus bas, avec un cadre métallique et un mince matelas de mousse recouvert d'un drap blanc.

Une mèche de cheveux retombe sur son visage. Elle ne s'en aperçoit pas; je tends la main et l'écarte de son front. Elle lève la tête et me regarde droit dans les yeux.

« Aide-moi », supplie-t-elle.

Quand je fais un pas en avant, elle disparaît. Le lit est le même qu'avant. J'avance jusqu'à l'endroit où elle était assise, je me penche et je jette un coup d'œil sous le lit, mais je ne vois rien. Je me dis que j'ai imaginé tout cela. Ce n'est pas réel, me dis-je. Pourtant, j'entends encore le désespoir dans sa voix, je vois encore ses grands yeux gris. J'essaie de me souvenir si c'est ce qui est arrivé quand j'ai arrêté de prendre mes pilules, la dernière fois, mais je n'y parviens pas. La part de moi qui me surveille depuis l'extérieur est intriguée. Enfin, quelque chose se passe.

D'un pas vif, je parcours le couloir en sens inverse et, à chacune de mes foulées, il me semble apercevoir quelque chose du coin de l'œil. Une fois dans notre chambre à coucher, je repousse les couvertures et me glisse dans le lit. Il est si chaud. Je me love contre Hector, je place ses bras autour de moi. Je le sens bouger.

« Qu'est-ce qu'il y a? s'enquiert-il d'une voix assoupie.

— Je n'arrivais pas à dormir, réponds-je en l'attirant encore plus près de moi. J'ai fait un cauchemar. »

Il m'entoure de son corps. J'hésite un instant à lui dire ce que j'ai vu, mais je sais qu'il va me demander si j'ai pris mes pilules.

« Tu es si froide, chuchote-t-il, son souffle chaud sur ma nuque.
— Je suis désolée.
— Rendors-toi », me dit-il, et je ferme les yeux.
Allongée dans le noir, j'entends son souffle ralentir et j'accorde le mien sur son rythme.

*

Je me réveille de nouveau à sept heures, au son du réveil. Hector est de son côté du lit et moi du mien.

Il coupe le son et je me retourne, j'observe les bords bleus des rideaux. Cela me fait songer aux débuts de notre histoire, avant que nous soyons mariés, quand je passais tant d'heures au lit. Je n'allais pas bien, à cette époque : je tenais à peine assise, mais le fait de me réveiller la nuit et de voir la clarté d'été orange, autour des rideaux, me rassérénait un peu. Bien que réveillée, je restais allongée là à écouter la respiration d'Hector et je ne pensais à rien d'autre qu'à la vallée baignée de lumière, en contrebas de la chambre à coucher plongée dans la pénombre, et j'écoutais les sons étranges des oiseaux dans les arbres. Sous la couette, mes doigts tremblants se tendaient vers la fenêtre.

Hector a été si gentil avec moi, pendant toute cette période. Il prenait du temps sur son travail pour s'asseoir à mes côtés pendant que je regardais de vieux films, il essuyait les larmes de mes joues. J'étais malade, j'étais en deuil et il s'était occupé de moi, m'approvisionnant en nourriture, en tasses de thé et en bouillottes. Il savait que je ne voulais voir personne, alors il m'avait gardée secrète, il ne m'avait pas forcée à me lever, à me ressaisir. Il avait veillé à ce que je prenne mes médicaments et, petit à petit, j'avais commencé à reprendre du poids, à me sentir mieux. Je lui dois tant.

Je sors du lit et je me glisse vers la porte de la chambre pour ne pas réveiller Hector. Il aime faire la grasse matinée le samedi, mais moi, j'ai beaucoup de choses à préparer pour ce soir. Il descendra vers neuf heures pour manger ses œufs, il faut que j'aie fini de les préparer d'ici là.

Arrivée en bas, je remets de l'ordre dans le salon : je ramasse les journaux, je range les chaussures d'Hector dans le placard de l'entrée, je redresse les coussins, je tire les rideaux.

Range tout ce qui est en désordre. Veiller à son confort te donnera un immense sentiment de satisfaction personnelle.

Après avoir installé la planche à repasser, j'insère mon CD des *20 Plus Grands Classiques romantiques* dans la chaîne et je me mets au travail au son de la « Sonate au clair de lune ». Je repasse tout, même les caleçons d'Hector.

Trouve de petites tâches qui lui faciliteront la vie et la rendront plus agréable.

Au son de la musique qui s'élève et s'amplifie, les muscles de ma jambe commencent à tressauter, comme si un de mes nerfs s'était coincé. Il faut que je les détende. Je lâche le fer et pose les mains, paumes à plat, sur la table. Je tends mes orteils, mes jambes s'allongent et mes poils doux accrochent la lumière. La musique atteint un crescendo et je soulève encore un peu ma jambe, ignorant un tremblement de douleur.

Je relâche ma jambe et je pousse la planche à repasser avant de me hisser d'un coup sur la pointe des pieds, consciente de la manière dont ma voûte plantaire se creuse. Déplaçant mon poids d'un pied à l'autre, je lève les bras vers l'arrière, puis vers l'avant. Mon corps sait ce qu'il doit faire. Je m'élève sur une jambe, je replie l'autre en un demi-cercle, je tends les bras et je tourne, je tourne, je tourne en ramenant toujours la tête au même emplacement.

Pile au moment où je commence à perdre l'équilibre, je sens une main attraper ma jambe et la maintenir en position pour m'aider à en soutenir le poids. Une autre main est posée sur le bas de mon dos. J'ouvre les yeux et la fille d'hier soir est là, souriante. Tout en me soutenant, elle se balance légèrement au son de la musique, les yeux clos.

Je reste aussi immobile que possible, je ne veux pas qu'elle s'en aille. Sa chevelure blonde n'est plus aussi désordonnée que la dernière fois, elle l'a relevée sur le haut de sa tête. Le pyjama blanc qu'elle portait avant est propre lui aussi, trop court aux bras et aux jambes, tacheté de petits cœurs roses. Son corps est plus plein et j'aperçois les muscles de ses jambes ainsi que le relief de son estomac. Elle ouvre les yeux et plante son regard dans le mien.

« Qu'est-ce que tu fais ? »

Je sursaute et me retourne vers la porte du salon. Hector se tient sur le seuil de la pièce, il m'observe. Je sens mes joues s'empourprer. Quand je jette un coup d'œil par-dessus mon épaule, elle a disparu.

« Je ne savais pas que tu étais déjà levé », dis-je tandis que mon cœur tressaute.

Un sourire fend le coin de la bouche d'Hector. « Tu as l'air grotesque. Qu'est-ce que c'était censé être ? »

Je baisse les yeux au sol.

Il rit alors, un rire bref, dur. « Tu avais l'air d'une folle. Danser dans cette tenue. Et puis quoi, encore ? Attends que je raconte ça à Kylan. »

Je le regarde avec effroi. « Ne fais pas ça, Hector. S'il te plaît. »

Il sourit. « Je ne vais pas le faire, dit-il en s'approchant, et il dépose une main sur mon dos, à l'emplacement précis où elle avait posé la sienne, quelques instants plus tôt. « Pas si tu ne le veux pas. » Il me frotte le dos, de bas en haut. « Est-ce que tu as pris tes médicaments ?

— Pas encore. »

Hector quitte la pièce et revient aussitôt, le flacon à la main.

« Ouvre la bouche. »

Il en extrait un comprimé rose et le dépose dans ma bouche. Je fais semblant d'avaler, j'enfouis la pilule sous ma langue, puis j'ouvre de nouveau la bouche. Il hoche la tête.

Dès qu'il est reparti, je recrache le comprimé dans ma main, je m'approche de la cheminée et je le jette derrière la grille. Puis je remets la planche à repasser à sa place et je reprends ma tâche.

Je sens quelque chose se mouvoir au fond de moi, presque à portée de main. Je ferme les yeux dans l'espoir que cette sensation se précise. C'est d'abord une odeur, un parfum de détergent ou de sueur, puis une image furtive qui file devant mes yeux, trop rapide pour que je parvienne à la retenir. Un plancher de bois dur et brillant, un mur couvert de miroirs. Le tissu serré contre mes jambes, mes cheveux tirés sur mon cuir chevelu, retenus par trop d'épingles piquantes. Puis les accords, de la musique classique jouée doucement, quelques barres et rien d'autre. L'image se déploie un instant comme de l'encre sur du papier buvard et, juste après, elle disparaît tout aussi vite qu'elle est apparue.

Après ce qui me semble être un long moment, Hector revient dans la pièce. Il marche lentement jusqu'à son fauteuil et s'installe confortablement. J'entends le journal s'ouvrir. Les seuls bruits qui emplissent la pièce sont le bruissement des pages et le sifflement du fer à repasser. La paume de ma main est glissante de sueur, je peine à agripper le fer.

Un moment plus tard, une fois que j'ai terminé, je me retourne pour déposer la pile de vêtements repassés dans le panier, et mon regard tombe sur lui. Il tient le journal droit devant lui mais son regard se perd au loin, au-delà du journal, vers le mur opposé. Il paraît si fatigué, si vieux, usé et crispé derrière les lunettes en demi-lune qui reposent sur son nez. Son visage est assombri par quelque chose que je ne peux pas déchiffrer. C'est tout juste si je le reconnais.

Debout près de la planche à repasser, je l'observe alors qu'il laisse le journal s'affaisser sur ses genoux, qu'il laisse retomber sa tête entre ses mains. Le fer siffle.

Il lève la tête et me regarde. J'ai du mal à supporter son regard. Il semble attendre quelque chose. Je devrais savoir ce qu'il attend de moi.

Réconforte-le quand il est tendu. Parle d'une voix grave et douce, assure-lui ton soutien.

« Hector ? Est-ce que tu veux des œufs ? »

Il se redresse en prenant appui sur les bras du fauteuil. Derrière moi, il glisse ses bras autour de ma taille et dépose son cou sur mon épaule.

« Nous avons été heureux ensemble, n'est-ce pas ? », demande-t-il.

Je hoche la tête, et mes cheveux viennent caresser sa joue.

« Ne m'abandonne jamais, dit-il.

— Je ne le ferai pas.

— Dis-moi que tu m'aimes.

— Je t'aime, Hector. »

Il me retourne, m'attire contre lui et m'embrasse sur la bouche, les yeux toujours grands ouverts.

Il me relâche avec un sourire et se dirige vers l'entrée. J'entends claquer la porte, puis la voiture démarrer dans l'allée.

7

Hector quitte la maison à huit heures trente. Après avoir enfilé quelques vieux vêtements, j'attrape un chiffon et le pulvérisateur antipoussière, sous l'évier, et je retourne au salon. Je récure tout en partant de la baie vitrée, attentive à ce qu'aucun recoin ne m'échappe.

J'arrive bientôt au jeu d'échecs d'Hector, qui trône en bonne place sur la table, au centre de la pièce. Installée par terre, je frotte les pions un à un en me retournant de temps à autre pour regarder par la fenêtre pendant que je travaille. Derrière moi, je perçois le son d'un pion en marbre qui glisse à travers la planche de jeu. Je me tourne et je la découvre assise en tailleur, par terre. Ses jambes sont si maigres que les espaces qui les séparent semblent énormes. Sa main repose encore sur un pion blanc qu'elle a poussé deux cases plus loin.

Je regarde son visage : ses joues sales et étroites, ses cheveux emmêlés, ses yeux d'un gris lumineux. Quand je pousse un pion noir pour affronter son pion blanc, ses lèvres s'ouvrent en un sourire et ses dents blanches semblent trop grandes pour sa tête. Elle joue à son tour tandis que ses jambes s'agitent dans son pyjama blanc.

Alors que je me demande ce qu'elle est devenue depuis la dernière fois que je l'ai vue, je sens sa main se poser sur la mienne. Je baisse les yeux sur nos mains unies et je m'aperçois que nos deux rangées d'ongles sont rongées jusqu'au sang, leurs bords tout abîmés. Je dépose mon autre main au-dessus de la sienne et, tout d'un coup, sa main a disparu, et la pièce est vide.

Sur le jeu d'échecs, les pions sont arrêtés à mi-partie. Je me demande si cela prouve qu'elle a vraiment été là. Cela m'a semblé réel : je sens encore sa main posée sur la mienne. Je m'imagine en train d'en parler à Hector et je vois d'ici son visage se décomposer, j'entends déjà le cliquetis du flacon de pilules.

Je pense à la maison, au fait que Kylan rentre chez nous, et j'ai envie qu'il soit fier de moi. Je ne veux pas les décevoir, cette fois.

Je parcours les chambres l'une après l'autre et je nettoie tout ce que je vois, jusqu'à ce que la maisonnée étincelle. Je n'arrête pas de regarder autour de moi pour vérifier ma progression. À intervalles réguliers je pense aux cigarettes cachées sous le matelas, mais je n'ai pas envie de faire une pause. Cela me fait du bien d'être occupée, de travailler dur, et c'est tout juste si je pense à Hector ou à ce qu'il peut bien faire dehors pendant si longtemps. C'est comme autrefois, quand Kylan était jeune et que je n'avais jamais un moment à moi. Ce n'est qu'en passant la serpillère sur le dernier périmètre de carrelage, dans la cuisine, que je lève les yeux vers la fenêtre et que je me rends compte que la lumière faiblit déjà, que la journée est déjà presque terminée. Il est seize heures.

Je me verse un verre de vin et je vais me poster près des baies vitrées de la véranda. Je me sens mieux, davantage moi-même. En scrutant le jardin, j'aperçois la ligne noire des arbres, à l'horizon, qui se détache à contre-jour sur le bleu pur du jour qui tombe. Kylan et Katya doivent être en train de se préparer au départ, au long trajet depuis la ville, à travers les ombres et jusqu'à la lumière chaleureuse de la maison. Je sens monter mon excitation et je m'y raccroche : Kylan rentre à la maison.

Alors que je me tiens devant l'évier pour rincer une nouvelle fois le torchon, j'entends un bruit de pas parcourir le palier en courant, à l'étage. Je m'avance dans le couloir et je perçois des rires.

Je lance : « Il y a quelqu'un ? » Puis je gravis lentement les marches. Je me dépêche en entendant une porte se fermer. Tout est silencieux. La seule porte qui soit fermée est celle du bureau d'Hector et je me surprends à l'ouvrir. Hector et moi avons un accord tacite impliquant que je ne pénètre pas ici, c'est son territoire réservé.

Le grand arbre noir qui se dresse juste devant la fenêtre empêche la lumière de passer. Quand j'allume l'interrupteur, la pièce est vide. J'aperçois des feuilles en désordre ; d'étranges listes de symboles, de nombres et de signes d'équivalence et, dans la marge, en rouge, les notes d'Hector, des piles de vieilles revues, des pages d'un vieux journal. Je découvre un cercle de café sur le faux acajou et j'en dessine le contour avec mes doigts. Non loin de celui-ci, il y a une tasse à moitié emplie d'un liquide dont la surface est recouverte d'une épaisse couche de mousse blanche.

Le tableau d'affichage d'Hector me dévisage depuis le mur du fond, hérissé de cartes postales colorées d'anciennes étudiantes, soigneusement alignées et solidement maintenues par quatre punaises. Il est là depuis que j'ai emménagé dans la maison : c'est une des premières choses qu'Hector m'ait montrées. Elles étaient importantes pour lui, ces jeunes femmes, et les cartes qu'elles lui envoyaient signifiaient qu'il était également important pour elles. J'avais bien senti, à l'époque, que c'était à moi désormais de reprendre le flambeau, de lui donner ce qu'elles lui avaient apporté, quoi que ce fût.

Je m'approche du panneau de liège, je lève le bras et je détache une carte postale : une impression en noir et blanc représentant une fille assise dans un café, une cigarette à la main. En retournant la carte, je découvre une écriture bleue, inclinée. *Merci pour votre aide précieuse… Sans vous, je ne serais pas ici.* Je la replace sur le tableau en veillant bien à l'aligner avec les autres. J'en tourne une deuxième, une femme bleue peinte par Matisse. Au dos, une autre écriture. *L'entretien s'est bien passé… heureusement que nous avons révisé les équations différentielles !* En découvrant les baisers griffonnés en bas de celle-ci, je l'arrache du tableau et je la laisse tomber par terre.

En dessous, il y a une photographie que je reconnais. Mon visage, plus jeune, me fixe en souriant, le regard rivé sur l'objectif. Mes cheveux sont courts et noirs, ils m'arrivent au menton, et j'ai une frange sombre qui recouvre presque mes yeux gris. En arrière-plan, j'aperçois des bourgeons de vie nouvelle dans les arbres aux branches nues et la vallée qui remonte en pente douce.

J'ai déjà vu cette photo une multitude de fois et je me rappelle son histoire. Hector m'a toujours dit qu'elle avait été prise un samedi matin. Comme d'habitude, Hector avait fait la grasse matinée et j'avais préparé les œufs au bacon. Moi, je prenais des épinards et un œuf poché. Je me souviens que, pendant que j'étais enceinte, je devais suivre un régime strict qu'Hector avait recopié et affiché sur le frigo à mon intention. Nous voulions donner à Kylan les meilleures chances d'être fort et en bonne santé. Nous en avions parlé et j'avais compris son point de vue, j'étais heureuse de trouver là une raison supplémentaire, nouvelle et importante, de prendre soin de moi, de mon corps. Comme toujours, nous nous étions mis en route à dix heures précises pour notre promenade dans la vallée.

Avant, quand j'avais découvert cette photographie et que j'avais écouté les mots d'Hector, j'étais parvenue à me figurer la vallée dans son ensemble : les feuilles, les champs verdoyants. Hector m'avait dit que nous avions marché en nous tenant enlacés et c'est donc ainsi que je m'étais imaginé ce moment. D'habitude, je ne me souviens pas des odeurs ou des sentiments, mais quand je regarde cette photo, désormais, je me souviens d'une journée en particulier, celle, précisément, où ce cliché a été pris. J'entends les chants des oiseaux et le son du gravier sous nos semelles. Hector avait apporté son appareil, un vieux Nikon, et il avait pris des photos de ce début de printemps. La lumière claire et limpide donnait à toute chose une fraîcheur virginale. Des crocus orange perçaient à travers la terre brune et stérile; les arbres étaient tachetés de vert. Hector avait appuyé sur le déclencheur au moment où je tendais la main pour effleurer les nouvelles feuilles émergeant de l'écorce sombre. Prise au dépourvu, j'avais levé les yeux vers lui, et il avait souri.

Nous avions pour habitude d'emprunter toujours la même route, mais ce jour-là je m'étais sentie différente, mon énergie habituelle semblait m'échapper à mesure que j'observais les bottes d'Hector avancer pas à pas. En regardant au loin les étendues vertes et derrière elles le ciel bleu, j'avais eu le vertige, comme si je me tenais en haut de la montagne et que je regardais vers le bas plutôt que le contraire. Mes genoux avaient fléchi, et Hector m'avait rattrapée, ses mains solides enserrant mes bras.

« Tout va bien, avait-il dit. Tu es en sécurité. »

Il m'avait guidée vers un banc, en bordure de route, et nous nous étions assis.

« Que se passe-t-il ? avait-il demandé. Tout va bien ? »

En reprenant mon souffle, j'avais levé les yeux vers lui, vu ses sourcils froncés. Il avait tendu les mains pour toucher mon ventre rebondi.

« Nous n'aurions pas dû sortir aujourd'hui, avait-il déclaré, veux-tu que j'aille chercher de l'aide ? »

J'avais secoué la tête. « Je vais bien. J'ai eu un petit étourdissement, mais ça va, maintenant. »

Hector m'avait considérée avec sévérité. « Tu devrais être plus prudente. Si tu te sens faible, dis-le-moi, s'il te plaît. C'est important. »

J'avais baissé les yeux sur ses mains qui reposaient encore sur mon ventre.

Et tout d'un coup son visage s'était transformé, fendu par un sourire. « Je veux seulement ce qu'il y a de mieux pour le bébé », avait-il ajouté.

À cet instant précis, j'avais senti Kylan bouger, remuer contre les mains d'Hector. « J'adore quand il fait cela, avait-il dit, c'est comme s'il nous disait qu'il était là, qu'il nous attendait. »

J'ai posé mes mains sur celles d'Hector, étonnée de voir une larme se former au coin de son œil.

« Je suis tellement heureux. Nous allons former une famille. C'est ce dont j'ai toujours rêvé.

— Moi aussi, je suis heureuse, avais-je répondu en touchant mon ventre fièrement bombé.

— Mère avait tellement peur que je ne trouve pas de femme, avait-il repris. Elle n'arrêtait pas de dire que j'avais loupé le coche, elle s'inquiétait de savoir qui allait s'occuper de moi quand elle ne serait plus là. Je l'ai entendue s'entretenir avec mon père, un jour. Elle se demandait si j'avais un problème. Mais j'ai fini par te trouver. Cela n'a pas été facile, mais aujourd'hui, je sais que tout cela en a valu la peine. »

Il m'avait embrassée. Alors que j'attendais qu'il s'écarte de moi, Kylan avait encore bougé. Puis nous nous étions levés et nous avions rebroussé chemin vers la maison, vers notre foyer, Hector me soutenant d'un bras.

De retour dans son bureau, je sens poindre l'une de mes migraines. Je me frotte les tempes, mais la douleur se répand déjà et dans peu de temps je ne pourrai plus rien y faire. À cet instant, pourtant, je sens qu'on me pousse dans le dos. C'est elle, je reconnais l'odeur de son souffle, je le sens sur ma nuque. J'ai envie de me retourner, mais j'ai peur qu'elle ne disparaisse de nouveau. Je sens son corps frêle contre le mien, son haleine chaude tout près de mon oreille, désormais. Elle chuchote quelque chose que je comprends à peine.

« Marta ? »

Hector se tient à côté de moi, sa main est posée sur mon bras, ses ongles longs, sa peau épaisse striée de rides. Une forte odeur de poisson se répand dans la pièce et j'aperçois le sac dans son autre main, alourdi par une masse solide. Le flétan. Il est allé au marché pour moi.

« Tu as rapporté du poisson », dis-je.

Sa main repose encore sur ma peau. Tout en me dévisageant, il commence à resserrer son étreinte, lentement, presque comme s'il ne réalisait pas lui-même ce qu'il faisait.

« Hector, tu me fais mal. »

Il relâche son emprise. « Que fais-tu ici ? »

Je regarde le tableau d'affichage, la photo puis le sol où repose la carte postale que j'ai laissée tomber. « J'étais en train de faire le ménage. »

Il suit mon regard et, après s'être péniblement baissé pour ramasser la carte, il la remet à sa place, recouvrant de nouveau la photographie.

Je tends la main vers le flétan et il me le donne alors que son regard s'attarde sur le tableau d'affichage. Il déplace légèrement la carte postale de manière qu'elle soit parfaitement alignée par rapport aux autres. Puis ses yeux se posent sur moi, et quelque chose flotte dans l'air, entre nous deux, quelque chose d'épais et de sombre comme de la fumée. Ainsi plantée devant lui, j'éprouve soudain des difficultés à respirer.

« Hector ? »

Il ne répond pas.

« Est-ce que tu vas bien ? »

Il hoche la tête. Tout d'un coup, je me dis qu'il a peut-être vu des choses, lui aussi.

« Hector, je voudrais te parler. Tu n'as rien remarqué d'étrange dans la maison ? J'ai entendu des bruits.

— Quel genre de bruits ?

— Je ne sais pas… des sons. Ma poupée était tournée dans l'autre sens, hier. »

Hector sourit. « Est-ce que ton imagination te joue de nouveau des tours ?

— Je ne crois pas que ce soit le fruit de mon imagination, Hector.

— Je croyais que tu avais passé l'âge d'inventer des histoires, désormais. »

J'objecte : « Mais je vois aussi des choses. Une fille blonde. »

Les sourcils d'Hector se lèvent. « Est-ce que tu as pris tes médicaments ? »

Je déglutis. « Tu sais bien que oui, Hector. »

Il attrape de nouveau mon poignet. « Si je découvre que tu as encore arrêté de les prendre... » Il s'interrompt. Il pince la chair de ma taille. « Tu maigris. Est-ce que tu as mangé, aujourd'hui ?

— Je n'en ai pas eu le temps. J'avais trop à faire. »

Fais toujours passer les besoins de la famille avant les tiens.

« Essaie de manger quelque chose avant qu'ils n'arrivent. Est-ce que tout est prêt ?

— Presque.

— As-tu besoin d'aide ? »

N'ennuie jamais ton mari avec des questions d'ordre domestique.

Je secoue la tête. « Il faut juste que je m'occupe du ragoût de flétan. »

Hector jette un œil à sa montre. « Eh bien, je vais aller me préparer, alors. » Et il se retourne pour quitter la pièce.

*

Un moment plus tard, une fois que j'ai terminé ce que j'ai à faire dans la cuisine, je tends l'oreille vers le couloir pour détecter des signes de la présence d'Hector. Au bout de quelques minutes, le sol grince, et je devine qu'il se trouve dans son bureau.

Je monte les marches de l'escalier. Dans la salle de bains, le ventilateur vrombit. Je referme la porte à clé, j'ouvre le robinet de la douche et je regarde l'eau jaillir, transformant l'air en vapeur. En ôtant mes vêtements je me sens dégoûtante, la saleté accumulée me démange et il me tarde d'être de nouveau propre. Dans le miroir, ma clavicule pointe sous ma peau blanche, mes seins pendent, petits et plats, sur mon buste. La peau affaissée de mon ventre est lâche et ridée.

L'eau commence à être chaude, et les bords de la vitre sont déjà un peu embués. C'est insoutenable, mais je me force à rester stoïque. Mes cheveux humides collent sur ma nuque. Je fais mousser le savon entre mes paumes et je lave lentement mon corps en veillant bien à n'omettre aucun centimètre carré de peau. Une fois propre, je ferme les yeux et je me concentre sur l'obscurité derrière mes paupières, sur le flux chaud et humide de l'eau contre ma poitrine. Je reste là aussi longtemps que possible.

Quand j'ouvre les yeux, je me tiens hors de l'habitacle de la douche et je regarde vers l'intérieur de celui-ci. J'entends le grondement de l'eau et je distingue la silhouette de la fille de l'autre côté de la paroi embuée. Elle chantonne doucement : il n'y a pas de paroles, juste une mélodie fredonnée qui vibre sous l'eau et résonne dans la salle de bains. Je la scrute à travers les petits cercles translucides qui parsèment la vitre. Elle a les yeux fermés mais elle sourit, sa peau est blanche et douce dans le halo de la lampe. Ses cheveux blonds ont foncé, ils sont plaqués en arrière et épousent en douceur les courbes de ses épaules et de son dos. Ses hanches jaillissent de sa taille, et ses côtes se détachent de son buste. Elle n'a pas de seins. J'aperçois ses épaisses veines bleues sous sa peau blanche, et son corps est recouvert de duvet fin.

Ses yeux s'ouvrent d'un seul coup, clairs et gris, et je recule pour qu'elle ne me voie pas. Le fredonnement s'est interrompu, maintenant, et je tends l'oreille en espérant l'entendre encore. Je ne perçois que le son des gouttes d'eau qui s'écrasent sur le sol désert de la douche et, quand je fais un pas en avant, sa silhouette rose a disparu.

J'avance la main dans la cabine et je ferme le robinet, scrutant le bleu céladon des carreaux, les produits de rasage d'Hector, à côté du lavabo, son peignoir suspendu derrière la porte. Je tremble : mes dents claquent. J'attrape une serviette sur le séchoir et je me frotte vigoureusement. Je reste plantée là pendant un moment, à regarder la cabine de douche vide, à suivre les traces humides de mes pieds sur le tapis.

En jetant un coup d'œil par-dessus mon épaule, je me vois dans le miroir embué. Je ne veux pas repousser cette fille ni nier ce que j'ai vu. Quelque chose me dit que ce serait vain, de toute manière : comme essayer de faire couler un bouchon de liège dans une bassine remplie d'eau – quoi qu'il arrive, il remonte à la surface.

*

Dans la chambre à coucher, je me dirige vers le placard. Je choisis soigneusement les habits que je souhaite porter, je laisse courir mes doigts sur ma sélection de vêtements. Cette soirée me semble importante et j'ai envie de faire la meilleure impression possible. *Une femme convenable peut être jugée d'après la propreté de sa tenue et la manière dont ses enfants savent se tenir.*

Je veux que Kylan soit fier de moi.

Je choisis une jupe crayon rouge avec une veste assortie et une chemise blanche. Peut-être même que je mettrai des talons.

Au fond du placard, j'aperçois un petit monticule de tissu blanc, froissé. Je tends la main pour le saisir, le bord en dentelle glisse entre mes doigts. Cela fait des années que je n'y avais pas pensé. Je le sors du placard et je décide de le porter ce soir, comme un secret. Mon corset : un cadeau de mariage d'Hector. Autrefois, j'avais l'habitude de le serrer au cran maximum, mais maintenant, même le cran le plus lâche est trop étroit, et j'ai toutes les peines du monde à faire tourner le tissu autour de ma taille. Une fois que je l'ai enfilé, je sens de légers bourrelets tout au long du tissu vrillé : je me sens engoncée, mais je décide que ce n'est, finalement, pas une mauvaise chose.

Je me rappelle le moment où j'ai essayé le corset dans la cabine d'un grand magasin, lors de notre dernière virée en ville. Nous avions fait des courses toute la journée pour préparer ma nouvelle vie de femme mariée, une occasion si particulière. Nous étions tombés d'accord sur le fait que nous avions passé un moment très agréable à flâner dans la ville baignée de soleil avant de nous arrêter pour prendre un café dans l'une des larges avenues bordées d'arbres. Je me souviens du sourire d'Hector pendant qu'il essuyait une trace de mousse blanche de sa lèvre. Le mariage était imminent, et c'était l'été.

Maintenant, cela dit, je me remémore l'odeur de renfermé de la cabine d'essayage. Mes mains tremblaient tandis que j'attachais les agrafes, et j'avais dû demander à Hector de m'aider pour celles du haut. Je me souviens à quel point ses mains m'avaient semblé froides. J'avais ajusté le corset devant le miroir, passant mes bras à travers les bretelles, mais bien que le tissu fût lâche, il m'avait serrée tout d'un coup, et j'avais commencé à avoir des difficultés à respirer. Le visage rouge, j'avais tiré sur le tissu sans parvenir à l'enlever. Quand j'avais enfin réussi à m'en dépêtrer, j'avais hâtivement enfilé mes vêtements : un vieux pull d'Hector et un pantalon noir, trop grand pour moi. J'étais restée coincée dans la cabine d'essayage pendant un long moment, incapable d'en sortir, et Hector avait été obligé de me convaincre, d'abord par des mots doux et des encouragements, puis par des menaces silencieuses, chuchotées à travers le rideau épais qui nous séparait. « Est-ce que votre fille a besoin d'aide? » s'était enquise la personne responsable, et j'avais senti la rage sourde d'Hector transpercer l'épaisseur du rideau.

Après avoir payé, Hector m'avait prise par le bras et nous avions marché dans les rues. Je n'arrivais pas à suivre son pas et je me souviens que son emprise s'était resserrée. Je voulais à tout prix lui obéir, mais tout ce que je faisais semblait l'agacer, et ses yeux étaient sombres, ses lèvres pincées. Marmottant dans sa barbe, il m'avait intimé de me dépêcher. Enfin, nous avions fini par arriver à un salon de coiffure dans lequel il m'avait entraînée.

Tout d'un coup, j'ai l'odeur d'alcool du salon de coiffure dans le nez. Je prends une grande inspiration : ce parfum cache d'autres choses, je les sens toutes proches. J'attends. Il y a la sensation du fauteuil de cuir sous mes doigts, les grands miroirs, alignés en face de moi. Je me vois dans le reflet mais je suis différente, presque méconnaissable.

Je me souviens que la coiffeuse m'avait demandé quand je m'étais fait couper les cheveux pour la dernière fois, sa voix chargée d'un dégoût à peine masqué tandis qu'elle étudiait mes pointes à la lumière. J'avais secoué la tête, consciente du regard des autres clients du magasin. La musique, les rires, les bavardages, tout cela me parvenait depuis un mur infranchissable. Hector était assis près de la fenêtre, simulant l'ennui, me jetant des coups d'œil depuis l'autre bout de la pièce, un magazine tremblotant sur son genou. Il s'était donné tant de mal pour défaire mes nœuds, il était même allé jusqu'à envisager de me couper les cheveux lui-même. Les larmes avaient roulé sur mes joues. J'avais senti son embarras quand la coiffeuse s'était agenouillée auprès de moi, ses propres cheveux brillant dans l'éclat des lampes, et qu'elle m'avait chuchoté que tout allait bien se passer.

Elle m'avait donné une tasse de thé sucré et chaud que j'avais bu rapidement pour lui faire plaisir, me brûlant la langue. Puis, suivant les instructions d'Hector, elle avait tout coupé et m'avait taillé une frange avant de me teindre en brun. Le regard rivé au sol où venaient s'écraser les longues mèches, j'avais écouté le claquement implacable des ciseaux métalliques.

Je n'avais consenti à me regarder qu'une fois le sèche-cheveux éteint. Ma tête me semblait plus légère et, bien que je ne reconnusse pas cette fille à la coupe au bol sombre et à la lourde frange, je savais qu'il s'agissait bien de moi. Hector avait reposé son magazine et s'était approché, un grand sourire sur les lèvres. Il avait remercié la coiffeuse et s'était penché vers moi.

« Est-ce que cela te plaît, Marta ? », avait-il demandé.

J'avais hoché la tête.

« Ce doit être un soulagement de se débarrasser de cette tignasse, avait-il déclaré. Tu es méconnaissable. »

Il s'était retourné pour se rendre à la caisse, et j'avais observé la fille aux cheveux sombres se lever pour le suivre.

Pendant toutes ces années, j'avais gardé de cette journée en ville un souvenir plein de lumière et de joie. Hector et moi, entamant notre vie conjugale. Tout d'un coup les zones d'ombre m'apparaissent, pour la première fois.

8

Une fois prête, je me rends dans la cuisine et je bois deux verres de vin blanc, aussi vite que possible. Je nettoie le verre, je le sèche et je le remets à sa place dans le placard. Hector n'approuverait certainement pas, surtout pas si sa mère est censée arriver d'un moment à l'autre.

À dix-neuf heures trente précises, je m'assieds en haut des marches et j'attends. Je ne tarde pas à distinguer le vrombissement d'un moteur. Le faisceau des phares traverse comme un fantôme le panneau de verre dépoli de la porte d'entrée, les portières de la voiture s'ouvrent et se referment en claquant, et des rires me parviennent en même temps que le cliquetis de talons dans l'allée.

Quand retentit la sonnette de l'entrée, je me lève. Mes mouvements sont lents et méthodiques sur mes hauts talons. Je me retiens d'une main à la rampe, j'ai comme un étourdissement. Arrivée en bas des marches, je retrouve mon équilibre, je jette un coup d'œil au miroir de l'entrée, souriante, et je sens une onde de joie m'envahir. Derrière la vitre, de l'autre côté du couloir, je distingue les contours des larges épaules de mon fils, l'ombre chinoise de ses cheveux.

J'ouvre la porte, laissant s'engouffrer l'air frais de l'extérieur.

Il se tient sur le seuil, les mains enfouies dans les poches d'un grand duffle-coat gris que je ne reconnais pas, autour du cou l'écharpe rouge que je lui ai offerte à Noël. À mes yeux c'est encore un petit garçon, avec ses cheveux d'un blond couleur sable séparés par une raie centrale, ses joues parsemées de taches de rousseur et ses gentils yeux d'un bleu limpide.

Je dis son nom. Il se penche pour m'embrasser sur la joue, et je sens le parfum puissant de sa lotion après-rasage qui domine son odeur. Quand je l'attire contre moi, son corps me semble étrange, grand, différent de celui que j'avais en mémoire.

Par-dessus son épaule, la fille blonde se tient debout sur le paillasson et me gratifie d'un demi-sourire en coin. Elle porte son pyjama blanc avec les cœurs roses. J'inspire un grand coup en m'agrippant aux bras de Kylan, le tissu de son manteau est épais sous mes doigts. Il pose ses mains sur les miennes, doucement, et essaie de les détacher de lui. Les battements de mon cœur ralentissent. Il me tient à bout de bras et me scrute d'un regard pénétrant.

« Qu'est-ce qu'il y a ? », demande-t-il.

Je recule d'un pas, dans le couloir. Kylan entre à son tour et elle lui emboîte le pas. Bousculant Kylan, je referme vite la porte. Je l'entends lâcher un son depuis l'autre côté. Je me retourne pour regarder Kylan, le souffle court, et je reste là, entre elle et lui.

« Maman. Mais qu'est-ce qui se passe, bon Dieu ?

— Elle ne doit pas entrer ici.

— Elle est venue faire ta connaissance. Nous venons de rouler pendant six heures…

— Ce n'est pas elle.

— Tu ne l'as jamais rencontrée.

— Elle ne doit pas entrer. »

Kylan s'avance pour ouvrir la porte. Je m'interpose.

« Maman. S'il te plaît. Il gèle, dehors. »

Ses yeux bleus me rappellent tellement ceux de son père. Je le contourne pour me rendre dans la cuisine. J'entends Kylan ouvrir la porte, puis la refermer ; je les entends parler. *Je ne sais pas. Je suis désolé.*

Hector est maintenant dans l'escalier. Il ne peut me voir, mais je remarque que ses cheveux sont encore un peu humides de la douche, soigneusement peignés, il me fait penser à un petit garçon engoncé dans une tenue de fête, pour un anniversaire. Il s'avance pour l'embrasser sur la joue. Elle rougit et il y a un petit moment embarrassant quand leurs deux nez manquent de se cogner. Elle a les mêmes cheveux blonds qui lui arrivent aux épaules, les mêmes yeux d'un gris pâle, mais une bouche différente. Ses lèvres sont plus petites, comme un bouton de rose ; son sourire est plus lent, plus doux. Elle porte une jolie robe à fleurs. En fait, ce n'est pas la fille.

Je fais un pas en avant.

Ils se retournent tous pour me regarder. Pendant un long moment, personne ne parle.

« Mère n'est pas encore là ? », interroge Hector.

Je ne réponds pas. Le regard d'Hector passe d'eux à moi.

« Est-ce que tu as enfin fait la connaissance de Katya ?

— Non. »

Hector semble confus. « Mais qui leur a ouvert la porte, alors ?

— Je suis désolée, Katya, dis-je en faisant un pas en avant. Je ne savais pas que vous veniez. »

Hector et Kylan me dévisagent tous deux. « Mais je t'avais prévenue... commence Hector.

— Je suis sûre que nous aurons suffisamment à manger pour tout le monde, dis-je en souriant.

— Je suis très heureuse de vous rencontrer enfin, madame Bjornstad, finit par intervenir Katya. J'ai tellement entendu parler de vous. »

Je me demande ce qu'elle a bien pu entendre.

« Appelle-la Marta », conseille Hector.

Je la fixe. Son joli visage dépourvu de la moindre imperfection rayonne quand elle me regarde à son tour. En voyant le bras de Kylan se glisser dans son dos pour l'attirer plus près de lui, je sens quelque chose de froid se déplacer dans mon estomac.

« Est-ce que je peux vous offrir quelque chose à boire ? dis-je en faisant un pas vers la cuisine.

— Je peux m'en occuper… propose Hector.

— Emmène-les donc au salon, Hector. J'ai fait du feu. »

Ils me regardent tous et personne ne répond. J'ai envie de hurler.

« Je prendrais bien une bière, déclare Hector.

— Moi aussi, approuve Kylan.

— Est-ce que vous avez du gin tonic ? s'enquiert Katya.

— J'ai ta bière préférée, dis-je, le regard rivé sur Kylan. Je l'ai achetée tout spécialement pour toi. » Il baisse les yeux sur ses pieds.

Dans la cuisine, je pose mes mains sur le bord du plan de travail et je tends l'oreille jusqu'à ce qu'ils soient sortis du vestibule. Ils ne bougent pas. Leurs voix me parviennent par-dessous la porte de la cuisine malgré l'écho conjugué de mon souffle et des battements de mon cœur.

Une fois certaine qu'ils sont passés au salon dans un bruissement de pas, je me penche et je vomis rapidement dans l'évier. Une traînée brune et visqueuse se trace un chemin à travers l'acier inoxydable. Derrière mes paupières, je sens la pression d'une chambre plongée dans la pénombre : la petite main de Kylan sur mon épaule, le pli entre ses grands yeux. Le même regard de concentration et d'inquiétude, si familier après des heures de devoirs de mathématiques. Je me rappelle son équipement de foot, ses genoux tachés de boue, l'odeur de ses cheveux humides, sur sa nuque.

J'ouvre le robinet et j'enlève la saleté jusqu'à ce que tout soit propre à nouveau. Puis j'essuie et je nettoie ma bouche, je me lave les mains et j'attrape un verre simple, deux chopes et un verre à pied dans le placard.

Je verse le gin et le tonic sans me soucier des proportions. Pendant que je coupe un citron d'une main incertaine, je remarque l'éclat du couteau dans la lumière de la cuisine. Je le tiens dans ma main pendant un instant; je sens comme une démangeaison sur mon poignet, le long de l'os étroit du dessous, là où courent les veines bleues. Je m'apprête à me débarrasser de cette sensation en la frottant avec la lame : à peine a-t-elle touché ma peau que le couteau dégringole sur le plan de travail.

Quand j'entre dans la pièce, ils s'interrompent un bref instant, puis poursuivent leur conversation avec une normalité feinte. Je suis consciente d'être observée tandis que je distribue les verres, réservant celui de Kylan pour la fin. Katya me remercie. Quand je donne le sien à Kylan, il saisit le verre sans me regarder, sa main reposant encore sur le dos de Katya.

La sonnette de la porte d'entrée retentit. La mère d'Hector se tient sur le seuil. Elle semble plus petite que dans mon souvenir, plus âgée aussi : les rides de son visage couvert de poudre font ressortir le duvet fin de ses joues. Elle porte un vieux tailleur bleu que je reconnais et un fard à paupières assorti. Elle avance et me tend un bouquet d'œillets jaunes enserrés dans de la Cellophane.

« C'est pour toi. Cela égayera un peu la maison.

— Merci, Matilda, dis-je en reculant pour la laisser entrer. Est-ce que je peux prendre votre manteau ? »

Elle m'ignore, trop occupée à inspecter la pièce. Cette maison reste son territoire. Elle commence à ôter sa veste en me scrutant de ses yeux bleus nuageux. Je me détourne la première, pour l'accrocher au-dessus des marches.

« Où est donc Hector ?

— Il est dans le salon avec Kylan et sa copine. »

Elle traverse lentement le vestibule, manifestement incommodée par sa hanche. Je ne lui viens pas en aide.

« Kylan, lance-t-elle en approchant de la porte. Viens donc embrasser ta vieille grand-mère. » Des touffes de cheveux blancs encadrent son visage comme un halo. Kylan se penche pour l'embrasser : elle effleure sa joue, y laissant une traînée rose, scintillante.

Le regard de Matilda se pose sur Katya.

« Voici mon amie Katya », annonce Kylan.

Matilda l'examine attentivement. « Je suis enchantée de faire enfin votre connaissance. Hector m'a beaucoup parlé de vous.

— Moi aussi », répond Katya.

J'ai envie de la mettre en garde.

Les cheveux soigneusement lissés, Hector embrasse sa mère. « Laisse-moi te regarder, Hector », clame Matilda en le tenant à bout de bras. Elle fronce les sourcils. « On dirait que tu as besoin d'être correctement nourri. » Elle me jette un regard, mais je fais semblant de ne pas m'en apercevoir. Un frisson parcourt ma peau.

Je lui demande : « Qu'est-ce que je peux vous servir ? »

Elle se tourne vers Hector en souriant gentiment. « J'adorerais boire un gin tonic.

— Bien sûr, Mère », s'empresse Hector en se dirigeant vers la porte du salon.

Je l'intercepte. « Je m'en occupe.

— Cela ne me dérange pas…

— J'y vais, Hector, dis-je. Il faut que je mette ces fleurs dans de l'eau. » Je brandis le bouquet que je tiens à la main et je regarde un pétale jaune s'en détacher pour aller se poser par terre.

Hector se retourne et rejoint le groupe, derrière moi. Je reste un instant à l'extérieur du cercle, j'essaie de croiser le regard de Kylan. Il rit à propos de quelque chose que son père est en train de raconter et, tout en riant, il resserre son bras autour de Katya pour l'attirer un peu plus près de lui. Je regarde le muscle tendu de son bras. D'un geste vif de la tête, Katya repousse une mèche de ses yeux, et je sens une douleur fulgurante traverser mon corps en la voyant lever le regard vers lui en souriant.

Dans la cuisine, je prends des ciseaux pour détacher le plastique des fleurs. Je soupire en séparant les tiges les unes des autres sur le plan de travail, effleurant les bords des tiges coupées. Après avoir rempli un seau d'eau, j'y mets les fleurs et j'ouvre les portes-fenêtres de la véranda pour les déposer dehors, à la place qui leur revient. Elles se faneraient encore plus vite si je les gardais dans la maison.

Je vérifie que le dîner est prêt en remuant la soupe avec une cuiller en bois, et sa consistance parfaite me fait sourire. Je prépare un nouveau gin tonic.

Quand je lève les yeux, Matilda est là, dans l'embrasure de la porte, ses mains ridées posées sur ses larges hanches. Je me retourne pour lui faire face.

« Est-ce que je peux faire quelque chose pour vous ? », dis-je.

Elle s'avance un peu dans la pièce et me répond par une question : « Tu as peut-être besoin d'aide ? »

D'instinct, je recule d'un pas pour être hors de sa portée.

« Je n'ai besoin de rien. C'est presque prêt. »

Elle tend le bras pour soulever le couvercle de la marmite de ragoût. Un fumet s'en échappe et parfume la cuisine, elle hume l'air. Puis elle attrape la cuiller posée à côté de la cuisinière, l'emplit de sauce et y trempe ses lèvres. Elle ferme les yeux et laisse le liquide chaud glisser le long de sa gorge.

Tout en l'observant, je me souviens d'une Matilda plus jeune, bien en chair, avec un tablier rouge assorti au mien. Après le mariage, elle venait tous les dimanches pour mes leçons. Cela me fait presque rire, quand je pense que j'ai vraiment cru pouvoir un jour combler ses attentes. Je prenais un boulot qu'elle refusait d'abandonner, surtout depuis que le père d'Hector était décédé. Bien qu'elle eût elle-même exercé une pression pour qu'Hector trouve une épouse, elle n'allait tout de même pas lui faciliter la tâche pour la supplanter. Hector s'asseyait à la table de la cuisine et nous regardait. Après son départ, je l'agaçais toujours particulièrement et il ne m'adressait quasiment pas la parole de l'après-midi. Je le décevais en échouant à impressionner sa mère, tout comme il avait échoué avant moi.

Et la voilà de nouveau, les yeux fermés, goûtant mon ragoût.

« Cela manque de sel », déclare-t-elle. Puis elle se retourne, saisit son gin tonic sur le buffet et quitte la pièce.

Une fois qu'elle est partie, je soulève le couvercle de la marmite. Je saisis la salière et je la renverse dedans en regardant disparaître la traînée blanche et douce. Je continue de verser jusqu'à ce que la salière soit vide.

J'emplis de nouveau l'évier d'eau chaude et savonneuse en regardant monter la vapeur. Une fois la vasque pleine, je ferme les robinets et je plonge mes mains sous la surface. Je sens la chaleur picoter les bouts abîmés de mes doigts. Je sens ses mains se glisser sur les miennes, enfermer mes doigts entre les siens et les frotter. Les yeux fermés, je sens son souffle chaud dans mon oreille, son corps se presse contre mon dos et ses pieds nus se placent de part et d'autre des miens. Je me demande distraitement quand j'ai bien pu enlever mes chaussures. Elle chuchote quelque chose que je ne comprends pas. Je tends l'oreille pour mieux entendre.

Quand je ressors les mains de l'eau, de la sueur s'est formée sur mon front, mes mains tremblent, et elle a disparu.

9

Dans le salon, Hector évoque la quantité de neige tombée l'hiver dernier et se lance une nouvelle fois dans le récit de ce Noël où nous avons été enneigés. Kylan rit avec lui. Je me souviens comme il lui tardait de rejoindre la fac après toutes les festivités : la neige avait teinté son séjour de frustration. Il avait dû rester enfermé à la maison pendant des journées entières, à jouer aux échecs avec son père et à regarder le feu se consumer. Il était irritable et consultait sans cesse les prévisions météo. Apparemment, il a oublié cela.

« Mes parents ont invité Kylan à passer Noël chez eux, cette année », annonce Katya en regardant Kylan. Son visage rayonne dans la lumière du feu de cheminée, et ses cheveux forment une auréole chatoyante d'or blanc. Je serre les poings contre mes hanches. Elle sourit et tout d'un coup c'est l'autre fille que je vois, souriante elle aussi, les yeux levés vers Kylan tout en parlant à Hector. Elle est ici, dans cette pièce, et je suis la seule à la voir.

Quand je reprends conscience de mon entourage, je réalise que le silence s'est fait autour de moi. Tous les visages sont tournés dans ma direction dans l'attente de ma réaction à quelque chose, mais je n'ai pas la moindre idée de ce que cela peut bien être. J'essaie de sourire.

« Maman ? », interroge Kylan.

Je me tourne vers lui. « Oui, mon chéri ? »

Les rides réapparaissent sur son front. « Je viens de te demander ce que nous aurions pour le dîner, ce soir.

— J'ai fait ton plat préféré.

— Des boulettes de viande ? », intervient Katya.

Je la regarde, assise à l'emplacement où se trouvait la fille. Elle dégage son front de ses cheveux blonds et cligne des yeux à mon intention. « Non, dis-je, les dents serrées, ce n'est pas ça, le plat favori de Kylan. C'est le ragoût de flétan. »

Kylan fixe le feu et concède : « Je crois que cela dépend un peu de mon humeur. »

Hector éclate de rire. Cela fait un sacré vacarme, dans cette petite pièce. « Bien joué, mon garçon », dit-il en adressant un clin d'œil à Katya qui rougit.

J'interroge Kylan : « Est-ce que tu viens de dire que tu allais passer Noël dans la famille de Katya ?

— Nous n'avons pas encore décidé de ce que nous allions faire, répond-il.

— Et ton père et moi, alors ?

— Ils viennent tout juste de nous inviter, nous n'avons donc pas encore eu le temps d'y penser, plaide Kylan.

— Bien entendu, cela ne pose aucun problème si tu veux aller là-bas cette année, s'entremet Hector. Nous nous contenterons de notre Noël tranquille habituel. »

Je pense à la dinde rôtie et à tous ses accompagnements dont la préparation me mobilise pendant des journées entières. C'est facile à dire, pour lui, que ce sera tranquille. J'imagine le réveillon de Noël entre Hector et sa mère et j'ai envie de supplier Kylan de revenir.

Katya se penche en avant pour saisir son verre et c'est là que je le vois : sur sa main gauche, un petit diamant carré sur un anneau d'argent. Avant même de m'en rendre compte, mon bras s'est tendu, et sa main repose dans la mienne.

« Où as-tu trouvé cela ? », dis-je.

Katya hésite. « C'est Kylan qui me l'a offerte. »

Un long, long silence s'installe.

« Est-ce que c'est... ? reprends-je en regardant Kylan.

— J'ai demandé à Katya de m'épouser, répond-il. C'est ce que nous voulions vous dire. »

Son visage affiche de nouveau cet air inquiet que je lui connais si bien. Je sens qu'elle me regarde, qu'ils me regardent tous. Mes yeux commencent à me démanger; ma gorge se fait douloureuse.

Je le serre dans mes bras et j'écrase mon visage contre son épaule. « Quelle merveilleuse nouvelle, dis-je à son oreille. Je suis tellement heureuse pour toi. »

Je m'écarte de lui. Je vois que Katya cache un sourire secret, de joie pure.

« Maman, est-ce que tu vas bien ? »

Les larmes commencent à tacher ma chemise. « C'est juste une si merveilleuse nouvelle, mon chéri. »

Je sens que les larmes se font plus intenses.

« Allons chercher du champagne », lance Hector, et nous quittons la pièce ensemble.

Au moment où nous passons le seuil de la cuisine, je m'immobilise. Je sens ses mains sur mes épaules. Il me fait pivoter pour lui faire face et, sans le regarder, j'enfouis mon visage contre sa poitrine. Je l'entends fermer la porte derrière nous pendant que je me mets à sangloter contre lui. Il m'entoure de ses bras, me serre contre lui.

« Il reviendra nous voir, Marta. Il ne vivra plus ici, c'est tout. »

Je regarde ses yeux bleus, si calmes. « Mais il me manque. »

Hector me caresse les cheveux. « Il fallait bien que cela arrive un jour, on ne voulait pas le garder ici éternellement, tout de même. »

J'enfonce de nouveau mon visage contre sa poitrine. *Moi, si.*

Je demande doucement : « Pourquoi ne me l'a-t-il pas dit avant ? »

Le regard d'Hector se perd au loin et je comprends à cet instant que Kylan lui en avait déjà parlé. J'imagine leur conversation téléphonique, Hector assis derrière son bureau, dans l'étude, lui prodiguant des conseils comme s'il était expert en l'art et la manière de trouver une épouse modèle.

« Tu le savais ? »

Il me caresse le dos d'une main. « Je voulais te le dire, m'apaise-t-il d'une voix tendre, mais il n'était pas encore sûr de lui à ce moment-là. Il m'a demandé de ne pas t'en parler. »

Je le repousse.

« Il n'aurait pas dû la demander en mariage, s'il n'était pas sûr de lui », dis-je. Je prends une chaise et je la traîne jusqu'au four pour atteindre le casier à bouteilles qui se situe au-dessus. Au moment où je me hisse, mes talons s'enfoncent, entaillant la housse en plastique. Je me retrouve en équilibre précaire sur la chaise. Je me retiens au mur, le regard d'Hector pèse sur moi. Il n'essaie pas de me rattraper.

Je finis par réussir à saisir une bouteille de champagne, mais je dégringole en arrière, et cette fois la poigne solide d'Hector m'empêche de tomber.

« Marta, veux-tu bien faire attention, s'il te plaît. Je ne veux pas que tu te blesses. »

Je me dégage de son étreinte, je dépose la bouteille sur le côté et je quitte la pièce.

Il n'a qu'à préparer les boissons lui-même.

*

Je m'arrête dans le vestibule, je ferme les yeux et j'écoute le grondement sourd de la voix de Kylan à travers la porte fermée, devant moi. Je presse mon visage contre la fraîcheur de la peinture pour tenter de recouvrer mon calme. Je ne suis pas encore prête à retourner dans cette pièce.

Les voix se sont interrompues. Quelque chose se passe de l'autre côté de la porte. Je sens l'air qui me parvient par l'interstice, en dessous. Des images commencent à flotter devant moi. Un cadre métallique. Un matelas fin : un lit soigneusement fait. Le grincement de ressorts.

Les draps sont doux, blancs et immaculés, et elle se trouve en dessous, étroitement bordée. Elle porte un pyjama blanc propre parsemé de petits cœurs, tout neuf. Ce n'est pas le sien : il est trop petit, une taille enfant, étroit à la poitrine, trop court aux chevilles.

Je perçois comme un bourdonnement d'insecte pris au piège provenant du néon de lumière électrique qui traverse le plafond de béton gris et clignote légèrement. J'entends aussi une sorte de vrombissement permanent qui provient, lui, d'un ventilateur identique à celui que nous avons dans la salle de bains, pour éviter que la vapeur ne s'y accumule.

La pièce est carrée, entourée d'épais murs de béton. Contre l'un des murs est placée une table basse et blanche, sa peinture ondule comme si elle avait été oubliée dehors, sous la pluie. L'espace qui sépare le lit et la table est sans doute suffisamment grand pour accueillir une personne allongée, mais c'est juste. Il y a une chaise à côté du lit, et dans le coin j'aperçois un cabinet de toilette sans couvercle, fixé au mur. Tout est fixé au mur.

Le plafond est percé d'une trappe métallique carrée ornée d'un cadenas d'apparence robuste.

Un homme est assis sur le rebord du lit, il me tourne le dos. Il la regarde pendant qu'elle dort. Je vois ses yeux s'entrouvrir lentement, comme si ce geste lui faisait mal. Elle tente de redresser la tête, de se relever, mais elle porte une main à son visage, referme les paupières et se laisse retomber en arrière.

« Regarde-moi », intime-t-il. Sa voix est calme, et elle commence à lever les yeux vers lui.

Mes yeux croisent le regard de Kylan. « Maman, regarde-moi. Est-ce que tu vas bien ? » Sa voix est douce.

Je cligne des yeux. « Je vais très bien, mon chéri. »

Il me scrute.

« On entre ? », dis-je.

Il reste un instant debout là, sans rien dire. Derrière lui, j'aperçois Matilda installée dans l'un des fauteuils ; Katya est assise dans le canapé. Elle détourne vite son regard de moi quand je pénètre dans la pièce, mais Matilda me dévisage suffisamment longtemps pour que je me sente mal à l'aise. Je me frotte les yeux. Kylan fait un pas de côté, je le dépasse et vais m'asseoir dans le fauteuil d'Hector. Je reste là, silencieuse, sentant mes jambes battre le sol, essayant d'ignorer la migraine qui monte. J'aimerais revoir cette pièce blanche, mais l'image a disparu désormais et je ne parviens pas à la faire réapparaître.

Un long silence immobile s'ensuit : on n'entend que le son du bois mouillé qui craque dans l'âtre et le tic-tac insoutenable de l'horloge, au-dessus de la cheminée. Matilda fixe l'écran de télévision éteint, sa bouche forme une ligne fine.

Kylan tend le bras le long du canapé crème, et Katya se glisse dans l'espace qu'il lui offre. Leurs mouvements sont machinaux, naturels, comme s'ils s'étaient tenus ainsi, assis l'un contre l'autre, depuis toujours. J'attends que leur conversation reprenne. Katya pose sa main sur le genou de Kylan. Il la couvre de la sienne et presse ses doigts. Je me sens inspirer un grand coup et me voilà à la porte du salon, puis au milieu de l'escalier. Rester plus longuement dans cette pièce est au-dessus de mes forces. Cette chose froide qui se déplace dans mon estomac a été remplacée par quelque chose de pointu, comme si un objet acéré s'était logé profondément dans ma chair, trop profondément pour que je puisse l'atteindre.

10

Dans la chambre à coucher sombre, je m'accroupis à côté du lit. Je glisse mes doigts sous le matelas jusqu'à ce que je tombe sur les deux cigarettes qui attendent là, côte à côte. Je les extrais avec précaution et les fais rouler dans la paume de ma main.

Ma tête tourne quand je me relève, et je ferme les yeux en sentant la pression étourdissante. Quand je les rouvre, ses pieds nus sont là, sur le tapis gris, les ongles sales de ses orteils le touchent presque. Je vois les bords maculés de son bas de pyjama autrefois immaculé et, en dessous, les poils clairs qui poussent sur ses chevilles dénudées. Ses hanches sont étroites et étranges, comme si ses jambes avaient été attachées selon un angle inhabituel. Au niveau de sa taille, il y a un espace où son estomac ne touche pas le tissu. Elle semble être quelqu'un d'autre, la moitié de la taille de la fille que j'ai vue bordée dans son lit : seul le pyjama est le même.

Elle me considère, les bras croisés. Je suis excitée à l'idée de lui montrer mes cigarettes.

Je tends la main : les deux tiges blanches tremblent.

Elle esquisse un sourire et, l'espace d'un instant, son visage redevient le sien. Elle se penche en avant et m'enlace, pressant ses bras maigres autour de moi et serrant fort. Je referme mes doigts autour des cigarettes pour les protéger.

Nous nous asseyons sur le rebord du lit.

Elle met une cigarette dans sa bouche et manipule le briquet avec aisance. Sa bague argentée brille. Aspirant la fumée, elle sourit.

J'allume ma propre cigarette et je sens comme la fumée m'emplit. Elle se penche vers moi et entoure mon visage de sa main libre, puis elle caresse ma joue d'un doigt.

Je regarde la montre qui repose par terre. Un grand rond jaune avec un visage souriant. L'aiguille des secondes est brisée, mais je distingue sa base qui tourne et tourne encore. Il est quatorze heures. Ce n'est pas une heure pour fumer, c'est l'heure de la sieste.

J'entends un son, et mon cœur bondit.

Kylan apparaît sur le seuil de la chambre. Je souffle la fumée. Il semble hésitant, comme s'il n'était pas certain de vouloir prendre de mes nouvelles.

Je ne cache pas la cigarette, je regarde l'onde de choc parcourir son visage. Je me fais la réflexion qu'il ressemble énormément à son père.

« Maman, qu'est-ce que tu fais ?

— Je fume une cigarette, chéri.

— Mais tu ne fumes pas.

— Il y a des tas de choses que tu ne sais pas à mon sujet. »

La cigarette est en train de se consumer, mais je n'arrive pas à me résoudre à en tirer une bouffée sous ses yeux.

Kylan se contente de m'observer, bouche bée.

« Tout va bien, Maman ? », finit-il par demander. Son visage est tordu par l'inquiétude au point que cela m'est insupportable. Je me penche en avant, j'ouvre la fenêtre et je jette la cigarette.

« Je vais très bien, mon chéri, dis-je en déposant un doigt sur mes lèvres. C'est mon petit secret. N'en parle pas à ton père. »

Je tends les bras vers lui, et il se laisse attirer dans une étreinte à contrecœur, tressaillant à cause de l'odeur. Une fois son corps tout contre le mien, je n'ai plus envie de le laisser s'échapper. Je m'accroche à lui jusqu'à ce que je sente ses bras se poser sur les miens et me repousser doucement.

« Qu'est-ce qui t'arrive, Maman?, s'inquiète-t-il en me pressant les bras.

— Tu me manques.

— Toi aussi, tu me manques, me répond-il, mais en évitant de croiser mon regard.

— Tu es bien sûr de prendre la bonne décision? »

Kylan semble troublé. « Que veux-tu dire?

— Avec Katya. »

Il lâche mes bras. « Bien sûr que je le suis, affirme-t-il.

— C'est seulement…

« Écoute, Maman, tu ne la connais même pas. Je l'aime, et il va falloir que tu commences à faire un effort à son égard parce que je vais me marier avec elle. Je ne vais pas te laisser me refaire ton numéro. »

Je sens mes paupières s'écarquiller. « Quel numéro? »

Kylan soupire. « C'est exactement comme quand j'ai commencé à sortir avec Vara. Tu la connaissais depuis toujours : elle a grandi au bout de la rue. Mais tu as quand même réussi à la terroriser jusqu'à ce qu'elle s'en aille. »

J'objecte : « Vara a déserté quand tu t'es fait persécuter.

— Personne ne m'a persécuté. » Sa voix est pleine de colère. « Je me suis retrouvé au milieu d'une bagarre à cause d'un siège, dans le bus. »

Je ne peux pas croire qu'il ait réussi à se convaincre de cette version des faits. « Ton nez était en sang, Kylan. Ce garçon t'a frappé.

— Mais je l'ai frappé, moi aussi. Je te l'ai dit cent fois. Cela ne s'est jamais reproduit. »

Je me souviens de toutes ces journées pendant lesquelles Kylan rentrait à la maison en silence, tête baissée. Le visage de Vara : ces yeux verts, ses cheveux sombres voletant dans le vent au bord de la route, à l'endroit où ils étaient sortis du bus. Je me souviens de lui avoir crié qu'elle aurait dû se montrer plus loyale envers son ami. Comment pouvait-elle l'abandonner de la sorte ? Ils étaient amis depuis leur petite enfance.

« Son intérêt pour toi a baissé quand les choses ont commencé à devenir plus difficiles. »

Kylan regarde ses pieds. « Ce n'était pas à cause de cette bagarre.

— C'était parce qu'elle n'était pas une bonne amie. Tu ne veux pas de gens de cette trempe dans ta vie, Kylan.

— C'était parce que tu lui avais hurlé dessus. Devant un bus plein de monde. Ce n'est pas étonnant qu'elle ait évité tout contact avec moi, après cela. »

Je me laisse retomber sur le lit. « Ce n'est pas ce qui s'est passé, Kylan, dis-je, mes yeux se remplissant de nouveau de larmes. Je te protégeais.

— Je n'avais aucun besoin de protection. Et je n'en ai pas besoin maintenant non plus. J'aime Katya et je vais l'épouser. Il va falloir que tu soies plus gentille avec elle. Sinon… » Il s'interrompt.

« Sinon, quoi ? »

Il hésite. « Sinon, nous ne viendrons plus ici. »

Je pose mes mains sur mon visage. Au bout d'un moment, il finit par s'asseoir sur le lit et par m'entourer de son bras. « Je te demande juste de lui donner une chance », ajoute-t-il.

Je proteste : « C'est exactement ce que je fais ! » Il secoue la tête. « Très bien, dis-je rapidement, très bien.

— Je l'aime, Maman. Il faut que tu l'acceptes. »

Je pose ma tête sur l'épaule de sa chemise et je frotte ma joue humide contre celle-ci. Je prends sa main dans la mienne et la serre fort. Il serre à son tour. « Redescendons. Nous étions inquiets, tu sais. »

11

Nous entrons ensemble dans le salon, la main de Kylan posée sur le bas de mon dos.

Hector me tend un verre de champagne que je commence à siroter.

« Le dîner ne va pas tarder à être prêt, dis-je. Si vous voulez bien me suivre. »

Ils quittent la pièce sur mes talons et traversent le vestibule, leur flûte de champagne à la main. La table rectangulaire est couverte d'une nappe propre, blanche. La lumière des bougies se reflète dans les couverts, et les assiettes brillent comme autant de pleines lunes éclatantes. Je ne me souviens pas d'avoir allumé les bougies.

Je dois reconnaître que je me suis dépassée.

Hector aide Matilda à prendre place. Kylan s'installe à côté de son père, à la place qu'il occupe depuis qu'il est tout petit, et il repousse la chaise qui se trouve à sa droite pour permettre à Katya de s'asseoir. Je lui adresse un sourire, elle jette un regard à Kylan, puis elle me sourit à son tour.

Tout le monde lâche des « ooh » et des « aah » en s'asseyant. Je ne dis rien.

Hector se tient debout en tête de table, sa flûte de champagne levée :

« J'aimerais porter un toast. À Katya et Kylan, et à un mariage heureux et durable. »

Il semble plus grand, dressé ainsi au-dessus de nous. Il leur souhaite tout ce qu'il a voulu pour nous.

Les autres lèvent leur verre. Mes articulations blanchissent autour du mien.

« Nous sommes si fiers de vous, Kylan, poursuit-il, et je suis tellement heureux que tu aies trouvé une compagne aussi merveilleuse. »

Je rapporte les bols de soupe de pommes de terre de la cuisine. De la fumée s'en échappe : elle a une texture onctueuse et saine, décorée d'arabesques de crème fraîche et de pointes vertes de ciboulette hachée.

« Est-ce que vous avez fixé une date ? », s'enquiert Matilda tandis que je dépose le dernier bol.

Je vois leurs mains jointes sous la table, sous la bordure délicate de la nappe.

« Nous pensions à l'été prochain, avance Katya. Nous aimerions qu'il fasse beau.

— Où avez-vous prévu de l'organiser ? reprend Matilda.

— Dans l'église où se sont mariés mes parents, répond-elle. C'est tout près de la maison de ma famille, on se disait qu'on pourrait donner la réception dans le jardin, là-bas.

— Katya a une très belle maison en bordure de fjord, déclare Kylan. C'est là que je lui ai demandé sa main. »

J'avale une pleine cuillerée de soupe brûlante.

J'interroge : « D'où viens-tu, Katya ?

— De l'autre côté, sur la côte ouest.

— Et vous y allez souvent ? dis-je en regardant Kylan droit dans les yeux.

— En général, on prend un avion tous les mois ou tous les deux mois et on reste le week-end.

— C'est un long voyage.

— Pas en avion, intervient Kylan. Un jour, nous avons pris le train, mais c'était idiot. À peine étions-nous arrivés que nous avons dû tourner les talons et repartir.

— C'est plus loin que de venir ici », dis-je. Personne ne réplique : j'écoute le tintement des cuillers métalliques contre la porcelaine. « Et pour les fiançailles, est-ce qu'ils sont au courant ?

— Nous sommes allés le leur dire le week-end dernier, confirme Katya avec un grand sourire. Ils étaient tellement heureux ! Ils adorent Kylan. »

Sentant revenir la nausée, je repose ma cuiller.

« Ma mère s'est déjà lancée dans l'organisation, ajoute Katya. Elle a plein d'idées de réception, des choses extraordinaires, mais je lui ai dit que je préférerais quelque chose de simple, en plein air, avec nos amis les plus proches. » J'aimerais tellement qu'elle cesse de parler. « Mais ma famille est assez nombreuse, cela ne m'étonnerait donc pas que ce soit plus grand que ce que nous pensions.

— Est-ce que je peux te demander ce que tu as contre l'église où ton père et moi nous sommes mariés ? », dis-je en me tournant vers Kylan.

Le sourire de Katya s'efface.

« Cela n'aurait pas de sens, réplique-t-il. De notre côté, il n'y a pas grand monde à inviter alors que la famille de Katya est très nombreuse, ce serait un peu idiot de les obliger à faire tout ce voyage.

— Ma mère a cinq frères ! s'exclame Katya comme si c'était une plaisanterie.

— Toute ta famille vit sur la côte ouest ? »

Le sourire de Katya vacille de nouveau. « Eh bien, pas toute la famille, non, mais...

— Ta grand-mère s'est mariée dans la même église que ton père et moi. C'est une église ravissante. Peut-être que ta famille apprécierait de découvrir cette région du pays. »

Un silence s'installe.

« Est-ce que vos parents auront beaucoup de route à faire, madame Bjornstad ? », s'enquiert Katya.

Je la dévisage. « Mon nom est Marta, dis-je, la voix tendue. Et mes parents sont morts. »

Le sourire de Katya disparaît complètement. Cela me donne presque envie de sourire, du coup.

Je me lève et je commence à débarrasser la table. En remportant les bols dans la cuisine, je m'aperçois que les mains de Kylan et Katya ne sont plus unies.

*

Je dépose les assiettes sur le buffet.

Quand je ferme les yeux, j'entends un bruit de pas qui résonne sur de la pierre, et me voilà dans l'église où Hector et moi nous sommes mariés, en train de remonter l'allée centrale. Matilda m'avait montré comment faire : pied gauche en avant, pieds réunis, pied droit en avant.

Les parents d'Hector étaient nos seuls invités. J'apercevais Matilda qui se tenait au premier rang et me regardait, son visage caché derrière le filet de son chapeau rose pâle. Le père d'Hector, déjà malade à cette époque, se tenait enfoncé dans son siège. Dès que je me retrouvais en tête à tête avec lui, je ne pouvais penser à rien d'autre qu'à ce cancer qui rongeait son pancréas, derrière son costume, et j'avais toutes les peines du monde à imaginer des choses à lui dire. Il se contentait de me sourire, un sourire fatigué et éclairé, comme si toutes les jeunes femmes étaient semblables et qu'il en avait vu tant, des jeunes femmes comme moi, au cours de sa vie, qu'il ne pouvait se résoudre à mener une fois encore cette sempiternelle conversation.

Et voilà qu'elle revient, cette étrange peur qui résonne en moi et se glisse dans les craquelures qui se sont formées dans ma mémoire. C'est facile de regarder une photographie et de se dire que les choses se sont passées d'une certaine manière, de se dire qu'on était heureux. C'est facile d'en parler jusqu'à ce qu'on croie vraiment que les choses se sont déroulées ainsi. Mais au moment où je hasardais mon regard à travers mon voile vaporeux, les pétales de mon bouquet tremblant dans mes mains, au moment où je faisais ces quelques pas vers Hector, sans le bras de mon père pour me soutenir, je me souviens que c'était la peur bien plus que l'excitation qui me faisait frémir.

Nous n'avons pas organisé de réception : tout le monde était tombé d'accord sur le fait que cela ne pourrait que m'attrister, ainsi dépourvue de famille. Nous avons signé le registre des mariages juste après la cérémonie. J'ai baissé les yeux sur la signature d'Hector, sa petite écriture soignée ne m'étant pas encore familière. J'ai inscrit mon nouveau nom aussi proprement que possible en me souvenant de toutes les fois où je m'étais entraînée à le faire. *Madame Marta Bjornstad*. J'étais cette femme, désormais.

Je me retourne et je tombe sur Hector qui se tient sur le pas de la porte, les bras croisés. Je bondis de surprise, une main sur la poitrine.

« Tu m'as fait peur », dis-je.

Hector ne bouge pas.

Je commence à sortir des assiettes creuses du placard pour le ragoût de flétan.

« Marta.

— Quoi ?

— Il faut que ça cesse. »

Je le dévisage.

« Laisse-la tranquille. Tout ce qu'elle te demande, c'est de l'aimer. »

Je regarde ma main trembler pendant que je déverse du ragoût dans la première assiette.

« Kylan va l'épouser. Il est heureux. Est-ce que tu ne comprends pas à quel point c'est important ? » Son regard est sombre, ténébreux.

Je prends une profonde inspiration. « Tu ne crois pas qu'ils sont un peu jeunes ?

— Tu étais plus jeune que lui quand nous nous sommes mariés.

— Ce n'est pas la même chose. »

Nous nous regardons.

« Tu ne vois pas comme c'est merveilleux qu'il ait trouvé quelqu'un ? Nous savons tous les deux que ce n'est pas facile. »

L'assiette creuse commence à tressauter entre mes mains. « C'est juste qu'il me semble que nous ferions mieux d'attendre un peu, qu'il soit plus âgé.

— Il n'aurait peut-être plus d'autre occasion », réplique Hector. Je me concentre sur l'équilibre de l'assiette, attentive à ne pas en reverser une goutte. « C'est sa décision. Est-ce que tu ne t'es jamais demandé si ce n'était pas là, justement, la raison pour laquelle il ne t'avait pas parlé de ses fiançailles ? Il ne voulait pas que tu t'en mêles. Tu ne le laisses jamais prendre des décisions tout seul, tu ne lui laisses aucune autonomie. »

Je flanque l'assiette sur le plan de travail. Des taches de liquide crémeux se déposent sur le comptoir. « J'ai compris, Hector. Toi, tu sais toujours ce qui est bien pour lui, ce qu'il veut, et moi je n'en sais jamais rien. Je comprends. »

Hector soupire près de moi. « C'est juste que tu ne l'écoutes pas.

— Comment puis-je l'écouter s'il ne me parle jamais ? » J'entends les larmes dans ma voix.

Hector s'approche et s'immobilise juste derrière moi. « Je sais que tu ne veux pas le perdre. Mais tu le fais fuir. Tu n'es pas juste. Il ne demande rien de plus que d'être heureux. »

J'ai envie de balancer l'une des assiettes contre le mur.

« Est-ce que tu veux bien apporter ceci à table ? », dis-je en lui tendant l'assiette pleine. *Fais en sorte que ton mari n'ait jamais à lever ne serait-ce que le petit doigt : traite-le comme tu traiterais n'importe quel invité chez toi.* « Je me charge du reste. » Après un moment, il la saisit, fait volte-face et quitte la cuisine. Je me sens m'affaisser sur le comptoir, la tête enfouie entre les mains.

Je sais qu'elle est là avant même d'ôter les mains de mes yeux. Elle est allongée sur le sol de la cuisine, une cigarette à la main, ses jambes maigres étrangement croisées. Les os de ses hanches sont toujours apparents, mais son estomac est plus visible que la dernière fois, et ses cheveux ne sont plus aussi décoiffés. Elle souffle des ronds de fumée dans ma direction.

Il y a sept tas de cartes alignés à côté d'elle, certaines découvertes, d'autres retournées.

Elle sourit. J'aperçois un trou noir entre ses gencives, sur le côté : il lui manque une dent. Je passe la langue sur mes propres dents, mais elles sont toutes là. Elle se penche en avant pour déplacer une carte vers une pile et en découvrir une autre.

Quand j'ouvre les yeux, je suis assise à la table de la cuisine, une cigarette allumée entre les doigts. Ma gorge brûle, et la pièce est remplie de fumée, la sienne ou la mienne. Je dépose une main sur ma poitrine, à l'endroit où je me sens oppressée, et mon souffle se fait court, rapide. À quoi pensais-je donc ? Je ne sais pas d'où vient cette cigarette, je n'ai aucun souvenir de l'avoir allumée. Cette situation est différente, me dis-je, de toute les visions que j'ai eues jusque-là. Ça, c'est dangereux.

Je me lève et je regarde autour de moi. Je ne sais pas quoi faire de cette cigarette allumée. Des rires me parviennent depuis la salle à manger, et je me demande combien de temps j'ai passé ici. Je fais coulisser les portes de la véranda et je me glisse dehors pour jeter la cigarette sous la pluie tombante.

Peut-être qu'Hector a raison et qu'il vaudrait mieux que je prenne mes pilules.

Mes mains tremblent quand je saisis les assiettes manquantes dans le placard. Je les dépose à l'envers sur le couvercle de la marmite et j'emporte le tout dans la salle à manger pour servir le ragoût sur place. Je laisse la véranda ouverte, mais je ferme la porte de la cuisine.

12

Quand je reviens dans la pièce, ils sont encore en train de parler du mariage. Je dépose la marmite et je commence à servir le repas en faisant passer les assiettes jusqu'en bout de table. Un sourire m'échappe quand je repense au sel. *La première règle à observer pour une bonne maîtresse de maison est de ne jamais s'excuser pour quelque chose qui pourrait éventuellement passer inaperçu.*

« Nous pensions plutôt faire un buffet, explique Katya. En réalité, un barbecue nous suffirait largement, mais ma mère ne le permettra sûrement pas. »

Je m'éclaircis la voix : « Est-ce que cela t'embête si nous arrêtons de parler du mariage ? »

Katya me considère avec des grands yeux et cligne de cils. Tout le monde me regarde. Je prends une grosse cuillerée de ragoût et je ne sens pas grand-chose d'autre que le goût du sel.

« Qu'est-ce que tu fais dans la vie, Katya ? reprends-je quand je ne supporte plus le silence.

— Je travaille dans la pub, me répond-elle.

— Est-ce que tu fais cela dans un bureau ? »

Katya hoche la tête. « C'est une petite agence mais nous avons fait des campagnes assez importantes.

— Et tu penses continuer à travailler, une fois que tu seras mariée ?

— Oui. Nous n'attendons pas du mariage qu'il change quoi que ce soit dans nos vies. Après tout, nous habitons déjà ensemble.

— Mais vous voulez avoir des enfants, tout de même ?

— Quand nous serons un peu plus âgés. Je ne crois pas que nous soyons prêts pour cela maintenant. Nous sommes trop égoïstes, sans doute. »

Elle jette un coup d'œil à Kylan, et ils éclatent de rire.

« Et trop jeunes, ajoute Hector.

— J'étais plus jeune que Katya quand j'ai eu Kylan. À l'époque, cela ne te semblait pas trop jeune, Hector.

— C'était différent pour nous, rétorque Hector. Tu n'avais pas d'emploi.

— Mais tu ne travailleras pas quand tu auras des enfants, intervient Matilda.

— Peut-être que si, réplique Katya, quand ils auront grandi. Je n'ai pas encore pris de décision à ce sujet.

— Je crois que vous vous emballez tous un peu, là, avertit Kylan en souriant. Nous ne prévoyons certainement pas d'avoir des enfants avant un moment, sûrement quelques années.

— C'est pourtant une expérience merveilleuse que d'avoir des enfants, dis-je en regardant Kylan. La seule chose qui soit regrettable, c'est qu'ils grandissent. »

Kylan esquisse un sourire avant de baisser les yeux sur son assiette.

« C'est inévitable, reconnaît Katya. C'est aussi la raison pour laquelle je préférerais sans doute continuer à travailler. »

Je la regarde fixement. Je me sens agressée et j'ai envie de rétorquer quelque chose, mais j'ai promis à Kylan de faire un effort.

On n'entend plus que le raclement des couverts métalliques contre la porcelaine. Cela me retourne l'estomac. Je ferme les yeux et je vois une assiette blanche bordée de fleurs bleues, un monticule de ragoût de bœuf et de purée de pommes de terre, en quantité suffisante pour nourrir quatre hommes. Les couverts semblent ridiculement petits dans ses grandes mains, et il gratte l'assiette jusqu'à ce qu'il ne reste plus rien ; ses dents mastiquent.

Quand j'ouvre les yeux, les invités m'observent, leurs visages sont tournés vers moi dans la lueur des bougies.

Tout d'un coup c'est moi que je vois, une marionnette au visage impassible comme celui des poupées de porcelaine de la vitrine, dans le vestibule.

Je me demande si j'étais en train de parler, si j'ai dit quelque chose qu'il ne fallait pas.

« Quoi ? », dis-je à brûle-pourpoint, et ce mot traverse la table en balbutiant.

Il y a un silence.

« Rien, Maman, assure Kylan. Nous disions juste que le dîner est excellent. »

Je repense à la longue traînée de sel blanc disparaissant sous la surface du ragoût. Pourquoi me mentent-ils tous ?

Ils me regardent siroter mon champagne.

Hector me dévisage ouvertement, un regard d'avertissement, et la peur me serre le ventre. Il faut que je me tienne bien. Une fois que tout le monde a terminé, je me lève et je débarrasse les assiettes. En passant à la cuisine, je ne manque pas de jeter des coups d'œil derrière moi pour voir si Hector m'emboîte le pas, mais il ne vient pas.

Je me souviens de sa main sur mon dos dans la pénombre du vestibule de l'hôtel où nous avons passé notre lune de miel. Il faisait sombre, comparé à la clarté du soleil qui se réfléchissait dans la peinture de la façade et reflétait sur l'eau la silhouette vert mousse des arbres entourant le fjord.

L'hôtel était à quelques minutes de route de la chapelle, et je portais encore ma robe de mariée : je me souviens de la difficulté que j'avais eue à gravir les marches de bois sans trébucher. Un seau à glace avec une bouteille de champagne trônait dans notre chambre à coucher, ainsi qu'un panier de fruits enveloppé de Cellophane, sur la coiffeuse. Hector avait fermé la porte à clé de l'intérieur, puis il était sorti sur le balcon. J'avais commencé à déballer les fruits, le plastique grinçant sous mes doigts.

« N'ouvre pas cela maintenant, avait lancé Hector depuis le balcon, on ne va pas tarder à aller dîner. Viens admirer cette vue. »

Je l'avais suivi, posant mes petites mains sur la rambarde de bois, à côté des siennes, plus grandes. Le fjord s'étendait devant nous et, à sa couleur sombre, je devinai qu'il était très profond. Sa surface soyeuse ne faisait pas un pli, et la vallée était déserte.

J'avais senti le regard d'Hector se poser sur moi tandis que je contemplais le paysage. L'instant d'après, il s'était placé derrière moi, avait posé ses mains de chaque côté des miennes et avait pressé son corps contre mon dos.

« Mes parents ont séjourné dans cette chambre après leur mariage. J'ai toujours rêvé d'emmener ma femme ici un jour. »

J'aurais préféré qu'il ne mentionne pas ses parents. J'avais imaginé sa mère, avant qu'elle ne devienne la femme austère que je connaissais alors, ouvrir sur le lit une valise méticuleusement préparée, plier soigneusement ses gants l'un au-dessus de l'autre sur la coiffeuse. Extraire un mouchoir de la boîte à mouchoirs luxueusement décorée et tapoter son maquillage, le visage luisant après le long voyage jusqu'ici. Ce n'était plus notre chambre.

« La vue est magnifique, avais-je dit en me redressant pour embrasser le côté de son visage.

— Eh bien, elle est tout à nous. » Je l'avais entendu sourire.

Il avait saisi ma main et m'avait guidée à l'intérieur de la chambre avant de me pousser à reculons sur le lit. Doucement, il avait palpé le tissu de la robe de mariée qui avait été celle de sa mère. Il était resté assis là pendant un long moment, à me considérer sans rien faire. J'avais essayé de me redresser pour embrasser sa joue, mais il avait repoussé ma tête de côté et dans les couvertures, pour ne voir que la robe. J'avais entendu le cliquetis de la boucle de sa ceinture et j'avais senti le tissu de la robe se relever, ma culotte être baissée jusqu'à mes genoux. Cela lui avait pris un certain temps pour se frayer un chemin. J'avais essayé d'adapter mon corps au sien, pour lui faciliter la tâche, mais il avait posé sa main sur mes hanches et m'avait maintenue en place pendant qu'il allait et venait brusquement. Je voyais trembler la dentelle du baldaquin. Il bougeait de plus en plus vite, marmottant quelque chose que je ne parvenais pas à déchiffrer, un seul mot qu'il répétait encore et encore.

Après, il avait roulé de son côté du lit et j'avais vu ses pupilles se rétrécir. Il s'était redressé presque aussitôt et avait commencé à se rhabiller. Le lit était humide entre mes jambes et, pendant que je me rhabillais à mon tour, j'avais senti une larme couler le long de mon visage.

Hector s'était levé pour se poster près de la fenêtre, une ombre qui se détachait sur la clarté pure du jour.

J'avais tenté de ne pas faire de bruit.

« On va faire une balade avant le dîner », avait-il déclaré.

Je m'étais relevée. Hector s'était retourné et m'avait regardée. Il s'était approché puis agenouillé par terre, à mes pieds.

« Tu es très belle dans cette robe », avait-il affirmé avant d'ajouter : « Madame Bjornstad ».

À travers la porte de la cuisine, leurs rires résonnent dans la salle à manger. J'entends encore la voix d'Hector, tout près, dans mon oreille.

Je prends les ramequins de mousse au chocolat dans le réfrigérateur et je les aligne soigneusement sur un plateau, avec un pot de crème. Chaque fois que je les soulève, l'un ou l'autre ramequin sort du rang et je dois m'interrompre pour le réaligner avec les autres. *La présentation fait toute la différence : un repas doit avoir une apparence appétissante pour être appétissant.* Je soulève le plateau ; les ramequins se déplacent de nouveau. Je repose brutalement le plateau sur le comptoir : les ramequins s'entrechoquent et un peu de crème s'échappe du pot. Mes mains tremblent, maintenant : je les tends devant moi en m'efforçant de les maintenir stables. J'enfonce mes doigts dans mes paumes jusqu'à ce que mes ongles abîmés me fassent mal : jusqu'à ce que j'aie l'impression que mes doigts pourraient se briser.

*

Je distribue les ramequins autour de la table et j'observe Kylan enfoncer sa cuiller dans sa mousse, formant un puits qu'il emplit de crème, comme il l'a toujours fait.

« Comment cela se passe à l'école, Hector ? s'enquiert Matilda.

— Oh, tu sais, répond-il, le train-train habituel. » Hector baisse les yeux sur son dessert.

« Est-ce que tu savais qu'Hector était professeur, Katya ? », demande Matilda. Katya hoche la tête. « Les élèves l'adorent. N'est-ce pas, Hector ? » Matilda dépose sa main sur le bras d'Hector et le serre. Je lutte contre l'envie de l'éloigner d'une tape.

« Je n'étais pas au courant de cela, Mère, tempère-t-il.

— Oh, Hector, ne sois pas modeste. » Matilda se retourne vers Katya. « Il se consacre entièrement à les aider à atteindre leurs objectifs.

— Où enseignez-vous, Hector ? », interroge Katya, du chocolat maculant ses dents de devant. Sa langue rose émerge rapidement, et le chocolat disparaît.

« Dans une école, de l'autre côté de la vallée, l'informe Hector.

— Tu devrais voir son tableau d'affichage, en haut, Katya, reprend Matilda. Il est recouvert de mots de ses étudiants. » Elle se tourne vers Hector. « Montre-le-lui après le dîner, Hector. Ça va lui plaire. »

Je vois Hector marcher à grandes enjambées dans la lumière tombante, dépasser la brique délavée de l'école, un livre sous le bras. Je l'observais à travers le pare-brise, mais lui ne me voyait pas : je m'étais garée hors de sa vue. L'heure des cours était passée : Kylan participait à une activité extrascolaire quelconque, au lycée, et si j'avais quitté la maison sans but précis, je n'étais pas surprise de me retrouver là.

Un long moment s'était écoulé avant que je le voie sortir du bâtiment, et la plupart des autres voitures étaient parties. Il n'était pas seul : il y avait une étudiante avec lui, une fille qui devait être en dernière année. Je m'étais demandé si c'était là la fille dont il m'avait parlé, celle qui *avait du potentiel*, son dernier projet d'après les cours. Ils se tenaient sur les marches et parlaient, le visage de la jeune femme penché tout près du sien, comme si elle lui révélait un secret. Puis elle avait souri, un demi-sourire un peu intimidé, et elle s'était détournée de lui. Hector l'avait attrapée par le bras et l'avait attirée contre lui et, pendant une fraction de seconde, ils s'étaient enlacés. La fille s'était alors détournée de nouveau et avait dépassé ma voiture d'un pas décidé, sans me voir, le visage rouge. Hector était reparti dans la direction opposée, était entré dans son auto et avait quitté le parking.

Je me lève. Tous les regards se détachent d'Hector pour se poser sur moi. Il devait être en train de leur raconter une histoire.

Je me sens sonnée, j'ai besoin de m'allonger, de réfléchir.

Les mains tremblantes, je rassemble les ramequins sur le plateau et je reviens à la cuisine.

J'entends Matilda : « Est-ce qu'elle va bien ? », mais je ne m'arrête pas.

« Elle va très bien, Mère », répond Hector.

Dans la cuisine, je dépose le plateau, je me penche par-dessus l'évier et je respire profondément. Je ferme les yeux, j'essaie de convoquer mes souvenirs, de comprendre si c'est vraiment arrivé ou non. Mais je sais que oui : je sens la chaleur inconfortable du chauffage, je vois les mains d'Hector autour de la taille de la jeune femme.

J'entends la porte s'ouvrir près de moi. Je me retourne, Hector est là.

« Marta, je ne sais pas ce qui t'arrive mais j'aimerais vraiment que tu te ressaisisses. Tu gâches la soirée. »

J'ai envie de l'affronter, de lui demander ce qu'il en était de cette fille avec laquelle je l'ai vu, ce qu'il en était des autres, aussi. Mais j'entends le bourdonnement de la voix de Kylan qui me parvient depuis la salle à manger, le rire de Katya, et je ne veux pas faire de scène.

Debout sur le pas de la porte il me regarde, un peu voûté, ses cheveux plus grisonnants que dans mon souvenir. Il est pitoyable et je sens monter mon rire avant d'avoir le temps de m'arrêter. Plus personne ne doit le trouver attirant désormais, me dis-je. C'est là que je me rends compte que ça m'est égal ; il peut se payer toutes les étudiantes qu'il veut.

« De quoi ris-tu ? », veut-il savoir en s'avançant vers moi.

Les battements de mon cœur s'accélèrent, mais je ne peux m'arrêter.

« Marta, bon sang, qu'est-ce que tu trouves si drôle ? »

Je sens sa colère croître presque comme si c'était la mienne : je sais que je m'aventure sur un terrain glissant.

« Marta, arrête. »

Il a saisi mon bras, maintenant.

« Mais qu'est-ce qui t'arrive, ce soir, bon Dieu ? »

Un bruit nous parvient depuis le seuil, et il tourne la tête. Katya se tient là et nous regarde. Hector lâche mon bras.

Sa bouche est grande ouverte, et elle reste un moment silencieuse avant de parvenir à articuler quelque chose.

« Je cherchais seulement les toilettes.

— Elles sont dans le couloir, sur la gauche », lui précise Hector, et je décèle dans sa voix l'effort qu'il fournit pour ne pas hausser le ton.

Katya hoche la tête et tourne les talons tandis qu'Hector se retourne vers moi, le visage rouge.

« Voilà, tu es contente de ce que tu as fait ? Tu ne peux pas te tenir correctement quand nous avons des invités ? »

Les coins de ma bouche me chatouillent de nouveau : je me sens extérieure à la situation.

« Je vais faire la vaisselle », dis-je en ouvrant les robinets de l'évier.

Il reste planté là pendant un moment.

« Va rejoindre les autres. Ils vont se demander où nous sommes passés. »

Enfin, j'entends ses pas décroître.

Par l'entrebâillement de la porte de la cuisine, je vois les ombres se diriger vers le salon et j'entends bientôt un CD résonner dans la chaîne hi-fi. Je m'acquitte lentement de la vaisselle. Sous la surface de l'eau, sous la mousse savonneuse, je sens quelque chose de filandreux et d'humide frôler mes mains, comme des algues. Je tâtonne un peu, et cette substance se fait plus épaisse, jusqu'à remplir la vasque. Je sors les mains de l'eau et je constate que l'évier est plein de cheveux emmêlés, formant comme des grumeaux touffus, tant de cheveux qu'ils remplissent toute la cuvette. Ils s'enroulent autour de mes mains : j'essaie de libérer mes doigts, mais ils semblent emprisonnés. Je me souviens vaguement de cette sensation de cheveux mouillés entre mes doigts : une douleur lancinante me traverse la nuque.

« Marta ? »

Je lève les yeux. Elle est adossée à l'encadrement de la porte de la cuisine et me considère, vêtue d'un grand manteau rouge, la capuche remontée sur sa tête. Ses cheveux blonds s'échappent des côtés du tissu, et ses joues sont rougies par le froid. Elle porte un sac de sport et j'aperçois ses collants couleur pêche dépasser de son manteau. Elle esquisse ce large sourire blanc que je lui connais bien.

« Comment connais-tu ce prénom ? »

Elle me dévisage. Elle porte de l'eye-liner noir. Elle semble si jeune.

« Je me suis dit que tu préférerais que je t'appelle Marta », répond-elle. Je cligne des yeux, et voilà que

Katya se tient devant moi dans sa robe à fleurs. Elle semble déconcertée.

Je baisse la tête vers l'évier. Mes mains sont encore là, sous la surface de l'eau, mais il n'y a plus rien d'autre.

« Il te faut quelque chose ?

— Je voulais juste m'assurer que vous n'aviez pas besoin d'aide.

— Tout va bien. Retourne là-bas et amuse-toi.

— Vous en êtes sûre ?

— Oui. »

Elle reste néanmoins là. « Marta ? reprend-elle. Je suis vraiment désolée de vous avoir interrogée au sujet de vos parents. Je ne savais pas. »

Non, me dis-je, *tu ne sais pas*.

« Ce n'est pas grave. Sincèrement. Cela s'est passé il y a très longtemps.

— Cela a dû être dur de m'entendre parler des préparations du mariage si vos parents n'ont pas pu assister au vôtre, insiste-t-elle. Je suis navrée. »

Elle essaie de créer un lien avec moi, ce qui me rend malade. J'ai envie de la pousser hors de la pièce et de fermer la porte derrière elle.

« Je t'assure, Katya. Ne t'inquiète pas pour cela. »

Elle se retourne pour sortir mais s'arrête de nouveau. « Et encore merci pour ce dîner. C'était délicieux. »

J'ai envie de hurler : *Non, ça ne l'était pas !* Je fais un pas vers elle et j'attrape sa main. Et voilà que je l'aperçois de nouveau : sa bague. Elle me considère avec des yeux écarquillés.

« Katya, dis-je. Es-tu bien sûre de vouloir faire cela ?

— Faire quoi ?

— Te marier. »

Elle baisse les yeux sur ma main qui repose sur la sienne. « Je suis tellement heureuse. J'aime Kylan. »

Je relâche ma prise. « C'est aussi ta décision. Souviens-t'en.

— J'aime Kylan », répète-t-elle. J'ai envie de la secouer.

Mon regard se perd dans l'eau de l'évier.

« Est-ce que vous allez bien, madame Bjornstad ? »

J'essuie mes yeux. « Très bien. Je t'en prie, ne dis pas à Kylan que je t'ai parlé. »

Une fois qu'elle est partie, je me rends compte que mes mains tremblent, que mon corps vibre de rage. Je ferme les yeux mais tout ce que je vois, c'est son jeune visage parfait qui me sourit gentiment.

Je les imagine avec leurs propres enfants, un petit garçon comme Kylan, une petite fille aux cheveux blonds : un parfait portrait de famille. Et moi, toujours hors du coup.

Derrière mes paupières closes, la photo de famille refuse de s'effacer. Un homme et une femme se tiennent enlacés sous un grand arbre sombre, leurs visages illuminés par le soleil. La chevelure de l'homme, couleur sable, est séparée en son centre comme celle de Kylan, mais la femme est différente de Katya, ses cheveux sont plus sombres et plus longs, ses pieds sont nus. Entre eux se tient une fille tout juste adolescente, souriante, clignant des yeux vers l'objectif, ses contours sont gommés par la lumière. L'image commence à s'estomper et je m'y raccroche, j'ai besoin de comprendre qui sont ces gens. Une tristesse rugit dans ma poitrine, il me semble qu'elle exerce une pression pour s'échapper, et je m'appuie à l'évier en espérant qu'elle passera bientôt.

Ma main se tend vers le téléphone fixé au mur de la cuisine. Les chiffres sont là, au bout de mes doigts, et je les tape vite avant qu'ils ne disparaissent de nouveau. Je lève l'écouteur jusqu'à mon oreille. La sonnerie retentit et retentit encore, mais personne ne répond.

Je repose l'écouteur et je le décroche aussitôt, mais quand j'essaie de me rappeler les chiffres, ils ont disparu de ma mémoire. Pendant un long moment je serre fort les paupières, espérant que l'image me reviendra, mais elle ne revient pas.

Je finis par attraper une assiette creuse et je reprends la vaisselle.

Une fois que la maison a retrouvé son apparence habituelle, je me rends au salon. La chaîne a été éteinte, et la télévision est allumée.

Je leur dis que je vais me coucher et je monte à l'étage.

13

Je jette un coup d'œil dans les chambres et je dépose des serviettes de bain propres sur chaque lit. D'ordinaire, j'aurais enfoui une bouillote chaude sous les draps de Kylan pour lui en faire la surprise, mais j'aperçois la valise de Katya posée par terre, dans la chambre d'invités, et je sais que je ne peux plus faire cela.

Dans la salle de bains, j'emplis le lavabo d'eau, je ferme les yeux et je me lave la figure. J'essuie mon visage avec la serviette et, quand je lève les yeux, elle se tient à côté de moi dans le miroir. Ses cheveux sont toujours d'un blond blanc : un peu graisseux, noués en une queue-de-cheval lumineuse. Elle porte son pyjama à cœurs roses, mais cette fois il est propre. Par rapport à la mienne, sa jambe me paraît plus large, plus dense. Elle n'a pas encore perdu de poids. Je tends la main et je serre ses muscles, durs sous mes doigts. Elle tend la jambe devant elle, orteils pointés. Ensuite, elle commence les exercices : elle balance sa jambe, d'abord sur le côté, puis devant elle et enfin en arrière, en l'élevant aussi haut que possible. Ses bras levés se trouvent à quelques centimètres à peine de mon visage, ses ongles sont intacts.

Je commence à imiter ses gestes, et nos mouvements s'accordent, nos jambes sont parallèles. Elle parvient à projeter la sienne plus haut que moi la mienne, beaucoup plus haut ; ses mouvements sont plus fluides. Nous nous hissons sur la pointe des pieds, et je sens mes muscles s'étirer. Je touche le plafond et je tiens bon, et je tiens bon, et je tiens bon.

Quand je redescends sur mes talons, elle a disparu. Mon cœur tambourine dans ma poitrine ; mes bras et mes jambes sont parcourus de fourmillements.

Alors que j'entre dans la chambre à coucher, je jette un coup d'œil à la ronde pour vérifier si elle est encore là. Bien que je ne puisse pas la voir, je sens son regard posé sur moi tandis que je me déshabille et que je passe ma chemise de nuit de laine par-dessus ma tête. Je me glisse sous les couvertures et je ferme les yeux, m'efforçant d'ignorer les sons qui me parviennent d'en bas, pour sombrer dans le sommeil.

*

Un hurlement perçant l'obscurité me réveille. Le cri est fort, strident. Le son ne tarde pas à se transformer en mots. *Aidez-moi s'il vous plaît, il faut que quelqu'un m'aide*. Parfois, le cri s'interrompt et, au-delà de celui-ci, à travers le silence, j'entends le ronronnement d'un ventilateur. Puis ça recommence.

« Marta ? »

Je cligne des yeux dans le noir, je ne sais plus si mes yeux sont ouverts ou fermés. La sensation si familière de peur est là.

La lumière s'allume. Sur la table de chevet, l'horloge indique trois heures sept. Hector est à mes côtés dans le lit, les yeux bouffis de sommeil, vides, indéchiffrables.

« Tu as crié », dit-il tout en sachant que ce n'est pas nécessaire.

Je sens la douceur des draps fraîchement repassés, la chaleur de la lampe de chevet.

« Je suis désolée. » C'est toujours la même rengaine, et je connais bien mes répliques.

« Tu as fait un cauchemar ? »

Je réfléchis comme si je ne m'en souvenais plus, puis je hoche la tête. Je ne crois pas avoir dormi du tout.

« Est-ce que tu veux en parler ? » Il a compris, depuis le temps, que la réponse est toujours non.

« Ça va aller. »

Il me regarde une dernière fois puis il roule sur le dos. « Tu crois que tu pourras te rendormir ?

— Oui. » Hector éteint la lumière.

Je reste allongée dans l'obscurité béante. Mon estomac est lourd, comme s'il était empli de pierres noires et acérées. Je lève une main devant mon visage, mais je ne vois rien et je plisse fort mes paupières pour m'assurer qu'elles sont bien fermées. Je compte jusqu'à cent. Je recommence. Ça ne change rien.

Puis j'entends sa voix qui chuchote : son souffle est tiède dans mon oreille.

Ils ne me trouveront jamais. Je ne sais même pas où je suis.

Puis elle se remet à hurler.

Je ne le supporte plus. La tête enfouie dans les coussins, j'enfonce les doigts dans mes oreilles.

Quand je les retire enfin, elle a cessé de crier. Je n'entends plus que le silence désormais, ce qui est pire, car cela veut dire qu'elle est repartie.

14

La lumière commence à filtrer sur les bords des rideaux, tatouant le mur de carrés bleus. Mon visage est tendu, douloureux, dans la pénombre de la chambre à coucher.

Après avoir descendu l'escalier, j'ouvre la porte d'entrée. Dehors, le monde est blanc. Notre petit bout d'allée, habituellement si plat et gris, est entièrement recouvert : les voitures sont une rangée de lits immaculés, fraîchement faits. La lumière matinale d'un bleu vif se reflète partout, ne laissant aucune place à l'obscurité; elle s'étend à travers les champs, dissimulant le point où débutent les montagnes et celui où elles touchent le ciel. La cuvette plate de la vallée est délimitée par les grêles poteaux téléphoniques, les palissades et les fantômes immobiles et trapus des buissons et des arbres aux branches nues : les ombres blanches d'un monde révolu.

L'hiver est arrivé d'un coup et mon monde n'est plus le même lieu. L'air, ici, a une odeur de renouveau : j'ai besoin de me tenir là où toute chose est cachée, loin de l'atmosphère renfermée de la maison.

Je sors mes bottes de neige du placard et je les noue autour de mes jambes nues, puis je me glisse dans le grand manteau vert fourré d'Hector. Il sent l'humidité séchée : les épines d'épicéa et des milliers de promenades hivernales.

La neige colle à mes bottes, laissant une lourde trace noire. La couche n'est pas encore très épaisse, par terre, juste assez pour tout recouvrir. Je me sers de ma manche pour ôter le plus gros du pare-brise et je grimpe dans le véhicule, puis je baisse les vitres et j'allume le moteur, étonnée de l'entendre remplir l'air de sa sonorité. La neige craque sous les pneus : je ferais mieux de mettre les chaînes. Hector sera furieux, si je reste bloquée.

Je m'avance sur l'allée qui ne se distingue plus des champs environnants. Des palissades bordées de blanc m'indiquent comment manœuvrer, mais je perds mes repères à plusieurs reprises. Une fois engagée sur les routes plus importantes, les pneus de voitures passées là avant moi ont tracé des pistes droites et grises dans toute cette blancheur. Je les suis en accélérant petit à petit, sentant le souffle glacé du vent. J'accélère encore.

L'éclairage du magasin perce le brouillard qui tombe. Mes phares le font tourbillonner, la lumière se dissipe dans la blancheur opaque de l'air. Une fois que j'ai éteint le moteur, le silence est complet. La sueur me pique sous le col de la veste. Même si je criais à m'en époumoner, je sais que personne ne m'entendrait.

Je prends une profonde inspiration et j'ouvre la portière. Le vent froid me fouette. J'avance vers le carré de lumière jaune.

La porte est lourde et, quand je la pousse avec tout le poids de mon corps, le tintement d'une clochette rompt le silence et me fait sursauter. Je marche d'un pas pesant jusqu'au réfrigérateur et j'en extrais une grande brique de lait. J'aperçois son reflet dans les portes vitrées : les cheveux en désordre, les marques violettes sous ses yeux, pareilles à des bleus, le pyjama blanc, les pieds nus. Je me retourne puis je vérifie de nouveau rapidement, mais il n'y a plus que moi dans le reflet : une femme d'âge moyen, noyée dans un manteau beaucoup trop grand, enfilé par-dessus sa chemise de nuit.

L'homme qui se tient au comptoir me considère attentivement. Sa chevelure noire est aplatie par son chapeau et ses oreilles sont rouges; il porte encore son manteau et ses gants. Sous le trait sombre de sa petite moustache en brosse, son sourire tremble légèrement, comme une petite bête cachée sous un lit.

Je dépose le lait sur le comptoir et je sens la moiteur de mes mains quand sa moustache s'étire en un sourire.

Une fois que je lui ai donné l'argent, il me rend la monnaie. Peu après, je me retrouve dehors dans la neige, le vent rejetant mes cheveux en arrière. Je m'engouffre vite dans la voiture.

Un véhicule rouge surgit du brouillard blanc : son pare-chocs lance des éclairs argentés, ses grands phares projettent des tunnels jaunes. Un bruit de raclement métallique se fait entendre, suivi de près par un impact sourd : le son du sable qui se répand sur la route. Les bruits demeurent, changent et se font plus bruyants à mesure que la sableuse s'éloigne. Même après son départ, j'entends encore l'horrible raclement de la pierre contre la pierre, de l'obscurité qui se meut encore et encore. J'enfonce les doigts dans mes oreilles, mais cela n'empêche pas le son d'emplir ma tête.

La lumière de la boutique scintille encore un moment à travers le brouillard. Je ferme les yeux, mais la lueur reste et s'intensifie pour devenir une longue barre lumineuse, clignotant à mesure qu'elle prend vie. Une douleur aiguë transperce mes tempes, passe derrière mes yeux et fait le tour de ma nuque. C'est une bande de lumière électrique qui balaie un plafond gris. Comme si je m'habituais peu à peu à ce nouvel éclairage, les contours de la pièce commencent à se préciser : le lit, la cuvette des toilettes, l'évier. Je la vois, elle, enfouie sous les draps, clignant des yeux. Son eye-liner noir a coulé.

Je suis son regard, et mes yeux se posent de nouveau sur le plafond, d'où proviennent les sons. Les contours d'une trappe métallique se précisent, se détachant du plafond de façon curieuse. Un carré de lumière tamisée se forme lentement. Puis vient l'échelle. Un pantalon de treillis couvert de traces de poussière blanche. Une chemise d'un vert fané, déchirée au coude et tachée de peinture sur le devant. Les cheveux bruns sur sa nuque.

Il s'arrête à mi-chemin de l'échelle et referme la trappe d'un coup en prenant soin de remettre le cadenas en place. Il glisse une clé accrochée à un porte-clés jaune dans sa poche de poitrine.

Arrivé en bas des barreaux, il se retourne. Elle lève les yeux vers lui.

« Dans cette pièce, dit-il alors, tu dois garder les yeux baissés. »

Elle baisse les yeux au sol et regarde ses bottes. Les gros œillets métalliques, les lacets marron soigneusement noués en doubles nœuds. Il se tient au-dessus d'elle, sa tête frôle presque le plafond.

Les bottes avancent jusqu'à la chaise. Il s'assied.

De nouveau debout, il tend le bras et dépose sa main sur une fissure dans le mur, au-dessus de sa tête, comme s'il flattait le flanc d'un animal.

« J'espère que cette pièce te plaît. »

Elle garde les yeux fixés sur la moquette grise.

« Quel est ton nom ? »

Elle ne peut pas répondre.

Il sort quelque chose de la poche de son pantalon de treillis.

« Je ne peux pas de donner ça si tu ne me dis pas ton nom. J'aimerais qu'on s'entende bien, toi et moi. »

Elle s'autorise un rapide coup d'œil : c'est une barre chocolatée. Son estomac gargouille.

« Je sais que tu as faim. Ce sera beaucoup plus facile si nous arrivons à être amis. »

Au bout d'un moment, les bottes se déplacent de nouveau en direction de l'échelle. Il s'arrête.

« Cela ne tient qu'à toi. Souviens-toi bien de cela. »

Puis il glisse de nouveau la barre de chocolat dans sa poche et grimpe l'échelle avant de la remonter derrière lui. Tandis que la trappe se referme, elle se lève du lit et essaie de le rattraper. La trappe se referme d'un coup en claquant. Elle bondit, et ses doigts frôlent la trappe, désormais fermée. Elle se rassied au bord du lit. Après un long moment, elle commence à marmonner quelque chose en fermant les paupières. Je dois faire un effort pour discerner les mots qu'elle prononce.

Elise, Elise, Elise.

Tout à un coup, il n'y a plus que le bourdonnement du chauffage de la voiture, la blancheur, dehors, et les lumières du magasin. Je n'arrive pas à discerner la voiture ou la route ou les arbres ou les montagnes.

Je tends l'oreille pour l'écouter, et il me semble reconnaître sa voix qui flotte dans l'air épais.

S'il vous plaît, laissez-moi partir.

Laissez-moi juste partir.

S'il vous plaît.

Je reste assise là pendant longtemps, à l'écouter. Elle ne peut m'entendre, et, au bout d'un moment, j'arrête de m'efforcer.

*

La maison brille parmi le blanc tombé sur la vallée. Je vois les lumières avant le reste, une vague lueur jaune qui émerge devant le pare-brise de la voiture.

En gravissant les marches qui mènent à la porte d'entrée, je décide que Kylan et Katya ne peuvent rentrer chez eux aujourd'hui. Je sais que la route n'est pas impraticable, elle l'est néanmoins suffisamment. Nous allons tous devoir nous mettre à l'abri : ne pas laisser entrer le froid. La maison sera de nouveau emplie de bruits et de vie.

Une odeur de bacon m'accueille quand j'ouvre la porte. Dans la cuisine, Matilda est aux fourneaux, mon tablier rouge noué autour de la taille. Le plan de travail est encombré de casseroles, d'ustensiles et de bols, et la surface de la cuisinière est éclaboussée de graisse. Je soupire intérieurement en sachant que c'est à moi que reviendra ensuite la tâche de ranger tout cela. J'ai envie de leur dire à tous de déguerpir.

« Où est Kylan ?

— Dans le salon », me répond Matilda. Elle ouvre le placard, au-dessus de l'évier. « Je ne comprends pas pourquoi tu as tout déplacé. Je ne retrouve plus rien. »

Hector lève la tête.

« Est-ce que tu es sortie habillée de la sorte ? »

Je baisse les yeux sur ma chemise de nuit mouillée et le grand manteau.

« Je suis allée chercher du lait.

Il se penche en avant et ouvre la porte du frigo. « Nous avons plein de lait. Nous allons devoir en jeter la moitié à la poubelle, comme d'habitude. »

Je réplique : « Tu oublies que nous avons des invités. »

Hector me dévisage. « Ils repartent aujourd'hui.

— Je crois qu'ils devraient rester, je tente en regardant mes ongles rongés.

— Que veux-tu dire ?

— C'est trop dangereux.

— Marta, ce n'est que la toute première neige ! Rien de plus qu'une légère poudreuse.

— Il y a du brouillard.

— La météo prévoit une aggravation pour ce soir. Ils voulaient partir tout de suite après s'être levés, mais ils n'ont pas voulu te manquer.

— Tu ne veux pas qu'ils restent, toi ? »

Il soupire. « Bien sûr que si, Marta, mais ils ont des vies qui les attendent, eux aussi. »

Je reprends : « Cette neige ne vous inquiète pas, Matilda ? »

Matilda lève les yeux des fourneaux. « Pourquoi devrais-je m'inquiéter? Ce n'est vraiment pas grand-chose, pour le moment. »

Je m'assieds à la table de la cuisine, les mains sur les genoux. Je me vois tendre la main et écrabouiller la tête d'Hector sur la table, encore et encore.

Le givre a formé un petit motif sur la vitre dont je suis le tracé du bout des doigts. Hector s'est replongé dans son journal. Matilda se concentre sur la friture du bacon, les morceaux de cuir rose et luisant se recroquevillent sur les côtés. Je pense soudain que mes doigts risquent de laisser des traces sur la vitre et j'arrête.

« Je continue de croire qu'il serait plus prudent que Kylan reste une nuit de plus. »

Hector ne lève pas la tête. « On verra bien ce qu'il en dit. »

Au même moment, j'entends Kylan dans le couloir. Je rejoins la porte de la cuisine. Il est en train d'enfiler son manteau.

« Où vas-tu ?

— Je vais juste installer les chaînes sur les pneus. Je crois qu'on ferait mieux de se mettre en route tout de suite après le petit déjeuner.

— Il fait un temps affreux là-dehors, dis-je. Vous feriez peut-être mieux de rester ici ce soir.

— Ce n'est pas si terrible, répond-il. Et puis nous travaillons, demain. »

Je pose une main sur le bras de Kylan. « Tu ne crois pas qu'il vaudrait mieux attendre que la neige passe ?

— Ils disent que ça va empirer, au contraire.

— Raison de plus pour rester ici, alors.

— Nous ne pouvons pas, Maman. Tu le sais très bien. »

Matilda appelle depuis la cuisine : « Le petit déjeuner est prêt. »

Hector arrive dans l'entrée chargé de deux assiettes et en tend une à Kylan. « Que dirais-tu de prendre le petit déjeuner au salon ? Marta, la tienne est dans la cuisine. »

Kylan hoche la tête, et ils disparaissent dans le salon. Matilda émerge bientôt de la cuisine, chargée elle aussi de deux assiettes.

Je reste un long moment postée dans l'entrée à écouter leur bavardage avant de leur emboîter le pas.

Le salon est bien chauffé : Hector a allumé un feu, on entend le bois craquer dans l'âtre.

Allume toujours un feu en hiver : fais en sorte que ton foyer soit aussi accueillant que possible pour que ta famille en profite au mieux. Il semblerait que, sans moi, les choses suivent leur cours normalement.

Katya est assise sur le canapé, aux côtés de Kylan. Elle lève les yeux et me voit plantée là.

« Vous n'avez pas faim ? », demande-t-elle.

Je ne réponds pas.

De toute manière, il n'y a plus de place assise pour moi.

Dès qu'ils ont fini de prendre leur petit déjeuner, je sens une agitation monter dans la pièce. Tout le monde se prépare au départ. Kylan attrape les baise-en-ville et Hector accompagne Matilda à sa voiture. La porte d'entrée est entrouverte, et un courant d'air frais s'immisce dans la pièce.

Je croise les bras et je m'avance vers la petite fenêtre de l'entrée. Des flocons tombent du ciel en tourbillonnant.

« Il recommence à neiger », dis-je, mais personne ne m'écoute.

Kylan et Katya ont enfilé leurs manteaux. Je me tiens droite comme un i au milieu du vestibule.

« Les routes vont certainement être verglacées.

— Les axes principaux seront balisés », dit Kylan. Je repense au gros camion de balisage qui est passé à côté de moi en bourdonnant ce matin et je me sens soudain nauséeuse. Kylan vient vers moi et m'enlace avec raideur. « Merci, Maman. On se voit très bientôt.

— Merci de m'avoir reçue, madame Bjornstad », renchérit Katya. Elle n'essaie même pas de m'enlacer et je lui en suis reconnaissante.

« Appelle-moi Marta, je t'en prie. » Je regarde Kylan. « Quand revenez-vous ? »

Il passe une main dans ses cheveux. « Dans un mois ou deux. Je te tiens au courant si nous repassons pour Noël. »

Hector rentre du jardin, les joues rougies.

« Mère est bien installée dans sa voiture. Le moteur est en route et le pare-brise est dégagé. Tout le monde est prêt à partir ?

— Ouais », dit Kylan. Il ne me regarde pas.

Je traverse le salon et j'observe par la fenêtre. La mère d'Hector est assise, les mains posées sur le volant, et j'entends d'ici le babil étouffé des voix radiophoniques. J'observe Kylan et Katya prendre place dans la voiture de Kylan, garée devant celle de Matilda. Kylan a dit quelque chose qui fait rire Katya.

Hector se tient dans l'allée et leur adresse de grands gestes de ses mains gantées, tandis qu'ils s'éloignent en direction de la route.

Il part maintenant, me dis-je, il part vraiment. Je n'en ai pas fait assez. Il ne reviendra plus jamais, plus jamais vraiment. Je pense à Hector et moi, seuls dans la maison, indéfiniment, essayant de trouver des choses à faire pour tuer le temps, et il me semble qu'une main se referme autour de ma gorge.

Les phares des voitures révèlent des centaines de minuscules flocons blancs qui volent tels des insectes dans un rai de lumière.

15

Debout près de la fenêtre à contempler l'allée déserte, j'entends claquer la porte d'entrée. Derrière moi, Hector arrive dans la pièce, et j'essuie rapidement une larme.

Il porte encore son imperméable, la capuche relevée sur sa tête. Il s'immobilise non loin de son fauteuil et enlève ses gants.

« J'ignore ce qui t'attriste, déclare-t-il, le regard sombre. Tu as rendu ce dîner aussi pesant que tu le pouvais. Je ne sais pas comment tu as pu t'imaginer qu'ils voudraient prolonger leur séjour. »

Je le regarde.

« Tu ne gâches pas seulement les choses pour toi, tu sais, reprend-il. C'est aussi ma famille. »

Il fait un pas dans ma direction. « Je suis désolée, dis-je en essayant de ne pas laisser les sanglots brouiller ma voix. Je voulais que tout soit parfait.

— Je ne te crois pas, répond-il. Il faut que tu le laisses vivre sa vie. Nous avons eu notre temps, tu ne trouves pas ? C'est au tour de Kylan d'être heureux, désormais. »

Je me demande : Est-ce que nous sommes heureux ?

« Tu es incapable de rendre les choses tout simplement faciles », dit-il.

Pourquoi ne peux-tu pas rendre les choses faciles ? Je fais cela pour nous deux.

La bouche d'Hector ne bouge pas, mais les mots se répercutent dans le salon, éparpillés entre les restes du petit déjeuner. Des assiettes, des miettes, des coussins écrasés et déplacés.

Je reste debout là, dans la clarté de la fenêtre, et une autre larme apparaît. Je l'ai déçu, cette fois encore. Je n'arrive jamais à le rendre heureux. Peu importe ce que je fais, ce ne sera jamais assez. Et maintenant Kylan est parti, il ne reste plus qu'Hector et moi.

Il tourne les talons et sort de la pièce.

Une fois qu'il est parti, je reste plantée là à regarder l'endroit où il se tenait à l'instant, et je sens quelque chose de noir et de laid s'élever dans ma poitrine. Je le revois devant l'école, en train d'enlacer cette étudiante. Je ne suis pas la seule fautive, me dis-je. Je ne peux pas le laisser me reprocher tout ce qui ne tourne pas rond.

Quelques minutes plus tard, Hector revient dans le salon chargé de deux sacs-poubelle noirs.

« Je vais apporter les déchets recyclables à Kistefoss », annonce-t-il.

Immobile, j'attends qu'il s'en aille.

Au moment où il passe la porte, je n'en peux plus.

« Je suis au courant, Hector. »

Il s'arrête.

« Tu es au courant de quoi ?

— Je suis au courant au sujet de l'étudiante. »

Il essaie de le cacher, mais je vois bien qu'il est troublé. « Comment es-tu… commence-t-il. Qui te l'a dit ? »

Je hausse les épaules, je ne veux pas me trahir.

« J'allais t'en parler, reprend-il. C'est pour cette raison que je suis rentré tôt, vendredi. Mais je n'ai pas pu le faire.

— Vendredi ? »

Il hoche la tête. « Cela fait combien de temps que tu es au courant ?

— Pas longtemps.

— J'étais mûr pour la retraite, de toute manière. »

Je le considère. « De quoi parles-tu ?

— De l'étudiante. J'ai perdu mon boulot. » Quelque chose traverse son visage, quelque chose que j'essaie d'intercepter.

« Tu as perdu ton boulot ? Quand ?

— Il y a quelques mois. Tu viens de me dire que tu étais au courant, non ?

— Je suis au courant au sujet de l'étudiante.

— La fille de terminale à laquelle je donnais un coup de main ? C'est l'école qui a mal interprété les faits. »

J'attrape le bord du fauteuil, près de la porte-fenêtre, et je m'assieds.

« Marta ? », demande Hector.

Tout d'un coup, il ne m'est plus familier.

« Qui te l'a dit ? »

Je suis incapable de répondre.

Hector s'approche et reste debout devant moi. « Ce n'est pas vrai. »

Ses yeux sont limpides et bleus, il ne cligne pas des paupières.

« Rien n'a été prouvé, se défend-il. Ils sont en train de faire une enquête mais ils ne vont rien trouver.

— Qui a déposé la plainte ?

— C'est ce jeune prof, M. Dahler. Il voulait mon poste.

— Est-ce que la fille a confirmé ses propos ?

— Bien sûr que non. Ce n'est pas vrai.

— Est-ce qu'elle va bien ? »

Hector semble embarrassé. « Elle va très bien. Il ne s'est rien passé. Elle prépare ses examens finaux mais elle va s'en sortir : c'est une fille brillante. » Un silence s'installe. « Tu sais que je suis proche de certains de mes élèves. Ils dépendent de moi. Ils l'ont mal interprété, c'est tout. »

J'ai envie de le croire, mais je me rappelle ce que j'ai vu, il y a tant d'années. Je commence à avoir peur.

« Cela fait combien de temps que tu as cessé de travailler ?

— Environ deux mois. Je suis suspendu pendant la durée de l'enquête.

— Où est-ce que tu as passé tes journées ? »

Hector soupire. « Le parc, le marché, le pub, tous les endroits qui me venaient à l'esprit. Je voulais te le dire mais je ne pouvais pas. Je ne sais pas pourquoi. »

Ma peau me démange à la pensée d'Hector me dissimulant la vérité et m'observant au marché ou dans la maison.

« Je ne suis pas sûre de pouvoir te croire, Hector. »

Ses yeux s'assombrissent. « Qu'est-ce que tu entends par là ?

— Tu m'as menti. Ça fait deux mois que ça dure, et tu ne m'en as rien dit. Comment puis-je te faire confiance ? » Mon cœur bat à toute allure.

« Tu devrais savoir que je ne te mens jamais. Je ne te l'ai pas dit parce que je ne voulais pas te décevoir. Je suis censé subvenir aux besoins de cette famille, et maintenant je suis dans l'incapacité de le faire. »

Je le regarde. « Je suis ta femme. Tu devrais être en mesure de me dire ce genre de choses.

— Tu ne comprends donc pas que c'est précisément la raison pour laquelle je n'ai pas pu te le dire ? se justifie-t-il. Parce que tu es ma femme. Je ne voulais pas que tu penses que j'ai manqué à mes engagements.

— C'est exactement pareil que de mentir, Hector. Si tu n'as rien fait de mal, pourquoi ne m'as-tu rien raconté ? »

La silhouette d'Hector se détache dans la lumière, ses poings serrés.

« J'aimerais que tu te souviennes de tout ce que j'ai fait pour toi. Et pour Kylan. » Il saisit ma main. « Je t'en prie, ajoute-t-il, il faut que tu me fasses confiance. »

Je revois celle que j'ai été, allongée dans le lit d'Hector assis auprès de moi, un plateau sur les genoux, en train de me nourrir à la petite cuiller comme si j'étais un bébé.

Je repense aux marches de l'école. À la manière dont Hector avait attiré la fille vers lui.

Ses mains tremblent. Une douleur traverse ma poitrine.

« Je t'ai vu, Hector. Je t'ai vu devant l'école.

— De quoi parles-tu ?

— Je t'ai vu avec une étudiante. C'était il y a des années. Tu l'as serrée contre toi, devant l'école. »

Il me dévisage, les yeux écarquillés. Puis l'expression de son visage change, et il laisse échapper un rire bref, sec. « Je l'ai serrée contre moi ? Mais qu'est-ce que cela veut dire ?

— Je crois que tu avais une aventure avec elle. Et je crois que tu as recommencé. Je crois que tu as fait ça pendant des années.

— Marta. Tu entends ce que tu dis ? Juste parce que tu m'as vu en train de *serrer une étudiante dans mes bras*, tu vas te mettre en tête que je couche avec elle. Que j'ai couché avec toutes mes étudiantes. Tu ne vois pas à quel point c'est grotesque ? Je pourrais être son père ! »

Je me convaincs de rester vigilante, il essaie sûrement de me leurrer une fois de plus.

« Je ne crois pas que je puisse rester ici, dis-je.

— Qu'est-ce que ça signifie ?

— Je crois que je ferais mieux de partir. »

Le visage d'Hector s'empourpre. « Ce n'est pas vrai, crache-t-il. Cela me blesse vraiment que tu ne me croies pas, Marta. Après tout ce que j'ai fait. Je t'ai accueillie quand personne ne voulait de toi. J'ai pris soin de toi et, maintenant, tu menaces de me quitter quand j'ai le plus besoin de toi. »

Nous nous dévisageons, et je me sens fléchir. Il avance vers moi et attrape mes bras.

« Réfléchis bien, plaide-t-il, ses yeux bleus plantés droit dans les miens. Pourquoi risquerais-je tout ce que j'ai, toi, Kylan, mon boulot, ma réputation, tout ça pour un flirt avec une étudiante ? Si tu y penses de manière rationnelle, tu verras bien que cela n'a aucun sens. »

J'insiste : « Mais je t'ai vu, Hector.

— Tu n'as rien vu du tout. Tu m'as vu serrer une étudiante dans mes bras, c'est tout. J'aimerais pouvoir te dire de quelle étudiante il s'agissait ou pourquoi je l'ai serrée dans mes bras, mais je n'en sais rien. C'était il y a trop longtemps. Qui sait si tu as vraiment vu tout ça ? Nous savons bien tous les deux que tu as une imagination fertile. »

Je me rappelle les cigarettes que j'ai retrouvées dans mon sac et dans ma main, apparemment sorties de nulle part; la fille que j'ai vue tant de fois, désormais. Je pense à cette ride qui barrait le front de Kylan.

Que me reste-t-il, en vérité ?

Au bout d'un moment, je finis par hocher la tête.

Hector sourit. Debout devant moi, il tend les bras. Je pose ma tête contre son épaule et je respire son odeur tandis que ses bras se referment autour de mon dos. Nous restons ainsi pendant un long moment.

Enfin Hector se détache de moi et ramasse les sacs de recyclage. « Je vais m'occuper de ça, maintenant.

« Tu dois vraiment partir ? » Je n'ai pas envie d'être seule. J'ai peur de recommencer à douter d'Hector s'il n'est pas là pour m'expliquer les choses.

« Cela ne va pas durer longtemps. Et ensuite, nous pourrions faire une balade dans la neige. J'ai l'impression que le temps se dégage enfin. »

Je me raccroche à ses mots tout en m'efforçant d'étouffer mon sentiment de malaise.

Puis il part, et je suis de nouveau seule avec la maison.

*

Une fois que tout est silencieux, il ne me reste pas grand-chose d'autre à faire que d'empiler les assiettes. Les mains tremblantes, je les lave dans la cuisine. J'attrape le torchon et le spray de nettoyage, sous l'évier.

La table de la cuisine réverbère des morceaux de ciel, et je suis surprise de ne trouver aucune trace sur le verre. Je scrute la surface jusqu'à ce que j'en trouve une. D'autres marques se dessinent à l'endroit où j'ai frotté et je commence à frotter de plus belle pour que tout soit propre. Je ne remarque les larmes qu'au moment où elles se détachent de mon visage pour aller se mélanger aux éclaboussures laiteuses de produit de nettoyage. Je ne m'interromps qu'en les sentant, humides, sur la peau de mes joues, et je lève les mains. Les pointes mouillées de mes doigts ont une saveur salée.

J'essaie de me dire que je suis irrationnelle, que c'est Hector qui a raison. Cela n'a pas de sens.

Mais je la vois, elle, dans la pénombre, levant son visage ovale immaculé vers lui. Sa chevelure blonde scintille sur ses épaules. Sa main à l'index orné d'une bague se lève pour toucher ses cheveux à lui. Ses ongles ne sont pas rongés.

*

Peu de temps après, Hector revient, fidèle à sa promesse. Je suis restée assise à la table de la cuisine, le regard rivé sur les plaques de neige qui cèdent peu à peu le terrain au sol brun, m'efforçant de ne penser à rien. J'ai passé un long moment à observer une pie qui s'attaquait à la terre gelée.

Nous enfilons nos vêtements les plus chauds, superposant autant de couches que possible. Dans le vestibule, Hector me tend mon manteau, fait glisser mes bras dans les manches et le boutonne. Il noue les lacets de mes après-ski avant d'enfiler les siens.

Il saisit mon bras, et nous nous aventurons ensemble dans le froid, progressant péniblement en direction de l'allée. La canne d'Hector laisse d'étranges empreintes à côté de celles de nos chaussures. Nous empruntons notre vieux chemin habituel et cherchons des pistes dans la neige : je trouve celle d'un oiseau dans un champ, et il découvre des traces de pas, non loin de la ferme. Hector dégage un peu d'espace sur un banc, et nous nous asseyons.

Le vent a rougi ses pommettes. Il regarde droit devant lui, vers le fjord qui s'étend au loin.

« Tu crois qu'ils vont te rendre ton poste ? »

Il me regarde. « Je n'ai pas envie d'y retourner. Pas après ce qui s'est passé.

— Pourquoi pas ?

— Ce ne serait plus pareil. Plus personne ne me ferait confiance. »

Il tourne alors son visage vers moi, ses yeux bleus me considèrent calmement, pleins de quelque chose de brut, de douloureux. Cette vision me ramène à l'eau, sous la surface de la mer, lors de nos vacances sur l'île. Je me souviens de la pression dans mon nez et ma bouche, des faisceaux de lumière de plus en plus indistincts à mesure qu'ils s'approchaient de la surface, du détachement progressif de toute chose.

Je réalise à quel point tout cela doit être difficile pour Hector. En suggérant qu'il est fautif, en remettant sa moralité en question, ils ont brisé le pouvoir qu'il exerçait sur ses élèves. Peut-être est-ce là la raison pour laquelle il ne m'en a rien dit, parce qu'il avait peur de perdre, aussi, l'emprise qu'il avait sur moi.

« Est-ce que tu vas chercher un nouvel emploi ?

— Je ne crois pas en être capable.

— Pourquoi pas ? »

Il soupire. « Je crois bien que je suis trop vieux, désormais.

— Tu es un bon professeur, Hector.

— J'ai travaillé dans cette école pendant si longtemps. Cela remonte même avant notre rencontre. J'ai l'impression que c'est la fin de ma vie. » Il attrape ma main et la serre. « Heureusement que je t'ai, toi. Ce sera le début d'un nouveau chapitre pour nous deux, maintenant que Kylan est parti et que je serai à la retraite. »

Je le regarde et je sens quelque chose autour de ma gorge, comme si des mains étaient apparues et qu'elles appuyaient contre mes cordes vocales. Je m'éclaircis la voix, et la sensation passe.

Il se lève à cet instant et commence à avancer en direction de la maison. Je regarde son dos affaissé et je tends le bras pour le soutenir.

*

Une fois rentrés chez nous il fait presque nuit, je tremble de froid et je claque des dents. Je dis à Hector que je vais prendre un bain.

Je tourne les robinets et me dévêts, mes poils se dressent sur mon corps. Quand la baignoire est pleine je m'immerge dans l'eau, je m'adosse au rebord et je ferme les yeux.

Je tremble toujours, mon corps est lourd et affaibli. J'ai la tête pleine et mes paupières sont lourdes, comme si un épais brouillard noir était tombé et que je n'en trouvais pas la sortie. Ouvrir les yeux me coûte, je le fais néanmoins, lentement, et mon regard tombe sur mes membres maigres qui émergent de l'eau trouble. Les genoux sont gros et osseux, la clavicule et les côtes transparaissent sous la peau blanche.

Je regarde ma poitrine se lever et se baisser, se lever et se baisser de nouveau.

Ce n'est pas mon corps.

Je me redresse d'un coup, si brusquement qu'un peu d'eau déborde de la baignoire.

Lorsque les remous se sont calmés, je baisse les yeux. Mon ancien corps est de nouveau là : les jambes charnues, les capitons, le ventre ridé, les seins tombants comme des museaux de rats, pointant vers l'eau qui continue de lécher les bords de la baignoire. J'essaie de calmer ma respiration, mais je n'arrive pas à me détendre. J'ai encore la sensation des poils fins de ses bras et ses jambes, sa poitrine se soulève encore au rythme de ma respiration. C'était différent, cette fois : pendant quelques secondes elle n'était pas seulement là, j'étais elle : je pouvais ressentir ce que c'était d'être elle.

Hector fait irruption dans la pièce, hors d'haleine.

« Est-ce que tout va bien ?

— Ce n'est rien. »

Il semble perplexe. « Je t'ai entendue crier. Que s'est-il passé ?

— J'ai vu quelque chose.

— Quoi ? »

Je secoue la tête. « Il n'y avait rien. Un jeu de lumière. » Je sais pourtant que je ne dis pas la vérité. Elle était vraiment là.

« Es-tu sûre d'avoir pris tes médicaments ? Tu sais bien ce qui arrive quand tu ne les prends pas, tu sais à quel point tu peux devenir déséquilibrée.

— Tu m'as vue les prendre, Hector.

— Alors peut-être qu'ils n'agissent plus sur toi. Tu vois des choses qui n'existent pas.

— Peut-être qu'elles existent, au contraire.

— Marta, tu entends ce que tu me dis ? Veux-tu que nous allions consulter quelqu'un ? »

Je ne sais pas pourquoi il emploie le nous, alors que c'est de moi qu'il veut parler.

« Je n'ai besoin de voir personne, dis-je, et le son de ma voix se répercute dans la salle de bains.

— Ce n'est pas la peine de crier.

— Je ne criais pas, c'est juste que...

— Écoute, Marta, je veux seulement que tu redeviennes comme avant. Tu n'es plus toi-même. »

Je me demande ce qu'il entend par là. Est-ce qu'il ne m'aime que quand je suis silencieuse, droguée, approuvant tout ce qu'il dit ?

« Et si je n'avais pas été moi-même jusqu'à maintenant ? »

Hector fronce les sourcils. « Pourquoi poses-tu toutes ces questions ? N'es-tu pas heureuse, ici ? »

Je songe à la maison, à Kylan, à Hector. Je hoche la tête.

« Peut-être que je me sentirais mieux si Kylan était là.

— Marta, tu sais bien qu'il ne peut pas revenir. Il va se marier.

— Mais s'il habitait un peu plus près...

— Il faut que tu le laisses partir. Concentre-toi sur nos vies, maintenant. Je serai plus souvent à la maison et nous pourrons faire des voyages, comme quand nous nous sommes rencontrés. »

Je pense à une chambre d'hôtel avec un grand lit et une belle vue. Une salle de bains que je n'ai pas besoin de nettoyer. Pourtant, ce sentiment ne me lâche pas, cette impression que des mains enserrent ma gorge. Où que nous soyons, ce sera toujours la même chose.

Je finis par hocher la tête. Il semble triste.

« C'est un nouveau départ pour nous. Tu devrais être un peu plus excitée. »

Il se penche vers moi, saisit ma main humide et la garde dans la sienne en me fixant. Je n'arrive pas à le regarder droit dans les yeux.

« Je peux t'aider à te laver, si tu veux, propose-t-il. Comme à l'époque.

— Ça va aller. J'étais sur le point de sortir. »

Il reste là, ma main encore dans la sienne.

« Je t'aime, Marta. »

Je regarde l'eau. Je sais ce que je dois dire mais les mots s'emmêlent dans ma gorge, refusant de sortir. « Je descends tout de suite. »

Hector laisse retomber ma main, et j'observe ses pantoufles traverser le carrelage jusqu'à la porte de la salle de bains. Une fois de plus, j'ai été incapable de lui donner ce dont il avait besoin.

16

En bas, Hector se tient à côté du micro-ondes, il réchauffe les restes du ragoût de flétan. Je le regarde sortir la boîte Tupperware, ôter le couvercle avec ses ongles et verser son contenu dans deux assiettes creuses.

Il sourit en m'apercevant debout dans l'embrasure de la porte.

Nous prenons place et mangeons en silence. Le poisson est meilleur aujourd'hui, moins salé.

Ma cuiller me fait une impression étrange, dans ma main : comme si elle n'était pas à sa place, comme si elle était surdimensionnée, qu'elle avait grandi d'un coup. Pendant une fraction de seconde je vois une autre cuiller, ma cuiller d'enfant avec son manche en plastique. Je baisse les yeux, et l'image s'évanouit.

Je reprends une bouchée de nourriture. Je ne tarde pas à racler le fond de l'assiette.

Une fois que nous avons terminé, je dépose nos deux assiettes près de l'évier et je commence à faire couler l'eau. Hector vient se poster derrière moi, passe ses bras autour de ma taille et retire mes mains du robinet.

« Tu feras ça demain. »

J'hésite un moment, puis je referme le robinet et j'enlève la bonde. L'eau s'écoule.

Il prend ma main et nous traversons le vestibule jusqu'au salon.

Hector allume le téléviseur, et nous regardons les informations. Je pose ma tête contre son épaule et je me figure que j'entends battre son cœur.

Si tu fais tout ce que je dis, il n'y a aucune raison que quelqu'un souffre.

Je me redresse. « Qu'est-ce que tu as dit?

— Quoi?

— Qu'est-ce que tu viens de dire? » Ma voix est aiguë.

Hector me regarde d'un air bizarre. « Je n'ai rien dit. »

Je le dévisage. Je suis certaine d'avoir de nouveau entendu la voix, et elle m'a semblé familière.

Je me lève. « Je vais me coucher.

— Mais il n'est que huit heures et demie.

— Je suis fatiguée.

— J'espérais que nous allions passer une bonne soirée », répond Hector.

Je me dirige vers la porte.

Dans la cuisine, je rince les assiettes. Puis je m'apprête à essuyer la table. Au fur et à mesure que je frotte la surface, celle-ci change. Elle est blanche désormais, couverte d'égratignures. Je jette un coup d'œil à la pièce qui m'entoure, aux murs de béton brut, au lit soigneusement fait, à la moquette grise. Elle lève les yeux pendant qu'elle passe l'éponge sur la table, mais elle ne me remarque pas. Elle vérifie l'heure sur l'horloge jaune. Sept heures vingt-cinq. Elle frotte désespérément, de plus en plus frénétiquement.

Après s'être débarrassée de l'éponge, elle dépose deux sets sur la table. Puis les couverts, un jeu pour un adulte, un autre pour un enfant. Deux assiettes bordées de fleurs. Elle remplit deux gobelets en plastique avec de l'eau provenant de l'évier sale.

Puis le son se fait entendre : un grattement lourd, terrible. Elle laisse tomber l'éponge dans l'évier et va se poster près du bord de la table. Elle redresse l'une des fourchettes. Puis elle lève les yeux vers la trappe et celle-ci commence à s'abaisser, répandant de la saleté dans la pièce et dans ses cheveux, mais elle fait mine de ne pas vouloir l'enlever.

Elle garde les yeux baissés tandis qu'il descend les marches : d'abord ses bottes marron puis son pantalon de travail puis sa chemise verte, ses cheveux bruns. Il tient une boîte Tupperware dans la main. Je n'arrive pas à voir son visage; il s'assoit sur la chaise la plus proche, de manière à me tourner le dos. Il se sert de ses longs ongles pour ouvrir le couvercle et dépose le ragoût brun dans les assiettes à l'aide d'une cuiller.

« Est-ce que tu as passé une bonne journée? demande-t-elle.

— Assieds-toi », répond-il.

Elle s'exécute.

Il lui donne l'assiette contenant moins de nourriture.

Elle attend qu'il commence en tapotant la table de sa cuiller, puis elle s'attaque à sa nourriture en faisant de petits gestes d'oiseau et en mâchant lentement. Sa retenue me fait penser à quelqu'un qui jouerait la comédie, qui ne mangerait pas vraiment.

Une fois qu'elle a terminé, elle le regarde manger. « Est-ce que je peux prendre ça? », quémande-t-elle en désignant du doigt le centimètre de nourriture restant dans le Tupperware posé sur la table.

Il l'éloigne d'elle. « Non, dit-il. Tu sais dans quel état cela te met quand tu as trop mangé. »

Il gratte la porcelaine de son assiette avec sa fourchette et enfourne sa dernière bouchée.

« Ça sent la fumée, ici, remarque-t-il. « Il te reste combien de cigarettes?

— J'ai fumé ma dernière aujourd'hui, assure-t-elle.

— Très bien, réplique-t-il. Je ne vais plus t'en apporter. C'est dégoûtant, ici. Je ne sais comment tu fais pour vivre ainsi. » Elle fixe la table. « Allez, vas-y, commande-t-il. Je n'ai pas que ça à faire. »

Elle emporte les couverts jusqu'à l'évier et les rince.

« Dépêche-toi », la brusque-t-il.

Elle les sèche avec une serviette et les lui tend.

Il se lève. Il lui donne une cuiller qu'il fait claquer sur le couvercle du Tupperware. « Je te laisse ça, concède-t-il. Juste pour cette fois. »

Elle sourit. « Merci.

— Mais ne mange pas tout à la fois. Je vais essayer de repasser demain, mais je ne suis pas sûr d'y arriver.

— Est-ce que tu veux jouer aux cartes? demande-t-elle.

— Il faut que j'y aille.

— Aux échecs?

— Non. C'est déjà bien gentil de ma part de descendre ici pour partager un repas avec toi. » Il commence à monter l'échelle. « Nettoie cette pièce. »

Dès qu'il est parti, elle s'approche du lit, passe une main sous le matelas et en extirpe un paquet de cigarettes à moitié plein. Elle en sort une, l'allume et aspire goulûment avant d'exhaler d'un coup, la fumée bouchant ma vue. Je me penche et je souffle pour la disperser, mais elle a disparu et je me retrouve dans la cuisine. Je sens comme je me laisse tomber sur l'une des chaises. J'entends toujours sa voix qui m'est étrangement familière. Désireuse de l'écouter de nouveau dans la cuisine, j'essaie de me souvenir où je l'ai entendue précédemment. La fille m'est familière, aussi. Les choses que j'ai vues sont trop vivantes pour ne pas être réelles : je sens ce qu'elle a dû ressentir, des choses que je n'aurais pas pu savoir.

*

Dans la salle de bains, après m'être lavé la figure, mon regard tombe sur le rasoir d'Hector qui scintille sur le rebord du lavabo. Je le saisis et je le retourne encore et encore dans ma main tout en considérant les fines lignes bleues qui courent sous la peau de mon poignet.

Je reste là pendant un bon moment, puis je repose le rasoir.

Allongée sous les draps, dans l'obscurité, j'attends qu'elle vienne à moi. Elle ne le fait pas, et je ne sais pas si j'en suis heureuse ou triste.

Au moment où je sombre dans le sommeil, il me semble percevoir la respiration de quelqu'un d'autre. Je retiens mon souffle et je distingue encore ce mouvement lent, comme des vagues qui se retirent et reviennent à la charge, encore et encore. Mon cœur bat plus vite : quelque chose de lourd pèse sur mon bras. J'essaie de le soulever et je sens qu'elle est là, j'entends sa protestation silencieuse. Son corps est chaud, et je me love plus près d'elle, entourant son corps avec le mien. Son odeur est désagréable : des relents de pourriture et de fumée, qui me font mal quand je l'inspire dans mes bronches alors que j'enfonce mon visage dans ses cheveux moisis.

Nous restons allongées ainsi pendant un long moment. Quand je tends la main pour caresser ses cheveux avec la pointe de mes doigts, je la sens bouger. Son corps se tend, sa main agrippe la mienne et la serre. C'est alors que j'entends un bruit, le son de quelque chose, loin au-dessus de nos têtes. Elle serre de nouveau ma main et colle son corps mince contre le mien. « Il arrive », chuchote-t-elle avec insistance.

J'entends la porte de la chambre s'ouvrir doucement. Sous les couvertures, je l'attire contre moi. Des pas lourds traversent la pièce; une ombre noire se penche au-dessus moi. Je m'entends pleurer et je tends la main pour allumer la lampe de chevet.

Mais il n'y a personne, et elle est partie elle aussi. Elle ne revient pas. J'éteins de nouveau la lumière et je reste allongée ainsi pendant un long moment, trop effrayée pour m'endormir.

Hector arrive peu de temps après. J'entends ses efforts pour être silencieux. La lumière de la salle de bains projette brièvement un carré jaune sur le sol de la chambre avant qu'il n'ait le temps de refermer la porte derrière lui. J'entends le bruit de l'eau et Hector qui essaie de réprimer un toussotement. Je l'imagine devant le miroir, former une coupe avec ses larges mains et s'asperger le visage.

Il tire la chasse d'eau, et la porte s'ouvre. Il la laisse légèrement entrebâillée et depuis le lit j'observe son ombre tandis qu'il ôte ses vêtements et les plie soigneusement sur la chaise. Ses seins et son ventre tombants m'apparaissent clairement quand il se tourne de côté pour enlever sa veste. Enfin, il n'a plus que son caleçon et se débarrasse de ses chaussettes. Les touffes de cheveux sur sa tête me font penser à de la paille de fer.

Il grimpe dans le lit et s'approche de moi jusqu'à ce que je sente ses bras m'enlacer, son souffle dans ma nuque, son estomac chaud contre mon dos.

*

Je rêve de la salle de classe d'Hector, sur l'autre versant de la vallée. Il y a une odeur de craie et de bois, et des rais de lumière bleue filtrent depuis la grande fenêtre qui recouvre tout le mur du fond.

Je me tiens debout, à l'arrière de la classe, et je regarde Hector devant le tableau noir ; il porte sa veste bleue avec des empiècements aux coudes. Il se détourne de moi, lève le bras et note quelque chose au tableau, lentement. J'observe sa nuque, ses épaules tombantes, la courbe étrange de son bras. Ses doigts tremblent, mais les lettres et les chiffres sont parfaitement bien tracés. Il essaie de m'expliquer la formule, mais je ne la comprends pas, malgré les efforts que je fournis. Il fronce les sourcils, et sa langue claque discrètement. *Tu n'es pas logique*, dit-il. *Si tu étais une personne rationnelle, tu comprendrais.*

Cette fois encore, je l'ai déçu.

*

Un peu plus tard, dans mon sommeil, je reconnais comme des halètements d'homme. La pièce est plongée dans le noir, et j'essaie de me relever mais quelque chose de lourd pèse sur moi et je n'arrive pas à bouger. La respiration est lente, silencieuse. Il y a quelque chose entre mes jambes ; je sens que ma chemise de nuit a été relevée. Je tente de la baisser, mais je suis coincée, clouée au lit. Encore vaseuse, je crie et je repousse cette chose, mais je ne peux pas bouger les mains, elles sont immobilisées.

Puis je sens la chose entre mes jambes et une brève douleur me transperce. La respiration se fait plus rapide. J'essaie de la repousser, mais je n'y arrive pas.

Je crie encore, ma voix est rauque.

La lampe de chevet s'allume. Le visage d'Hector se dresse au-dessus du mien.

« Qu'est-ce qu'il y a ? demande-t-il.

— Qu'est-ce que tu fais ?

— Que veux-tu dire ?

— Tu étais… sur moi. »

Il me regarde, incrédule. « C'est toi qui m'as réveillé.

— Je dormais.

— Non, c'est moi qui dormais, et tout d'un coup j'ai senti tes mains sur moi. Je croyais que tu avais envie. »

Je me redresse dans le lit. « Je dormais, Hector. »

Hector secoue la tête. « Ce n'est pas comme ça que ça s'est passé. »

Ses yeux sont bouffis de sommeil, mais il est en sueur, les poils de son torse sont humides.

Nous nous dévisageons. Je glisse mes jambes hors du lit. Je me sens dégoûtante, ma peau est moite.

« Où vas-tu ? s'impatiente-t-il.

— Prendre une douche.

— Nous sommes au beau milieu de la nuit, Marta !

— Eh bien, je suis réveillée maintenant, et j'ai besoin d'une douche. »

Hector se laisse retomber dans le lit avec un soupir.

Dans la salle de bains, je m'approche tout près du miroir et je me chuchote que je sais ce qui s'est passé. Que je dormais, et que c'est Hector qui m'a réveillée. Je maîtrise parfaitement ce que je fais, je ne suis pas somnambule, ou pire encore. Je suis Marta Bjornstad, me dis-je. Si c'est là la vérité, cependant, cela veut dire que mon mari vient d'essayer de me violer. Je préférerais presque croire que je suis en train de perdre la raison.

17

Je sors de la salle de bains et traverse la chambre à coucher sombre où retentit le léger ronflement d'Hector. Arrivée en bas, je me rends dans le salon. La grande baie vitrée est recouverte de carrés noirs. Je fixe le plafonnier jusqu'à ce que mes yeux se mettent à brûler. Je baisse les paupières et je regarde les points de couleur rétrécir et grandir. Puis je recommence. Et encore une fois. Bientôt, je ne vois plus que du blanc.

Je traverse la pièce d'une extrémité à l'autre en comptant mes pas. Douze pas dans un sens. Je continue. Je perds le fil de mes comptes. Je recommence, cette fois en posant un pied juste devant l'autre sans laisser d'espace, et en marchant sur une ligne droite. Si je pose mon pied trop loin de l'autre ou si je ne marche pas suffisamment droit, je recommence. J'arrive à trois cent cinquante-sept. Je m'immobilise et je fixe mes pieds nus sur le tapis pendant un long moment. Dix orteils, dix ongles, dix orteils, dix ongles, dix orteils dix ongles dix orteils dix ongles.

Je me rends dans le vestibule. Dehors, la journée commence, une lumière bleue envahit l'entrée de la maison, tout semble froid et plat.

On pourrait presque croire que la lumière décline pour laisser place à la nuit. Je lève les mains à mes tempes, j'ai besoin que la lumière revienne, que tout de nouveau soit clair.

Bien que j'aie tiré le rideau de la petite fenêtre de l'entrée, il n'y a toujours pas assez de lumière. Je l'ouvre, et l'air froid heurte mes joues, mon sang me monte à la tête. Dans la cuisine, je fais coulisser les portes de la véranda aussi loin que possible. Je ne m'arrête pas avant que tous les rideaux soient repoussés, toutes les fenêtres ouvertes.

Pourtant il reste des ombres partout : derrière les cadres des tableaux, sous les meubles, dans les recoins de mon champ de vision.

Je me tiens debout dans l'embrasure de la porte d'entrée et je regarde la neige. Avec la lumière bleue, tout semble rayonner. Quand mes yeux se posent sur le porche en bois surélevé, je découvre que la pierre marquant le perron de la porte a été poussée de côté, et mon regard se perd dans un profond trou noir.

Elle est allongée là, son corps pareil à celui d'un enfant dans son pyjama blanc à cœurs roses, sale et taché de jaune. Je ne l'ai jamais vue aussi maigre. En m'agenouillant à côté d'elle pour prendre sa main, je me demande si elle est morte. J'entoure sa bouche de ma main, mais je ne sens rien. Au moment où je perds espoir, je sens une légère chaleur sur ma paume. J'approche mon oreille, tout près, et j'entends son souffle entrer et ressortir dans un râle, en même temps que le mien. Je m'allonge et je l'enveloppe du mieux que je peux, je frotte ses mains, j'essaie de la réchauffer.

Un moment plus tard, j'ouvre les yeux. Mes paupières sont lourdes, mais quand je parviens enfin à les soulever un peu, je reconnais le pyjama blanc que je porte. Mon souffle siffle en entrant et ressortant de ma poitrine : le seul fait de cligner des paupières me fait mal. Quand je tente de bouger, tout est lent et lourd, comme si mon corps était lesté. J'ai envie de fermer les yeux et de me rendormir.

Tout d'un coup, des mains se plaquent derrière ma tête et sous mon dos, et je sens qu'on me soulève. J'essaie d'appeler au secours, mais ma bouche est obstruée par du tissu. L'odeur est familière, j'ai envie de m'en approcher encore un peu plus.

Je sens ma tête basculer en arrière, et ma bouche s'ouvre toute seule. Je vois le ciel bleu au-dessus de nous, si grand, si vaste, et je cligne des yeux tandis que le soleil traverse mon champ de vision dans un mouvement de balancier. Cette nouvelle clarté éblouissante fait tinter ma tête. J'entends un homme haleter. Nous sommes sur le pas de la porte, nous nous apprêtons à entrer dans l'obscurité. Je tends le bras pour m'accrocher au rebord du chambranle. Il s'arrête, détache mes mains du bois. Elles retombent mollement, et voilà que nous avons passé la porte et qu'il la referme derrière nous.

Sa respiration devient plus rapide pendant qu'il me dépose sur le sol du vestibule. Je regarde son visage penché au-dessus du mien, ombrageux dans la faible lumière de l'entrée.

« Marta ? »

Je cligne des yeux en détaillant la silhouette de l'homme : la peau tombante autour de son visage, les yeux d'un bleu limpide. C'est Hector.

Je baisse les yeux sur mon corps. Je suis de nouveau moi-même. Pourtant j'étais elle : j'étais dans son corps, et j'avais le sentiment de ne pas pouvoir m'en échapper.

« Que s'est-il passé ?

— Je t'ai retrouvée sur le seuil de la porte. » Cela me semble encore étrangement familier. « Tu es gelée. » Il dépose sa main chaude sur mon front.

« Pourquoi toutes les portes et fenêtres sont-elles ouvertes ?

— Tu m'as portée à l'intérieur ?

— Il le fallait bien. Tu ne me répondais pas. Je t'ai parlé pendant une éternité, j'essayais de te réveiller. Je ne pouvais quand même pas te laisser dehors. »

J'aperçois la fine couche de sueur sur son front.

« Ton genou, ça va ?

Il hausse les épaules. « Ça va aller.

— Je ne t'entendais pas, dis-je.

— Je sais. Je m'inquiétais à ton sujet. Je m'inquiète encore, d'ailleurs. Tu es dans le même état que quand je t'ai trouvée la première fois, Marta. » Les yeux d'Hector sont écarquillés. « Ce jour-là aussi, je t'ai portée à l'intérieur. Tu étais trop faible pour marcher. »

Il frotte mes bras.

« Tu m'as trouvée sur le pas de la porte ? »

Hector hoche la tête. « Tu étais si maigre, si malade, comme un fantôme. Beaucoup plus facile à porter. » Il sourit. « Mais je ne pouvais pas te laisser dehors à cette époque-là non plus. J'ai su tout de suite que tu étais quelqu'un de bien. Et j'ai eu raison. »

Quand Hector saisit ma main, je revois la version plus jeune de son visage, penché au-dessus de la baignoire pendant qu'il lave mon corps. Après m'avoir enveloppée d'une serviette, il m'avait assise sur le bord du lit.

Il avait passé mes cheveux au peigne, d'abord doucement puis plus fort, jusqu'à ce qu'il tienne solidement les racines pour en coiffer énergiquement les pointes. Ensuite, il les avait séchés à l'aide d'un sèche-cheveux tout neuf, tout juste sorti de son emballage : malgré la chaleur, mes dents avaient continué de claquer. Il m'avait demandé d'ouvrir la bouche et avait vérifié mes dents en bougeant la tête de haut en bas, inspectant le trou noir où il en manquait une. Il m'avait annoncé que nous ferions vérifier cela et m'avait demandé si je me souvenais comment c'était arrivé.

Je lève les yeux vers lui, maintenant aussi, et j'essaie de recoller les morceaux, mais je suis si fatiguée.

« Je ne me souviens plus.

— Eh bien, qui sait ce que tu avais bien pu avaler ? Vu ton apparence, tu n'avais pas dû manger grand-chose depuis un moment. Tu n'étais même pas en mesure de t'alimenter toi-même. »

Il sourit. Une fois de plus, une image d'Hector cassant des biscuits entre ses doigts avant de les déposer lentement dans ma bouche me traverse l'esprit. Puis il y avait eu le chocolat et les gâteaux – tout était bon pour me faire manger. Ma bouche ne veut pas coopérer : tout ce qu'il y dépose en ressort aussitôt en roulant. Je l'entends jurer.

« Il faut te réchauffer et te remettre au lit. Je vais t'apporter une bouillotte. Comme au bon vieux temps. »

*

Hector ouvre le robinet de la douche, et la vapeur commence à remplir la pièce, avalant nos reflets dans le miroir. J'ai tellement froid. Il m'aide à ôter mes vêtements, puis je fais un pas sous le jet d'eau. C'est chaud, apaisant, et je me sens déjà mieux.

Quand je ressors, Hector est parti, et je suis de nouveau seule. Debout sur le tapis de douche, enroulée dans une serviette, je regarde la vapeur se dissiper. Dans le miroir, je distingue une ombre sombre à côté de moi. Malgré la surface embuée je reconnais son reflet, d'abord trouble puis de plus en plus précis. Dans l'absence de lumière du jour, ses cheveux incolores semblent gris. Une masse épaisse et désordonnée dont les bords secs absorbent la lumière comme un halo. Je ne lui avais encore jamais vu une apparence aussi affreuse. Je discerne les contours de son crâne : la peau fine et tendue, les renfoncements caverneux sous les os de sa clavicule, les marques profondes et violettes sous ses yeux. Elle se tient debout à mes côtés, un squelette recouvert d'une fine pellicule de peau blanche.

Quelqu'un d'autre se reflète également dans le miroir, debout derrière elle. Il est plus grand et plus massif qu'elle. Son visage est flou, mais je reconnais la chevelure sombre, les épaules larges. Pendant un bref instant je crois que c'est Kylan et je me demande ce qu'il fait là.

« Tu as une mine épouvantable », dit-il.

Je la regarde, la couleur de sa peau, sa maigreur.

« J'aimerais m'occuper de toi, ajoute-t-il. Je veux que tu te sentes mieux. »

Elle se contente de fixer un point droit devant elle sans sourire.

« Est-ce que tu aimerais rester ici quelque temps ? »

Elle inspecte ce qu'il y a autour d'elle, son visage pivote lentement. Quand son regard passe sur moi, je remarque que ses pupilles sont immenses, ses yeux morts. Puis elle aperçoit derrière elle la chambre à coucher : le grand lit qui attend, là, avec son énorme édredon de plume.

Elle hoche la tête.

Il sourit et pose une main sur son épaule. « Il faut que tu prennes tes médicaments. »

Il tient un petit pot orange dans la main. Il l'ouvre, et quelque chose tombe dans sa paume. « Ouvre la bouche. »

Je vois sa langue humide et rose. Il dépose une petite pilule colorée dans sa bouche, et elle l'avale sans eau.

« Bonne fille », approuve-t-il en posant une main sur sa tête.

Je me retourne pour voir son visage mais je ne suis pas assez rapide – il est parti.

Je regarde de nouveau le miroir. Marta se tient là, seule, enroulée dans une serviette de bain. Son visage ridé me renvoie mon regard, ses yeux gris sont vides.

*

Une fois que je suis couchée, Hector me rejoint à l'étage. J'essaie de me redresser, mais il s'est assis sur mes jambes. Un plateau repose sur ses genoux et il se sert de ses longs ongles pour ouvrir le couvercle d'une boîte Tupperware, la condensation m'empêche de voir ce qui se cache à l'intérieur.

Une forte odeur de poisson s'en échappe. J'observe Hector pendant qu'il transvase la nourriture dans un bol. Il remplit une cuiller de nourriture et l'élève jusqu'à ma bouche.

« Je peux le faire moi-même, Hector », dis-je en tentant une nouvelle fois de me redresser, mais il en profite pour remplir ma bouche, de manière que je ne puisse plus parler. Il continue de me nourrir jusqu'à ce que le bol soit vide.

« Bon, cela ne me dérange pas de m'occuper de toi. Mais j'aimerais que nous allions consulter quelqu'un la semaine prochaine, quand tu te sentiras d'attaque. Il semblerait que tes pilules aient cessé d'agir, il va sans doute falloir que nous essayions un autre traitement.

— Hector, je vais bien… »

Il lève les deux mains.

« Marta, nous savons tous les deux que ce n'est pas vrai. Tu as besoin d'aide. Il n'y pas à avoir honte de cela. »

Je le fixe.

« Kylan s'inquiète sérieusement à ton sujet, reprend-il.

— Je crois que je commence seulement à me souvenir de certaines choses. Des choses qui datent d'avant que je vienne vivre avec toi. Je ne crois plus avoir besoin de traitement.

— Je ne comprends pas pourquoi tu souhaites te souvenir de ces choses, Marta, argumente-t-il en posant sa main sur le haut de ma tête. Tu n'étais pas dans ton état normal, à cette époque.

— Je crois que j'en ai besoin.

— C'est bien mieux si tu te contentes de prendre tes pilules. Nous allons te trouver quelque chose qui agisse mieux. Tu as dépassé toute cette histoire depuis longtemps.

— Peut-être pas, non. Peut-être est-ce la raison pour laquelle j'ai besoin de me souvenir. »

Je n'arrive toujours pas à m'asseoir correctement, et cela m'empêche de le regarder droit dans les yeux. Il serre ma main.

« Je suis ton mari, Marta. Je sais ce qui est bon pour toi. Cela ne peut te faire aucun bien de traverser tout cela une nouvelle fois. Ce n'est pas raisonnable. Nous allons rendre une petite visite à Thomas. On va voir s'il peut te prescrire quelque chose de nouveau. »

C'est là que je revois la scène : tremblante, dans la salle d'attente traversée de courants d'air, la main d'Hector reposant sur la mienne. Le type du pub, avec son haleine lourde de bière, se penche vers moi. Le docteur. Le grondement sourd de la voix d'Hector. *Je l'ai trouvée, Thomas. Elle n'a rien mangé*. Thomas hoche la tête. *Elle n'a pas dit un mot pour l'instant mais, dans son sommeil, elle pleure et parle de ses parents*. Les mains du médecin sont froides.

Je sais qu'il ne comprendra jamais, alors je me contente de hocher la tête.

« Tu es une bonne fille, dit-il. Maintenant, repose-toi.

— Est-ce que tu vas rester là ?

— Je vais peut-être sortir un instant pour aller rendre visite à Mère. Mais tu n'as pas besoin de m'accompagner. Reste ici, en sécurité. » Il me caresse la joue. « J'espère que tu vas bientôt te sentir mieux, ma chérie. »

Il se penche, m'embrasse sur le front et quitte la pièce.

18

Je suis allongée dans le lit, éveillée, et j'écoute ses allées et venues. Je n'ai pas envie de rester alitée : j'ai envie de me lever, de me promener dans la maison et de réfléchir. Les histoires qu'Hector m'a racontées au sujet de ce qui s'est passé avant notre mariage me mettent mal à l'aise. Maintenant que le versant sombre des choses s'est révélé au grand jour, j'ai plus de mal à l'oublier.

Après ce qui me semble une éternité, j'entends enfin claquer la porte d'entrée. Je m'approche de la fenêtre et j'aperçois Hector, vêtu de son épais manteau et de ses gants : il fixe les chaînes aux pneus, dégivre le pare-brise. Il lève les yeux vers la maison et je m'accroupis vite derrière le rideau. J'écoute le moteur se mettre en route, je glisse de nouveau un regard à l'extérieur et je vois la voiture grise se déplacer lentement le long de l'allée avant de disparaître de ma vue.

Je me rends droit dans le bureau d'Hector et je soulève l'un après l'autre tous les documents qui reposent sur sa table. Je lis toutes les cartes postales épinglées sur le panneau de liège, puis je m'attaque aux tiroirs. Des fournitures de bureau, des dossiers, des trombones : rien de louche. J'examine les étagères, les livres sont ennuyeux et portent des titres que je ne comprends pas, et quand je les ouvre leurs pages sont couvertes de symboles tout à fait incompréhensibles.

C'est là que je l'aperçois, sur la deuxième rangée : *L'Épouse modèle*. Je le sors de là et je le feuillette mais je reconnais tout : les dessins grossiers, les photos de femmes souriantes affairées à des tâches domestiques, accompagnées des légendes correspondantes. Il n'y a rien, dans cet ouvrage, que je n'aie déjà vu des millions de fois.

Je m'enfonce dans le siège du bureau. Peut-être qu'Hector a raison, après tout. Peut-être que la fille n'est nulle part ailleurs que dans mon imagination, une partie de l'ancien moi que je ferais mieux d'oublier. La vie que je mène ici n'est pas si mal, j'ai un mari et un fils aimants et beaucoup d'événements heureux à venir. Il y a le mariage, la joie de voir la vie de Kylan s'épanouir. Les petits-enfants. Peut-être même que nous pourrions déménager pour nous rapprocher de la ville.

Quand je lève les yeux, je vois ses pieds revêtus d'une paire de chaussons de danse dont les rubans traînent dans la poussière. Des jambes roses, un collant, des cuisses musclées et son justaucorps. Ses mains reposent sur ses hanches, et ses cheveux sont rassemblés en un chignon strict. Son visage est maquillé, et elle porte un trait de crayon noir sous ses grands yeux gris. Elle me tend la main. Je l'attrape et me hisse sur mes pieds.

Encore instable sur mes jambes, je lui emboîte le pas le long du couloir, dans l'escalier, à travers le vestibule. Elle ouvre la porte d'entrée et fait un pas dehors en m'attirant dans son sillage. Il fait froid ; la vallée est silencieuse et blanche. Elle lâche ma main, s'agenouille près de la grosse dalle de pierre qui forme le pas de la porte et commence à la repousser en m'invitant à l'aider. Nous poussons et poussons encore jusqu'à ce qu'elle commence à bouger. Ce bruit-là : celui de la pierre contre la pierre, de la terre en mouvement. Je sens ma mâchoire se serrer, mes muscles se tendre douloureusement. Je laisse échapper un petit cri de frustration mais ça y est, elle bouge, libérant un peu de terrain. Je continue de pousser. Un espace sombre apparaît, aussi long que la largeur de la marche du porche et juste assez large pour laisser passer un corps. Je découvre une sorte de tunnel d'un mètre de hauteur, qui semble s'enfoncer sous la maison. La lumière du jour révèle les extrémités de deux barres, semblables à des manches à balai plantés horizontalement dans l'espace, en dessous du trou. Je tire dessus, et les bords d'une échelle apparaissent.

Je m'assieds et je la consulte du regard. Elle hoche la tête. Je me relève, je rentre dans la maison et je vais chercher la lampe torche que nous gardons sous l'évier de la cuisine en cas d'urgence. Quand je reviens à la cavité, elle est partie.

Je regarde autour de moi, la longue allée vide qui mène à la route. Le ciel se déploie au-dessus de moi, et j'entends le chant des oiseaux, tout près. Le soleil brille : le froid vif et l'air pur confèrent à cette journée un air de nouveauté. L'allée est silencieuse, la vallée déserte. Personne ne peut me voir, ici.

Je m'accroupis dans le trou et je découvre un petit espace terreux, d'un mètre de diamètre environ, dans lequel je peux tout juste me tenir recroquevillée. Une fois que mes yeux sont accoutumés à l'obscurité, je l'aperçois : une porte et son cadre métallique creusé directement dans la terre, à mes pieds. Je pousse la porte à tout hasard, persuadée qu'elle sera verrouillée, mais elle cède de quelques millimètres. Tout est sombre, en dessous. Je pousse encore, et le métal grince, mais la porte s'ouvre encore un peu plus, et encore un peu, jusqu'à ce qu'elle soit complètement béante.

Je pose vite ma main sur ma bouche : l'odeur qui s'élève du trou est si forte que je ne peux la supporter. Du moisi et quelque chose d'autre, une odeur si triste que mes orteils se recroquevillent.

J'allume la torche et je découvre une petite pièce : deux mètres carrés de surface, deux mètres de profondeur. L'étroit rai de lumière blanche se promène sur les contours sombres d'un vieux lit, trop petit, avec un matelas maigre. Je distingue un édredon ramassé en tas. Une table, recouverte de poussière accumulée au long de toutes ces années et parsemée de taches plus sombres, presque en relief. Des WC sans couvercle, leur bouche noire disparaissant dans l'ombre. Dans l'évier installé dans le coin de la pièce, j'aperçois une éponge et un bout de savon. L'horloge jaune décorée d'un visage noir et souriant orne le mur, arrêtée depuis longtemps, les aiguilles indiquant trois heures dix.

Je redirige le faisceau lumineux vers le lit et je la vois assise là, sur le coussin, le dos appuyé au mur de béton, les jambes croisées. Son jeu en éventail dans la main, elle balance ses jambes avant de se pencher en avant pour récupérer une carte dans la pile.

Il est assis en face d'elle, il me tourne le dos. Ses cheveux sont bruns. Je le regarde tendre la main et attraper une carte, ses ongles sont longs, pour un homme.

« Gin rami », annonce-t-il.

Elle fait claquer sa langue. « Il ne me manque qu'une seule carte. »

Il répartit son jeu en deux tas sur l'édredon.

« Désolé », dit-il. Puis il les ramasse.

Elle garde ses cartes dans sa main.

Il tend le bras pour les lui prendre.

Elle les éloigne de lui. « Est-ce que tu vas t'en aller, maintenant? demande-t-elle.

— Dans une minute.

— Nous n'avons pas encore joué aux échecs.

— Il faudra qu'on y joue un autre jour. »

Il tente de lui donner son jeu de cartes, mais elle ne le prend pas, il le pose donc sur la couverture. « Je vais essayer de revenir très bientôt », dit-il sans se lever.

Il la regarde ramasser les cartes et commencer à les distribuer.

« Il y a quelque chose que je dois te dire », commence-t-il.

Elle lève les yeux.

Il sort un bout de papier de sa poche et il le lui tend.

Je vois son visage perdre ses couleurs, sa bouche s'ouvrir d'un coup.

« Où as-tu trouvé cette photo? chuchote-t-elle, et sa voix n'est plus qu'un souffle maintenant, un souffle épais comme de la brume.

— Les journaux », répond-il.

Je la regarde passer le bout de ses doigts sur le petit carré de papier en murmurant dans sa barbe quelque chose d'inaudible. Elle lève les yeux vers lui.

« Comment as-tu su que c'étaient mes...

— Je crains qu'ils ne soient morts », dit-il en lui coupant la parole.

Son visage change à nouveau, cette fois il se teinte de blanc. Ses yeux prennent une coloration noire.

« Il y a eu un accident de voiture. »

Elle secoue la tête. « Je ne te crois pas. »

« Je suis désolé. Mais c'est la vérité. Je me suis dit qu'il fallait que tu l'apprennes. »

Elle continue de le fixer. Il se lève, et je vois le haut de son crâne. Elle replie vite la photographie et la glisse sous le matelas.

Il cale l'échelle à la verticale.

« Je vais essayer de repasser très bientôt. »

Il pose un pied sur le barreau inférieur et j'éteins la torche pour aller me recroqueviller un peu plus loin, dans un coin du tunnel. Quand il atteint le dernier échelon, il fait une pause, comme s'il avait entendu quelque chose. Il se retourne et me regarde droit dans les yeux, ses yeux d'un bleu limpide sont la seule chose que je distingue de lui dans l'obscurité. Je le regarde à mon tour, mais ses yeux ne semblent pas enregistrer ma présence.

C'est bien Hector, comme je m'y attendais. C'était Hector, depuis le début.

Je me penche en avant, prête à le repousser dans l'obscurité et à refermer la lourde trappe pour l'enfermer là en bas, mais quand je rallume la torche, ils sont partis. Le lit est vide, l'édredon n'est qu'un tas désordonné, mais l'odeur reste insupportable. Je redresse rapidement l'échelle et, retenant ma respiration, je descends dans le réduit. Je m'accroupis près du cadre du lit et je tâte le dessous du matelas. Le bout de mes doigts rencontre les bords de la coupure de journal. Je l'attrape et je me hisse aussitôt en haut de l'échelle. Je laisse retomber la trappe dans un claquement et je sors du tunnel en grimpant. L'éclat du soleil m'éblouit, je cligne des yeux et j'essaie d'épousseter le devant de ma chemise de nuit maculée de saleté.

Arrivée dans la cuisine, je me penche au-dessus de l'évier. Une masse brune et chaude sort de ma bouche; mon estomac brûle. Je fixe les éclaboussures marron qui strient le chrome étincelant du bac : elles commencent à flotter devant mes yeux. Mon cœur bat la chamade et envoie des décharges douloureuses dans ma poitrine. Je m'agrippe au plan de travail. Je n'arrive plus à respirer : mon souffle se bouscule et se précipite, de plus en plus profond. Je trouve à tâtons une chaise, je m'assieds, la tête entre les mains. Je sens mon sang battre dans mes tempes. J'essaie d'en compter les battements mais ils m'échappent, de plus en plus rapides.

Je déplie le bout de papier froissé enfermé au creux de ma main. Il est petit et carré, c'est une coupure de journal, il n'y a rien d'autre qu'une photographie sur le recto et un bout de texte sur le verso, tiré d'une autre histoire. Un homme et une femme se tiennent sous un arbre, dans un jardin. L'homme affiche un léger sourire en coin, et au même instant je sens sa main sur mon épaule, l'odeur de cuir et de Paco Rabanne, je les sens si fort que les larmes me montent aux yeux. La chevelure de la femme, d'un blond châtain, est si longue qu'elle atteint presque sa taille mince, et je la sens effleurer ma joue quand elle se penche vers moi pour me donner un baiser au moment du coucher. Entre eux deux se tient une fille aux cheveux blonds qui cligne des yeux dans la lumière. C'est elle. C'est moi.

Il faut que je parte d'ici. Je me dis que j'aurais tout le temps de contempler cette photo plus tard et je grimpe les marches de l'escalier quatre à quatre. Arrivée dans notre chambre à coucher j'enlève ma chemise de nuit et j'enfile un jean et un polo noir. Je ne me soucie pas de mettre des sous-vêtements. Je glisse la coupure de journal dans ma poche et j'attrape le vieux sac de voyage vert, rangé en bas de notre armoire commune. J'y jette des affaires, autant que je peux, jusqu'à ce qu'il soit plein. Je dévalise la salle de bains : brosse à dents, dentifrice, savon, serviette de toilette. En prenant mes bijoux dans le tiroir du haut de ma commode, j'attrape au passage mon maquillage et un portrait de Kylan qui sont posés là. Je tire hargneusement la fermeture Éclair pour fermer le sac.

En bas, je m'immobilise dans le vestibule et j'essaie de réfléchir aussi posément que possible pour m'assurer qu'il ne me manque rien. Je baisse les yeux sur mes mains tremblantes et j'aperçois mon alliance qui brille contre la poignée du sac. Je l'ôte et la laisse retomber sur la table de la cuisine.

En traversant le couloir en sens inverse, je dépasse la grande vitrine adossée au mur, remplie des visages pétrifiés de mes poupées. Je m'approche des portes, je les ouvre et j'en sors ma favorite : celle qui a des cheveux blonds, presque blancs, et des yeux gris. Je lui enlève sa robe rose et je garde un instant son corps nu dans la paume de mes mains. Puis je la retourne et je l'écrase violemment contre le mur, à côté de la vitrine, et je recommence encore et encore, de toutes mes forces. J'entends un craquement. Je continue. Quand j'ai terminé, je la repose dans la vitrine.

En ouvrant la porte d'entrée, je tombe sur la grosse dalle de pierre qui gît là où je l'ai laissée, découvrant une béance sombre. Je n'ai pas de temps à perdre. Je me penche en avant et je remets la dalle en place, de la sueur se forme sur mon front, des larmes de frustration s'accumulent dans mes yeux. Une fois que tout a repris son apparence habituelle, je me redresse et je me dirige vers l'autre voiture.

Je jette le sac dans le coffre et j'ouvre la portière côté conducteur. J'entends un véhicule approcher. À travers le pare-brise, je distingue la ligne mince de la bouche d'Hector, ses yeux concentrés sur la route qui s'étend devant lui. Il lève la main pour me saluer.

Je ne bouge pas.

Il s'engage dans l'allée, s'arrête, puis abaisse sa vitre, me bloquant la voie.

« Tu sors ?

— Je dois faire quelques courses, en ville. » Je sens que ma voix tremble.

« Tu vas mieux ? »

Je souris. « Beaucoup. »

Ses sourcils se froncent. « Tu es sûre que c'est une bonne idée de sortir ? »

Je hoche la tête. « Est-ce que tu peux me fixer un rendez-vous chez le docteur, par exemple la semaine prochaine ? »

Les sourcils d'Hector se lèvent.

« Je crois que tu as raison. Il vaut mieux qu'on dépasse tout ça une bonne fois pour toutes. »

Il sourit. « Tu en as pour longtemps ?

— Une heure, deux tout au plus.

— Si tu m'attends une minute, je t'accompagne. »

Je regarde ma montre. Il est presque treize heures. « Je voudrais arriver au marché avant qu'il ne ferme. Je n'en ai pas pour longtemps. »

Mon cœur frémit dans ma poitrine.

« Alors à tout à l'heure. »

Il remonte sa vitre et avance doucement dans l'allée. Après avoir rejoint la route, je tourne à gauche, dans la direction opposée à celle de la ville, et mon pied écrase l'accélérateur.

19

Je roule vite. Je dépasse la ferme de couleur bleu passé et son jardin parsemé de déchets et de morceaux de métal, son panneau vantant leurs œufs, que personne ne voit jamais. Les dépendances rouges sont tapies au fond de la vallée; les machines agricoles semblent en attente.

Filant sous une voûte d'arbres vert et blanc, je ne peux m'empêcher de vérifier sans cesse dans mon rétroviseur que personne ne me suit. Derrière moi, la route est déserte. Après avoir tourné à gauche, j'entame la descente en zigzag pour traverser les montagnes et m'éloigner de la vallée. La route remonte en serpentant, disparaît dans de sombres tunnels creusés à même la roche avant d'émerger de nouveau dans le monde immaculé. À ma gauche, j'aperçois les carrés de neige qui s'accrochent à la terre; la vaste étendue d'eau scintille dans la brume matinale. J'imagine ma petite voiture rebondir sur les flancs de la montagne et plonger dans le fjord, se remplir lentement mais sûrement d'eau glaciale avant d'être engloutie sous la surface.

Arrivée au sommet, la prochaine vallée s'étend devant moi. Les rochers escarpés, acérés; le prochain fjord, une masse argentée, semblable au ventre d'un poisson. Je n'ai jamais vu ce versant des montagnes auparavant et je sens un frisson d'excitation me parcourir, tel un ruban qui se déroule.

J'aperçois des randonneurs, leurs corps fermes et solides enserrés dans des vêtements de marche : des écharpes, des bonnets et des gants. Mon regard est attiré par un homme et une petite fille qui avancent main dans la main. L'homme est grand et mince, ses cheveux sont d'un blond sable et la petite fille arbore des tresses d'un blond presque blanc. Il sourit quand je passe à côté d'eux, et je sens quelque chose de familier et de douloureux à la fois. Quand je regarde dans le rétroviseur, ils ont disparu.

Pendant que je les cherche des yeux, un parfum de bonbon acidulé et de toile humide emplit l'habitacle de la voiture. J'entends de la musique, du rock, trop fort. Je sens un papier bonbon sous mes doigts, l'humidité de sa bouche quand je le laisse glisser à l'intérieur. Ses cheveux dorés reflétant la lumière orange du crépuscule; des ongles courts, tapotant le volant au rythme de la musique. Le son du vent qui cingle le toit de la tente, la lumière verte du matin filtrant à travers le tissu. Puis tout disparait de nouveau et je me retrouve seule, roulant le long d'une route pentue et escarpée, de plus en plus vite. Je pose mon pied sur le frein et je redresse le volant. Une fois que la route redevient plate et plus large, j'arrête mon véhicule.

Je sors la coupure de journal de ma poche et je l'étudie à la lumière du jour. C'est un cliché en noir et blanc, à gros grain, doux et malléable dans mes mains.

Nous nous tenons devant le grand épicéa sombre qui pousse dans le jardin. Son ombre s'étend derrière nous, accroissant la luminosité du soleil qui se reflète sur notre peau.

Mon père se tient fièrement sous ses branches les plus basses. Sa chevelure couleur sable retombe doucement sur les côtés de sa tête. Un flash m'apparaît alors, celui de la lumière du crépuscule dans ses cheveux, et je sais que c'était lui dans la voiture, auprès de moi.

Ma mère est à côté de lui, souriant largement vers l'objectif, un bras passé autour de la taille de mon père. Ses cheveux presque châtains retombent sur ses épaules, et elle porte une robe d'été dont je me souviens bien, parsemée de cerises rouges sur le devant. Ses pieds sont nus. Elle semble incroyablement jeune.

Moi, je suis là, devant mes parents, vêtue d'une robe à manches bouffantes et dont l'ourlet est orné de fleurs. Mes cheveux sont tirés en arrière, et le soleil efface tout, sauf une bouche et deux cavités noires pour les yeux. Je me rappelle comme cette robe me grattait la nuque : il faisait si chaud, debout dans le soleil !

Quand je relève la tête, je réalise que je suis garée au bord de la route. Je sais que je n'ai pas beaucoup de temps. Dès qu'Hector aura découvert la penderie vide, je peux parier qu'il se mettra immédiatement à ma recherche et qu'il roulera à tombeau ouvert. Je passe un doigt sur les trois visages, je m'en imprègne. Je me souviens.

*

Je traverse des villages et des agglomérations. Même en pleine campagne, des panneaux de signalisation indiquent la route de la ville, il me suffit de les suivre. Le soleil se reflète dans les toits des maisons de bois qui bordent les routes. Au bout d'un moment, toutes ces agglomérations, tous ces villages avec leurs boutiques, leur bistrot et la magnificence de leurs hôtels commencent à se fondre pour ne former qu'une seule et même bande interminable de verdure monotone. Je dépasse des fjords vitreux qui reflètent l'immensité du ciel : ma tête semble décoller. J'ai toujours su que la route était longue.

J'ai transgressé les lois. *Tu ne dois pas aller au-delà de cette limite. Tu ne seras pas en sûreté au-delà.* J'entends la voix d'Hector qui emplit la voiture et, tout d'un coup, je me trouve sur le siège du passager, enveloppée dans un tas de couvertures. Le son du moteur, rouillé et bruyant : le vrombissement de l'air chaud dans les grilles d'aération. Devant ma vitre, les nuances de vert se succédaient trop vite, les montagnes se dressaient trop haut, et j'avais fini par fermer les yeux, laissant retomber ma tête contre son épaule. J'avais entendu le grondement de sa voix à travers sa cage thoracique pendant qu'il m'indiquait la mairie, la poste, les hôtels. Une fois arrivés à l'école, il s'était arrêté.

« Quand tu es seule, avait-il prévenu, voilà jusqu'où tu peux aller. Ne quitte jamais la vallée. »

J'avais levé la tête. « Je ne veux pas être seule », avais-je protesté.

Il avait souri. « Ne prends pas cet air effrayé, avait-il dit. Je parle de plus tard, quand tu te sentiras mieux. »

J'avais reposé ma tête sur son épaule.

« Je serai toujours là », avait-il ajouté.

*

Il fait nuit quand j'atteins les confins de la ville. L'horloge indique vingt et une heures cinquante-cinq. Dans le noir, c'est moins aisé de vérifier si Hector me suit. La route s'est élargie et il y a beaucoup plus de voitures, maintenant, qui me doublent à toute allure et me font des queues-de-poisson, leurs phares éblouissants percent la nuit.

Des bâtiments industriels gris et de longs entrepôts commerciaux se succèdent le long de la route, leurs panneaux violemment éclairés proposant des ordinateurs, du matériel de fitness, des appareils électroménagers. Arrivée à un rond-point, je le contourne trois fois avant de me rappeler l'itinéraire. Je dépasse un haut bloc d'immeubles d'habitation blancs et je me retrouve dans les rues de la ville. Il y a tant de maisons, tant de monde, ici.

Les rues sont bordées d'arbres centenaires, imposants, les ombres de leurs rares feuilles tremblent dans la brise du soir. J'aperçois un grand bâtiment de brique devant lequel se dresse un grand mât blanc orné d'un drapeau. Les pavillons de ville, éclairés depuis l'intérieur, me semblent familiers. Même dans l'obscurité, c'est comme si rien n'avait changé, comme si je revoyais une vieille amie qu'on m'aurait interdit de fréquenter. Je suis sûre que les réponses que je cherche m'attendent ici, et je suis heureuse d'être de retour.

Au moment où je m'immobilise à un feu rouge, mes jambes se mettent à trembler sur l'accélérateur. Un groupe de personnes attendent à un arrêt de bus, serrées les unes contre les autres dans le froid. Quand le feu passe au vert je démarre, et en même temps je remarque une fille vêtue d'un manteau rouge, un sac de sport jeté sur l'épaule. Sa chevelure blonde reflète l'éclat des réverbères.

J'écrase le frein, ignorant les hurlements des klaxons derrière moi. Mon cœur se met à battre plus vite. Il n'y a personne d'autre à l'arrêt de bus, désormais, pas de voitures, il ne reste qu'elle. Elle regarde la rue, à droite et à gauche. Je vois bien qu'elle est inquiète et, quand elle tourne le dos, j'aperçois un bout de ruban rose qui s'échappe de son sac, coincé dans la fermeture Éclair. La pointe s'agite dans le vent.

Elle se balance d'avant en arrière sur ses talons, s'enveloppe de ses propres bras, se frotte les épaules.

Son souffle crée un nuage brumeux à travers lequel je peine à distinguer les traits de son visage. Elle sort un paquet de son sac et en extrait une cigarette, blanche comme un os.

C'est là que je vois la voiture arriver vers elle depuis l'autre bout de la rue. Elle ralentit en s'approchant de l'arrêt de bus, et la vitre s'abaisse. Quand la fille se penche, ses cheveux blonds glissent en avant. Elle secoue la tête puis sourit. J'observe ses lèvres se mouvoir. *Non, merci*. Puis elle s'interrompt. Elle hausse les épaules, laisse tomber sa cigarette par terre, ouvre la portière du véhicule et se glisse à l'intérieur. La porte se referme, et ils repartent pour disparaître aussitôt dans le noir.

Les voitures me dépassent en vrombissant, maintenant. Certaines klaxonnent, d'autres pas, mais de toute manière je les entends à peine. Je reste un long moment assise là à fixer l'arrêt de bus. Je me souviens d'avoir convoité ce manteau rouge dans la vitrine d'un grand magasin, de l'avoir payé avec mes économies. C'était la première fois que j'achetais quelque chose pour moi, avec mon propre argent gagné lors de compétitions. Ma mère m'avait fait la remarque que les manches étaient trop courtes, que j'aurais dû prendre une taille au-dessus, et cela m'avait agacée. Je sens encore l'air froid qui fouettait mes joues alors que je me dirigeais vers l'arrêt de bus, ce soir-là. Encore une soirée où je m'étais entraînée jusque tard dans la nuit. L'entraînement ne s'était pas bien passé et voilà que, pour couronner le tout, j'avais raté le dernier bus. Je ne voulais pas appeler mes parents : j'étais encore fâchée contre ma mère. C'est là que la voiture s'était rangée et que le type assis au volant m'avait proposé de me rapprocher un peu. Il était assez âgé et il avait l'air inquiet, son regard bleu était limpide et incertain à la fois : il m'avait rappelé mon père. Le genre de type qui ne fait pas de mal à une mouche, alors j'ai grimpé sur le siège passager et j'ai donné mon adresse. Il avait hoché la tête. Il avait roulé à vitesse normale, dans la bonne direction.

« Que fais-tu dehors, si tard dans la nuit? », avait-il demandé.

Il était presque vingt-deux heures. « Je fais de la danse classique », avais-je répondu.

« De la danse classique? avait-il répété. Quel studio de danse est ouvert à cette heure-ci? »

J'avais souri. « J'ai la clé.

— Je me suis inquiété en voyant une jeune fille comme toi toute seule dans la nuit. Tu devrais être prudente. »

J'avais haussé les épaules. « Je prends toujours le bus à cette heure-ci pour rentrer à la maison d'habitude. C'est juste que j'étais un peu en retard, aujourd'hui.

— Tu as eu de la chance que je passe à ce moment-là. »

Nous nous dirigions vers ma banlieue, désormais, et j'avais commencé à me détendre, à réfléchir à ce que j'allais me préparer une fois arrivée à la maison, j'avais envie d'un toast au fromage. Le type m'avait tendu une bouteille ouverte contenant un liquide qui sentait l'aquavit.

« Tu en veux? »

Nous étions presque arrivés chez moi : dans un instant à peine, nous remonterions l'allée où se trouve ma maison. Cela m'avait amusée de me dire que ma mère sentirait mon haleine alcoolisée, qu'elle se demanderait ce que j'avais bien pu fabriquer. J'avais pris une petite gorgée de la bouteille.

L'homme avait souri. « Je t'accompagnerais bien, mais je n'aime pas boire quand je conduis. Je ne voudrais pas être arrêté. »

Les faibles lumières des maisons familières éclairaient l'habitacle de la voiture pendant que nous parcourions les ruelles de mon voisinage. À l'approche du croisement sur lequel débouchait ma rue, il n'avait pas ralenti.

« C'était là », avais-je dit, ma voix soudain étrangement pâteuse.

L'homme n'avait pas semblé m'entendre.

« J'habitais juste là », avais-je insisté.

Je me souviens la ligne de son nez, ses lèvres minces qui se découpaient sur l'éclairage de banlieue : ses mains serrées sur le volant. Puis le monde avait commencé à s'effacer tout autour de moi, tout était devenu indistinct, comme dans la clarté faiblissante de l'hiver, et soudain tout était devenu noir.

20

Je dois m'arrêter à plusieurs reprises pour vérifier l'adresse, mais je finis enfin par retrouver la rue et me garer.

Chargée de mon sac, je parcours le trottoir jusqu'à ce que j'atteigne le bon numéro. C'est le seul immeuble en brique au milieu d'une longue rangée de maisons mitoyennes. Une palissade basse et noire court le long de sa façade. J'ouvre la barrière, je gravis trois marches de pierre et j'appuie sur la sonnette indiquant l'appartement numéro 3.

« Oui ?

— Kylan ? C'est ta mère. Est-ce que tu peux me laisser monter ? »

J'entends le bourdonnement de l'ouverture automatique de la porte. Le temps que j'atteigne le haut de l'escalier, il se tient déjà sur le pas de la porte.

« Salut, chéri », dis-je en me penchant en avant pour le serrer contre moi.

Il m'arrête. « Maman, est-ce que tu as pleuré ?

— Tout va bien. »

Il accepte alors de m'embrasser et se met de côté pour me laisser entrer. Les murs sont peints en blanc et les sols sont en bois. Je suis Kylan, et nous traversons un couloir, puis une porte débouchant sur une petite cuisine. Le mur du fond est percé d'une grande fenêtre à travers laquelle j'aperçois les lumières de la ville, plus bas.

Kylan m'indique une chaise, près de la table, et je prends place.

« Je pensais que tu serais plus étonné que cela de me voir.

— Papa a appelé. Il m'a dit qu'il y avait des chances pour que tu passes. » Il fait quelques pas jusqu'au plan de travail et actionne l'interrupteur de la bouilloire électrique. « Tu veux du thé ? »

Je hoche la tête. « Qu'est-ce qu'il a dit ?

— Il était inquiet, répond-il en fouillant dans un placard pour attraper des tasses. Il a dit que tu étais sortie faire les courses et que tu n'étais pas rentrée. Il a retrouvé ton alliance sur la table de la cuisine, et la plupart de tes vêtements ont disparu. »

Il dépose une tasse de thé en face de moi et s'assied. « Qu'est-ce qui se passe, Maman ?

— Il y a quelque chose que je dois te dire. Quelque chose qui concerne ton père. »

Il souffle sur son thé, ses cheveux d'un blond sable retombent en désordre sur son front. Je me souviens d'un dessin qu'il avait réalisé quand il était encore un petit garçon : un homme et une femme enlacés et un petit garçon qui se tenait entre eux deux. J'entends Kylan et Hector rire à travers la porte du bureau.

Je ne sais pas comment poursuivre. « Il n'est pas… » J'hésite. « Il n'est pas celui que je croyais.

— Qu'est-ce que tu veux dire ?

— Les choses n'ont pas été si faciles. » C'est impossible. « Je vais aller voir la police. Demain. Mais je voulais d'abord t'en parler. »

Kylan écarquille les yeux. « La police ? Pourquoi aurais-tu besoin d'aller voir la police ?

— J'ai cessé de prendre mes médicaments et j'ai commencé à me souvenir de certaines choses. C'est ton père qui m'obligeait à les prendre. » Je m'interromps de nouveau, j'essaie de trouver les bons mots. « C'est un mauvais homme. »

Kylan me regarde avec de grands yeux, la ride qui barre son front se fait de plus en plus profonde. « Maman, je ne comprends pas de quoi tu parles. Qu'est-ce que Papa a fait ?

— Eh bien, pendant très longtemps, j'étais incapable de me souvenir où ton père et moi nous étions rencontrés. » Je ris. « N'est-ce pas étrange ? Il dit toujours que nous nous sommes rencontrés en vacances, et je me souviens en effet d'être partie avec lui, mais je ne me souviens pas de l'avoir rencontré là. Je me souviens qu'il a pris soin de moi après la mort de mes parents.

— Il y a des photos de toi, intervient-il, sur l'île. Tu es assise dans un restaurant, au bord de l'eau. C'était votre premier rendez-vous.

— Oui, mais j'ai commencé à me souvenir de choses qui s'étaient passées avant cela. Je ne l'ai jamais choisi, pas comme tu as choisi Katya. C'est lui qui m'a choisie. »

Il me fixe. « Maman. Je ne comprends pas. De quoi tu parles ?

— Il prétend qu'il m'a trouvée sur le pas de sa porte, dis-je lentement. Il prétend que j'étais malade. Mais je crois que c'est lui qui m'a mise dans cet état.

— Dans quel état ?

— Il m'a rendue malade. Il m'a raconté qu'il y avait eu un accident de voiture, mais ce n'est pas vrai. Il t'a dit ça, à toi aussi. Je suis tellement désolée, Kylan. »

Je me mets à pleurer. Kylan ne vient pas me prendre dans ses bras. Il reste assis de l'autre côté de la table et me dévisage.

« Peut-être que nous ferions mieux d'en parler demain matin, déclare-t-il. Je vois bien que tu es très fatiguée. »

J'attrape sa main. « Je ne veux pas te raconter ça », dis-je, et les larmes montent de nouveau. Depuis qu'elles ont commencé de couler, à l'arrêt de bus, je n'arrive plus à les arrêter. « Je ne suis même pas sûre que j'aie raison. Peut-être que j'aurais mieux fait de prendre mes médicaments.

— Pourquoi as-tu arrêté de les prendre ?

— Je crois que je voulais voir ce qui arriverait.

— Pourtant, tu sais bien ce qui se passe dans ces cas-là. Ce n'est pas la première fois que tu le fais.

— Je voulais voir qui j'étais quand je ne les prenais pas. Et je commence à croire qu'ils m'ont empêchée de me souvenir de beaucoup de choses. »

Kylan se lève, met un bras autour de mes épaules et me hisse sur mes pieds. « Allez, viens, Maman. On pourra en parler tranquillement demain matin. »

Je m'agrippe à son bras. « Il faut que tu m'aides, Kylan. Il faut que je comprenne. »

Kylan me regarde. « Qu'est-ce que tu veux comprendre ?

— Je veux savoir ce qui s'est vraiment passé.

— Je t'aiderai autant que je peux. Mais je crois que tu devrais d'abord te reposer. Peut-être que les choses t'apparaîtront sous un autre jour, demain. »

Je le laisse me guider le long du couloir et jusque dans une petite pièce carrée, offrant juste assez d'espace pour accueillir un lit double. Une commode est coincée le long de celui-ci, surmontée d'un pot de lavande séchée.

« Est-ce que Katya est là ?

— Elle est allée se coucher. Tu as besoin de quelque chose ?

— Ça va aller », dis-je, assise sur le rebord du lit. Il reste debout là, comme s'il ne savait pas quoi faire.

« Eh bien, la salle de bains est au bout du couloir », prononce-t-il enfin. Il se retourne et fait mine de s'éloigner.

« Kylan. Il s'arrête sur le pas de la porte et se retourne. « Je suis tellement désolée.

— Désolée pour quoi ?

— Je t'en prie, ne lui dis pas que je suis ici, s'il te plaît. »

Kylan me considère pendant un moment, puis il quitte la pièce.

*

Je rêve de la fille blonde.

Elle m'échappe en riant, je la vois courir sur une plage. Elle ne se retourne pas, mais j'entends son rire. Elle est jeune : le soleil se reflète dans ses cheveux toujours blonds. Tout est lumière : tout brille autour d'elle, elle rayonne.

Il fait plus chaud là où elle se trouve. Je le remarque à son aura : chatoyante, floue sur les bords. C'est l'endroit où je serais maintenant, si...

Je finis enfin par la rattraper. Elle essaie de me dire quelque chose : je vois ses lèvres bouger, j'entends des sons, mais je n'arrive pas à comprendre le mot qu'elle prononce.

Elle saute dans l'eau et plonge dans les profondeurs, son corps arqué comme celui d'un phoque. Je me jette à l'eau à mon tour et je nage de plus en plus profondément, mes yeux me piquent à cause du sel. Je me force à les ouvrir. Je nage pendant un long moment, mais je ne la retrouve pas. Quand je remonte à la surface, je regarde mon corps, je touche mes cheveux blonds. Ce sont les siens. Je l'ai enfin retrouvée.

Le mot est sur mes lèvres quand je me réveille.

Elise.

21

La première chose que je vois en ouvrant les yeux est Kylan. Vêtu d'une robe de chambre rouge, il est assis sur le rebord du lit. Il me sourit, un sourire tendu, incertain. L'espace d'un instant, je revois le petit garçon qu'il a été, ses cheveux rejetés de son front, encore chiffonné par le sommeil.

« Bonjour, dit-il. Tu as bien dormi ?

— Oui. » Je repense à Hector et je regarde la porte.

« Il n'est pas là, Maman. Je lui ai demandé de ne pas venir.

— Est-ce qu'il a appelé ?

— C'est moi qui l'ai appelé. J'ai pris ma journée au boulot, aujourd'hui. Je me suis dit qu'on pourrait la passer ensemble.

— Où est Katya ?

— Elle est partie travailler. Il n'y a que nous deux. »

Je souris alors, gênée de sentir les larmes monter de nouveau. J'ai toutes les peines du monde à lever mon regard vers ses yeux. Ils sont limpides et bleus. « Je suis désolé, Maman. » Sa voix se brise. « Je ne me suis pas rendu compte que les choses allaient si mal, pour toi. » Il s'interrompt. « J'aurais dû me donner plus de mal pour t'aider.

— Je vais bien, maintenant, dis-je en parcourant la pièce blanche et propre. Je suis en sécurité, ici. »

Kylan semble mal à l'aise. « Tu es en sécurité aussi à la maison, Maman.

— Ne m'oblige pas à retourner là-bas, Kylan. »

Il regarde mes mains et en suivant son regard je vois que je suis agrippée à l'édredon, mes deux poings serrés.

« Habillons-nous et sortons prendre un petit déjeuner, suggère-t-il. Il y a un café tout près d'ici où Katya et moi aimons beaucoup aller. »

Je desserre mon étreinte et j'essaie de sourire. « Tu prends la douche en premier », dis-je.

*

Nous quittons la maison à dix heures et quart.

Le soleil se reflète dans les hauts toits des pavillons d'en face, leurs teintes joyeuses se mélangent comme du sucre d'orge. Pendant une seconde, il me semble sentir comme une masse collante et sucrée entre mes dents : j'entends le grondement des vagues, le cri des mouettes. Puis m'arrive l'odeur des embruns. Je ferme les yeux pour tenter de faire durer le souvenir, mais il disparaît aussi vite qu'il est apparu.

Il y a des gens dans la rue, vaquant à leurs activités quotidiennes. Le type de la boutique d'en face se tient devant sa vitrine et fume une cigarette. Je sens la fumée emplir mes propres poumons, la cigarette trembler entre mes propres doigts.

« Maman ? »

Kylan est loin devant moi, il m'attend. J'ai dû m'arrêter de marcher. C'est comme si la ville elle-même essayait de m'aider en me lançant des indices qu'il m'est impossible d'ignorer.

Au bout d'un moment, nous arrivons à un café et Kylan me tient la porte. À l'intérieur, il fait chaud et cela sent le bacon frit. Il y a des tables en bois, un tableau noir suspendu au-dessus du comptoir annonce le menu en lettres blanches et grêles.

Je lui emboîte le pas jusqu'à l'une des tables. Une serveuse rousse vient aussitôt prendre la commande et nous demandons des cafés.

« C'est charmant, dis-je en souriant à Kylan.

— Oui, répond-il en jetant un regard alentour. Nous prenons notre petit déjeuner ici presque tous les dimanches. »

J'inspecte le plancher poussiéreux.

« Quel effet cela te fait, d'être de retour en ville ? Tu as grandi ici, n'est-ce pas ?

— J'ai toujours eu peur de revenir. Ton père m'a dit tant de fois que cela ne me faisait aucun bien.

— Je suis content que tu sois venue. C'est bizarre que tu n'aies jamais vu ma maison, ma vie ici.

— J'ai voulu venir, Kylan, mais ton père s'y opposait. Je suis tellement heureuse d'être ici, maintenant. »

Kylan sourit. « Je ne crois pas que cela aurait dérangé Papa.

— Il disait toujours que je n'étais en sécurité que dans la vallée. La vérité, c'est qu'il voulait éviter que je me souvienne. Il savait que les souvenirs remonteraient plus facilement ici.

— Il s'inquiète pour toi, Maman, c'est bien normal. Il veut te protéger.

— Il a peur que quelqu'un ne découvre ce qu'il a fait.

— Et qu'est-ce qu'il aurait donc fait, selon toi ? »

J'attrape la main de Kylan, de l'autre côté de la table.

« Kylan, je sais que ceci n'est pas facile à entendre, mais je ne crois pas être en mesure de vivre plus longtemps avec ton père. J'ai besoin de m'éloigner de lui.

— Je ne comprends pas ce qui a changé.

— Je te l'ai dit. J'ai commencé à me souvenir de certaines choses, depuis que j'ai arrêté de prendre mes médicaments. »

Kylan serre ma main. « Maman, souviens-toi comment tu étais la dernière fois que tu as cessé de prendre tes pilules. Tu n'étais plus dans ton état normal. Tu as eu des visions, des hallucinations. Je crois qu'il vaut mieux que tu les prennes.

— Peut-être, au contraire, qu'il est grand temps que je me souvienne de ces choses, Kylan. C'est important.

— Mais qui dit que tu te souviens vraiment ? Qui dit que ce n'est pas ton imagination qui te joue des tours ?

— Il faut que j'apprenne à me faire confiance.

— Tout ce que je te demande, Maman, c'est de bien y réfléchir. De bien réfléchir à reprendre tes médicaments.

— Il me faut juste un peu de temps pour me mettre les idées au clair. »

La fille arrive avec nos cafés et nous les sirotons en silence. Je pense aux larges rues baignées de lumière, de l'autre côté de la fenêtre, aux bâtiments multicolores. Je pense à une vie sans Hector.

« Peut-être que je vais revenir vivre ici. »

Kylan me regarde avec des yeux ronds.

« Je pourrais me prendre un petit appartement dans le coin, près de chez toi. Je pourrais me trouver un petit boulot dans une boutique, ou ailleurs.

— Mais, Maman… » Il s'arrête. « Et Papa, dans l'histoire ?

— Peut-être même que je pourrais vivre chez toi. Jusqu'à ce que je me sois installée. Tu as une chambre d'invités, après tout. »

Kylan détourne les yeux, prend une gorgée de café. « On verra. Réfléchis un instant à ce que je t'ai dit. » Puis il se lève.

« Où vas-tu ?

— Maman, ne me regarde pas avec cet air affolé. Je vais juste aux toilettes. »

Kylan s'éloigne de moi. J'ai envie de l'en empêcher : je retiens ma respiration jusqu'à ce qu'il soit parti. Puis je regarde autour de moi, dans le café. Une seule autre table est occupée par deux femmes d'une quarantaine d'années, vêtues avec goût. Elles papotent en souriant. J'essaie de comprendre de quoi elles parlent à travers le grondement du moulin à café.

Mon regard tombe sur la table. Elle a changé : elle est en Formica blanc désormais, bordée d'un solide cadre métallique. Mes jambes se trouvent en dessous, roses et opaques, les contours des muscles visibles à travers le tissu de mon collant. Je porte toujours mes chaussons de danse et mon tutu sous mon manteau. Devant moi est posé le plus gros bol de glace que j'aie jamais vu. Il y a là tout un tas de parfums différents, empilés les uns sur les autres et recouverts de centaines de milliers de tonnes de sauce au chocolat et à la fraise.

Je sens une odeur sucrée mais ce n'est pas celle de la glace – c'est autre chose, quelque chose qui fait battre mon cœur. C'est l'odeur de ma mère, de son parfum : de l'eau de rose sucrée. Je vois la bouteille ronde et violette posée sur la table de sa coiffeuse, reflétant la lumière qui entre par la fenêtre. Je lève les yeux et la voilà, assise en face de moi. Elle sourit et sa bouche découvre l'espace entre ses dents de devant. Au lieu de rester coincés derrière ses oreilles, ses longs cheveux d'un blond cendré s'échappent et glissent en avant. Elle porte son rouge à lèvres rose pâle et son pull préféré de couleur crème, parsemé de boutons de rose sur l'épaule. Je me souviens de la douceur du tissu et je meurs d'envie de tendre la main pour le toucher.

« Tu ne veux pas manger ça ? », dit-elle.

Je plonge ma cuiller dans la montagne de glace. Un goût de vanille emplit ma bouche. Je mange vite, je ne peux plus m'arrêter.

Elle sourit en me regardant la dévorer. Je pense au studio de danse, à l'odeur des parquets cirés et des produits d'entretien, aux grands miroirs qui recouvrent entièrement l'un des murs. Je vois mon corps se mouvoir sur le sol, les mouvements délicats, flottants, de mes bras et de mes jambes. Derrière moi, j'aperçois les rangées et les rangées de chaises alignées là en vue de la compétition, les visages dans le public. Elle était là, au premier rang, et elle me souriait. Je me souviens du son des applaudissements ; du contact froid de la médaille métallique entre mes doigts.

Elle dit : « Je suis tellement fière de toi, Elise. »

Je lève les yeux, et elle est partie. Kylan est assis en face de moi, dans le café.

« Tu étais à des kilomètres, remarque Kylan.

— Tu as fini ton café ? Je crois que j'aimerais me faire couper les cheveux. »

22

Le salon de coiffure est élégant, très différent de celui du village avec son carrelage noir et blanc, ses murs bleus et son ameublement encombrant et désuet. La réceptionniste élancée me dit qu'elle peut s'occuper de moi tout de suite, et je suis entraînée vers le bac de lavage avant même d'avoir le temps de m'en rendre compte. Tout en glissant mes bras dans les manches grises du peignoir, je demande à Kylan de me promettre de patienter à un endroit où je puisse le voir.

La coiffeuse, une fille menue à la sombre chevelure bouclée et aux grands yeux bruns, enroule une serviette autour de ma tête et me guide vers une chaise installée devant une rangée de miroirs. Je détourne le regard, je n'ai pas envie de me voir. Je ne me sens plus la même que l'ancienne moi et je ne souhaite plus lui ressembler, non plus.

« J'aimerais être blonde », dis-je.

Elle fronce les sourcils. « Mais vous êtes blonde.

— C'est trop sombre. J'aimerais que ce soit plus clair. Aussi clair que possible.

— Vous avez une couleur assez cendrée, assez foncée. Ce sera difficile de tout éclaircir d'un coup.

— Faites ce que vous pouvez.

— Et la coupe ? »

Je glisse une main dans ma poche et j'en ressors la vieille coupure de journal en noir et blanc.

« Comme cela », dis-je en pointant mon index sur le visage d'Elise.

Elle étudie la photo en plissant les yeux, puis me regarde. « Je ne vois pas vraiment quel genre de...

— Je veux ressembler à ça. »

Elle fixe encore une fois la photographie. Au bout d'un moment, elle hoche la tête. Je souris.

Je lui demande si elle veut bien recouvrir le miroir. Elle semble déroutée.

« Recouvrez juste le miroir d'une serviette, ou de quelque chose d'autre. Je n'ai pas envie de voir ce que ça donne avant que vous ayez terminé. »

Elle revient avec une grande serviette blanche qu'elle jette par-dessus le miroir. Je sens le regard de la cliente d'à côté peser sur moi.

Quand elle commence à couper, j'observe les mèches de cheveux sombres et mouillés tomber par terre et je souris. Je sens la chaleur du sèche-cheveux sur mon crâne et je me retourne pour vérifier que Kylan est bien là : il est assis dans un coin de la pièce et feuillette un magazine d'un air ennuyé.

Elle éteint le séchoir. « Est-ce que vous voulez que j'enlève la serviette, maintenant ? »

Je lève les mains et je sens l'air doux entre mes doigts. « Oui. »

Elle ôte la serviette. Derrière celle-ci apparaît une femme avec une chevelure blonde qui lui arrive tout juste aux épaules, avec une frange retombant sur le côté. C'est vraiment elle, c'est ainsi qu'elle aurait été. Je souris, et elle me sourit en retour.

« C'est parfait. Merci beaucoup. »

Kylan ne me reconnaît pas avant que je me plante juste devant lui. « Waouh, Maman. Tu es complètement différente. »

Je paie avec la carte de crédit d'Hector et je sors du magasin au bras de Kylan. Le soleil brille dehors, tout est si lumineux par rapport à l'éclairage tamisé du salon de coiffure, je me sens légère et libre pendant que nous cheminons. Je papote avec Kylan, m'extasiant sur ce quartier charmant, m'imaginant comme ce serait merveilleux d'emménager dans l'un de ces appartements dotés d'un petit balcon surplombant la rue. Je lui dis que je souhaite vivre dans un immeuble de couleur vive et très lumineux. Kylan me laisse parler.

J'arrête de marcher. Je l'ai aperçu juste devant nous, sa nuque vient de disparaître à l'angle de la rue. Ce sont les mêmes épaules robustes, c'est la même démarche. Il la tient par la main : sa chevelure blonde vole dans la brise, son corps maigre nage dans ces vêtements trop grands pour elle. Il l'attire avec lui, hors de ma vue, et quand ils sont sur le point de disparaître elle se retourne et jette un coup d'œil par-dessus son épaule, ses grands yeux gris tellement agrandis par la peur que je m'entends pousser un cri.

Je lâche le bras de Kylan et je me mets à courir.

Arrivée au coin je les retrouve, ils me devancent de peu. Il l'entraîne derrière lui, lui disant de se dépêcher en marmottant dans sa barbe. Je bondis en avant, j'agrippe son bras et je tire en arrière. Il s'arrête, stupéfait, et pendant une fraction de seconde il lâche sa main. Je l'attire vers moi, mais elle me résiste. Je tire un peu plus fort et je commence à courir en reprenant le chemin en sens inverse. « Tout va bien, dis-je, tu es en sécurité maintenant. »

Après quelques minutes, je sens quelqu'un m'attraper par le bras. Je me libère d'une torsion de coude et je reprends ma route. En jetant un coup d'œil par-dessus mon épaule, je m'aperçois qu'il s'agit de Kylan et je lui crie de retenir cet homme qui nous poursuit. Il me lance quelque chose en retour, mais je continue de courir dans la rue, haletante, esquivant tant bien que mal les gens que je croise en chemin. La fille hurle, désormais, elle sanglote littéralement. Je répète : « Tout va bien, ne t'inquiète pas. »

Kylan me rejoint et saisit mon bras.

« Maman, arrête, s'il te plaît ! »

J'essaie de me libérer de son étreinte. « Je ne peux pas, Kylan, il faut que je l'emmène en lieu sûr. Il va arriver. »

Un homme d'une trentaine d'années à la chevelure brune désordonnée nous court après, couvert de sueur.

« Maman, lâche cette petite fille, ordonne Kylan.

— Il faut qu'on s'en aille. »

Elle tortille son corps étroit et tend les bras vers l'homme aux cheveux sombres. « Papa, crie-t-elle en pleurant.

— Chuut, dis-je. Ce n'est pas ton papa. Je vais te ramener à la maison, maintenant. »

Je me penche pour caresser ses cheveux, mais je m'interromps en plein geste. Je tiens le bras d'une petite fille aux cheveux bruns et courts, ses joues sont barbouillées de larmes. Kylan s'approche et la prend dans ses bras.

« Maman, qu'est-ce qui te prend ? Elle aurait pu se blesser. »

Il ramène la petite fille à son père qui lui caresse les cheveux et embrasse son front. Son visage est rouge quand il se tourne vers nous :

« Vous pouvez vous estimer heureux que je n'appelle pas la police.

— Je suis vraiment désolé. Elle n'est pas dans son état normal », répond Kylan.

Il se retourne vers moi.

Je demande : « Où est-elle ?

— Qui ?

— Il y avait une fille blonde, avec des yeux gris. Une fille très mince.

— Je ne sais pas de quoi tu parles. » Il regarde le groupe de curieux qui s'est formé, tous ces visages qui me fixent. « Allez, je te ramène à la maison.

— Je ne peux pas rentrer, Kylan. Il faut que je la retrouve. » Je détaille la mosaïque de visages, de bouches ouvertes et de mains cachant des bouches, j'entends les chuchotements. « Où est-elle ? »

Kylan passe un bras autour de mes épaules et se penche tout près de mon oreille. « Je t'en prie, Maman. Rentrons chez moi, tu veux bien ? »

Je lève les yeux vers lui. « Elle est partie. Il la tient de nouveau. »

*

Nous faisons le chemin du retour en silence. Le temps d'arriver à la maison, les rues sont plongées dans le noir : il est presque dix-huit heures. Les passants semblent pressés, c'est tout juste s'ils ne courent pas. Nous marchons pendant ce qui me semble une éternité avant d'atteindre enfin l'appartement de Kylan.

Au moment où il ouvre la porte, je tends la main et je lui serre le bras.

« Je suis désolée, Kylan. Je t'en prie, ne sois pas en colère contre moi. »

Quand il se retourne pour me regarder, son regard est désespérément triste et fatigué.

« Je ne suis pas en colère, Maman. Mais tu as fais tellement peur à cette petite fille. Son père a cru que tu voulais l'enlever. »

Je le dévisage. « Je ne ferais jamais une chose pareille, Kylan. Tu le sais, n'est-ce pas ? »

Il pose sa main sur la mienne. « Oui », dit-il avant de s'enfoncer dans le vestibule étroit. Je le suis dans l'escalier et jusque dans l'appartement douillet. Il pose ses clés sur la table de l'entrée et se rend dans la cuisine.

Katya est assise devant un bol de céréales, les pieds repliés sous elle.

« Salut », lance-t-elle. Kylan s'approche d'elle et embrasse le haut de sa tête. Je détourne le regard. « Cette coiffure vous va bien, madame Bjornstad », complimente Katya.

Je me hérisse en entendant ce nom et je pose une main sur mes cheveux. Je les avais oubliés.

« Est-ce que vous avez passé une bonne journée? », demande Katya.

Katya et Kylan échangent un regard. « C'était intéressant, commente Kylan. Nous avons pris un café dans notre bar, ce matin, c'était sympa.

— Je crois que je vais me coucher, dis-je. Je ne me sens pas très bien.

— Vous ne voulez pas dîner? s'étonne Katya.

— Je n'ai pas faim. » Je tourne les talons et m'apprête à quitter la pièce.

« Bonne nuit, Maman, dit Kylan. J'espère que tu vas vite te sentir mieux. »

*

Une fois dans la chambre, je ne me prépare pas pour la nuit.

J'arpente la pièce en m'imaginant Kylan en train de raconter à Katya ce qui vient de se passer avec la petite fille. Je réalise de quoi j'ai dû avoir l'air, et je sais bien que cette histoire doit sembler pire encore quand elle est racontée. J'ai bien vu l'expression de Kylan dans le café, quand j'ai essayé de lui expliquer la situation. Bien entendu, il n'a aucune envie de croire que son père est tout sauf un homme bien.

Je trouve un bloc de papier et un stylo sur la table de chevet. Assise sur le rebord du lit, je décide de noter tout ce que je sais.

J'écris le mot *Elise*. Je ne me souviens pas du nom de famille.

En dessous, j'inscris *Danse classique. Studio. Plancher, odeur de nettoyant, miroirs sur un mur.*

Ce pourrait être n'importe quel studio, n'importe où. Je ferme les paupières et j'essaie de voir l'immeuble de l'extérieur, mais je n'y arrive pas. C'est inutile.

Je tente de me souvenir où nous habitions. Il fallait prendre un bus pour y parvenir, mais ce n'était pas très loin. Quel était le nom de la rue, déjà? Je me revois dans la voiture qu'il conduisait cette nuit-là. Je sens l'étroitesse du manteau rouge, le poids de mon sac sur mes genoux. La rue sombre qui nous éloignait de l'arrêt de bus : avons-nous tourné à droite ou à gauche? Je ne sais plus. Puis le goût d'alcool brûlant ma langue, les lumières vacillantes, de plus en plus troubles à travers le pare-brise.

Puis je me rappelle la photo. Je la retrouve et je la déplie sur mon genou. Je sais que nous étions dans le jardin : je me rappelle l'arbre, l'ombre qu'il projetait sur l'arrière de la maison. C'était le plus grand de notre rue, il dominait largement les autres. Je me souviens de la fraîcheur qui régnait dans son ombre; la sensation de l'écorce rugueuse sous mes doigts et le long de mon dos. Les éclats de bois sombre qui collaient à ma peau. Je passais des heures allongée sur ses branches inférieures à regarder le soleil se briser sur les feuilles du haut, faisant luire leurs bords dentelés.

À présent, je remonte en courant l'étendue de pelouse pelée qui menait à la maison. De la brique sombre, des volets blancs et un toit de tuiles grises recouvertes de mousse. Ma chambre à coucher se trouvait au second. J'en avais peint les murs avec mon père, je me vois encore l'écouter fredonner dans sa barbe pendant qu'il travaillait. De la peinture turquoise. La petite radio de laquelle s'échappe du Motown. « River Deep, Mountain High ». Puis je sens que je suis soulevée du sol, le rouleau de peinture à bout de bras, et qu'il me fait tournoyer en me serrant sous les aisselles. Je hurle pour qu'il me repose à terre, mais je ris en même temps.

Je vois la façade de la maison maintenant, le lierre qui recouvrait une partie de la bâtisse. Nous habitions la seule maison de brique de la rue, c'est ce qui la rendait si particulière. Toutes les autres étaient en bois. J'entends encore mon père dire *S'il y a un incendie, notre maison sera la seule à résister*.

C'est là que le mot se forme en moi et, avant que je puisse l'oublier, je le note sur un bout de papier.

Hansgata.

Voilà le nom de la rue, j'en suis quasiment sûre.

Sans attendre plus longtemps, je remets mon manteau et je me glisse dans le couloir. Le son d'une télévision filtre à travers une porte fermée, et je la dépasse sur la pointe des pieds. J'attrape les clés de Kylan sur la table de l'entrée et j'ouvre la porte.

23

Je ne tarde pas à trouver un taxi.

Je prononce le nom de la rue, terrifiée à l'idée que le chauffeur fronce les sourcils : qu'il me dise que cette adresse n'existe pas. Mais il se contente de redémarrer.

Tandis que nous longeons les rues, je scrute le paysage par la fenêtre, espérant le reconnaître. J'attends un bon moment avant que quelque chose n'arrive : il fait trop sombre pour y voir. Puis nous dépassons un marchand de journaux, au coin d'une rue, et je sens l'odeur de caoutchouc mouillé du paillasson, je revois les paquets de cigarettes alignés derrière le comptoir.

Nous parcourons une allée bordée d'arbres maigres et nus, et une sensation étrange m'envahit, comme si je tombais de très haut. C'est celle-là, me dis-je, je la reconnais. C'est ma rue.

« Quel numéro ? », demande le chauffeur de taxi.

Je me surprends moi-même à répondre aussitôt : « Quatorze. »

Je sors du véhicule et je lève les yeux vers la maison. Elle est plus petite que dans mon souvenir, mais c'est bien la même. La plupart des fenêtres sont éclairées, et je distingue les éclairs lumineux provenant d'un écran de télévision, derrière les rideaux d'une pièce. Un chemin traverse le petit jardin, devant la maison, et je sens ma mère attraper ma main et m'attirer derrière elle le long de celui-ci, jusqu'à la porte bleue. Je l'entends râler. *Allez, Elise*. Je vois ma petite main enfouie dans la sienne, beaucoup plus grande.

Je me tiens au centre d'un porche carrelé flanqué de deux bancs de pierre. Je lève le bras pour appuyer sur la sonnette et je vois apparaître une main dotée de longs ongles recouverts de vernis rouge. Quand je presse le bouton, la main redevient la mienne, avec ses ongles rongés jusqu'au sang.

La panique me prend quand j'entends la sonnerie familière. Des bruits me parviennent depuis l'intérieur et je m'interroge sur l'attitude à adopter si ma mère ou mon père ouvre la porte. J'essaie vite de calculer quel âge mon père aurait aujourd'hui. Soixante-dix-sept, me dis-je au moment où les gonds commencent à grincer.

Une femme d'à peine trente ans se tient sur le seuil, ses cheveux bruns coupés court et de jolies petites boucles d'oreilles en perle.

« Est-ce que je peux vous aider ? s'enquiert-elle.

— Je cherche quelqu'un qui a habité ici autrefois, il y a un moment déjà.

— Eh bien, cela fait six ans maintenant que nous sommes ici.

— Un homme et une femme vivaient là, avant. » J'aurais tellement aimé me souvenir de leurs noms. Je me raccroche à tout ce que je sais. « C'était il y a plus de vingt ans.

— Je ne crois pas pouvoir vous aider », dit-elle en faisant mine de refermer la porte.

Je laisse échapper un gémissement : « Ce sont mes parents. » La porte s'immobilise. « Je n'ai plus de contact avec eux mais il faut que je les retrouve. »

Elle me jauge depuis l'embrasure de la porte. « Vous voulez entrer ? »

Elle se retourne, et je la suis dans la maison avant de refermer la porte derrière moi. L'entrée est plongée dans la pénombre, les murs sont peints en vert et le sol est encombré de chaussures d'enfants et de cartables. En traversant le vestibule, j'entends retentir l'écho d'un rire de jeune fille dans la large cage d'escalier en bois.

« Vous avez combien d'enfants ?

— Trois garçons, me répond-elle sans se retourner.

— Moi aussi j'ai un fils. Mais il est adulte, maintenant. »

Je m'arrête sur le seuil de la cuisine. Une femme se tient près de l'évier, de dos, ses longs cheveux blonds retombant en courbes douces sur ses épaules. Je vois ses mains quand elle saisit une assiette cachée sous l'eau et qu'elle la rince avant de la déposer dans l'égouttoir. Son regard se perd dans le jardin, de l'autre côté de la fenêtre. Elle commence à tourner la tête vers moi et disparaît aussitôt.

Quand je lève les yeux, la femme est en train de me regarder.

« J'ai grandi ici, dis-je.

— C'est une belle maison.

— Est-ce que vous savez quelque chose des personnes qui ont vécu là avant vous ?

— Pas vraiment, non. Je sais que c'était un couple assez âgé, en tout cas. Nous sommes passés par une agence pour la vente, alors nous n'avons pas appris grand-chose sur eux.

— Est-ce que vous les avez rencontrés ?

— Non.

— Et vous ne savez sans doute pas où ils se sont installés ensuite ?

— Je crains que non. Je suis désolée de ne pouvoir vous aider davantage. Mais n'hésitez pas à faire un tour dans la maison, si vous en avez envie.

— Je crois que je ferais mieux d'y aller. Je loge chez mon fils. Je ne voudrais pas qu'il s'inquiète. » La femme semble soulagée. « Est-ce que vous pensez que je pourrais revenir y jeter un coup d'œil un autre jour? J'ai beaucoup de souvenirs dans cette maison et, comme je vous l'ai dit, j'ai perdu contact avec mes parents. Je vous en serais très reconnaissante.

— Si je suis là, je serai ravie de vous laisser visiter la maison. »

Je sors de la cuisine sur ses talons, et nous retournons dans le vestibule.

« Merci, dis-je une fois arrivée sur le pas de la porte. Et merci aussi d'avoir répondu à mes questions.

— Je crains de ne pas avoir été d'un grand secours. Oh, au fait, je m'appelle Lucy. » Elle me tend la main.

« Elise », dis-je en la serrant dans la mienne.

*

Dans le taxi qui me ramène chez Kylan, j'essaie de réfléchir à ce que je dois faire maintenant. Peut-être pourrais-je essayer de trouver dans quel journal la photo que je possède a été publiée : elle devrait illustrer la disparition d'une jeune fille, plutôt qu'un accident de voiture. Puis je reviendrai dans la vallée accompagnée de Kylan, et nous regarderons sous la maison. Il sera bien obligé de me croire.

Je tourne la clé dans la serrure et j'entre dans le vestibule où je dépose la clé sur la table.

Une silhouette apparaît au bout du couloir. J'avance et je reconnais Katya.

« Tout va bien, Kylan, lance-t-elle. Elle est là. »

Je passe le coin pour entrer dans la cuisine et je tombe sur Kylan, il est au téléphone.

« Elle vient de rentrer, dit-il dans le combiné. Elle a l'air d'aller bien. » Il s'interrompt un instant. « Je te tiens au courant. Merci, Papa. »

Kylan repose l'écouteur.

« J'étais tellement inquiet, Maman. Où étais-tu ?

— Je suis juste sortie marcher un peu. Je n'arrivais pas à m'endormir.

— Pourquoi ne m'as-tu rien dit ? Je suis allé vérifier que tu allais bien, et tu n'étais pas là.

— Je ne voulais pas te déranger.

— J'étais à deux doigts d'appeler la police.

— Kylan. Je suis une adulte. Tu ne me crois pas capable de faire attention à moi ? »

Kylan ne répond pas.

« Je suis content que tu sois bien rentrée, déclare-t-il. On ferait mieux d'aller se coucher, maintenant. Il se fait tard, et on travaille demain. »

Il se retourne et s'en va, me laissant plantée là dans le couloir avec mon envie de lui réexpliquer les choses.

24

Quand je me réveille, il est assis sur le rebord de mon lit. Depuis l'encadrement bleu de la fenêtre me parviennent les grondements constants du ventre de la ville. Je me dis qu'il n'est pas vraiment là, que c'est juste un souvenir. Je le repousse du bout de mon pied pour le faire disparaître.

« Qu'est-ce que tu as fait à tes cheveux ? », demande-t-il.

Je me redresse d'un coup et je replie les genoux contre mon buste. C'est vraiment lui. Je crie.

« Marta. Calme-toi. Ce n'est que moi. »

Je continue de crier et je me réfugie dans le coin opposé du lit. « Va-t'en », dis-je dans un souffle.

Kylan entre dans la chambre à cet instant, encore vêtu de son pyjama, les cheveux en désordre. « Qu'est-ce qui se passe ? », demande-t-il.

Je tremble, maintenant, les yeux rivés sur Hector qui se tient debout à côté du lit.

« Maman, reprend Kylan. Qu'est-ce qui se passe ?

— Je veux qu'il sorte d'ici. S'il te plaît, Kylan. Fais-le sortir.

— Il a roulé toute la nuit pour venir. Il se faisait du souci à ton sujet. »

Je ris. « Il ne se fait aucun souci pour moi. Il a peur. Il croit que je vais te révéler ce qu'il a fait. »

Hector a les yeux rivés sur moi.

« Maman, Papa m'en a déjà parlé, dit Kylan. Il m'a tout raconté. »

Mon regard passe de l'un à l'autre.

« Tu es au courant ?

— Oui. » Il s'assied. « Je trouve que ta réaction est un peu exagérée. »

Je reste bouche bée.

« C'était un malentendu, poursuit Kylan. Je n'arrive pas à croire que tu puisses soupçonner Papa d'être capable d'une chose pareille. Elle est suffisamment jeune pour être sa fille. » Il pose une main sur l'épaule de son père. « Papa aurait plutôt besoin de ton soutien, en ce moment, tu sais. Ils ne peuvent pas le licencier sans preuve. S'ils essaient quand même de le faire, nous nous battrons.

— Tu ne comprends pas. Ce n'est pas de l'étudiante qu'il s'agit. Il faut qu'on aille voir la police.

— Maman, tu dis n'importe quoi. Tu doutes vraiment de Papa ? »

Le regard d'Hector est toujours rivé sur moi, il ne cille pas. Je reconnais le léger sourire au coin de sa bouche.

« Kylan, je t'en prie. » J'ai besoin que tu m'écoutes.

Kylan me regarde.

Hector ne dit toujours rien. Il se contente de s'asseoir au bout du lit et de me regarder.

« Tu ne comprends pas. Il m'a enlevée. » Kylan me considère sans manifester la moindre réaction, et je commence à pleurer de frustration.

Hector se lève. « Marta, dit-il.

— Tu sais très bien que ce n'est pas mon vrai nom. » Kylan et Hector échangent un coup d'œil.

« Nous pensons que tu ferais mieux d'aller consulter un médecin. » Hector croise les bras. « Ce n'est pas une chose facile à dire, mais cela fait un moment déjà que tu ne vas pas bien. Je sais que les derniers mois ont été tendus pour toi, entre le départ de Kylan et le fait que j'aie perdu mon emploi : tout cela est difficile. Mais tu sembles perdre la raison, et nous ne savons plus comment t'aider.

— Tu sais très bien que j'ai toute ma tête. Explique-lui ce que tu as fait. »

Kylan pose ses mains sur mes épaules et se penche pour me regarder droit dans les yeux.

« Maman. Je suis au courant de ce que Papa a fait. Il faut que tu te calmes.

— Tu ne sais rien, Kylan. Tu ne veux même pas me laisser te l'expliquer. »

Un affreux silence s'installe. « Je suis désolé, Maman, reprend-il enfin. Mais je m'inquiète à ton sujet, nous nous inquiétons tous les deux. Tu as cessé de prendre tes médicaments…

— Je n'ai pas besoin de médicaments.

— Mais regarde-toi, Marta, intervient Hector. Je ne comprends pas comment tu peux dire que tu te sens mieux sans tes médicaments. »

Je tends la main pour attraper celle de Kylan. « S'il te plaît, laisse-moi t'expliquer. ». Kylan attend. « Il m'a enlevée à la sortie de mon studio de danse. Il m'a dit que ma famille était morte. Regarde sous la dalle du porche de la maison, regarde sous la maison. Il faut que tu me croies. »

Kylan me considère avec de grands yeux.

« Je t'en prie, Kylan. Je te montrerai. Allons tout de suite à la maison et je te montrerai. »

Son regard passe d'Hector à moi.

« Très bien. Allons tous ensemble à la maison et nous en aurons le cœur net. Habillons-nous. Je vais donner un coup de fil pour prévenir que je ne viens pas au bureau aujourd'hui. »

Je sens le regard d'Hector peser sur lui et je réprime un sourire.

Je demande : « Et après, on ira à la police ?

— Oui. On ira à la police. »

*

Nous roulons le long des rues grises, la lumière matinale ôtant toute couleur aux choses. Un gros nuage jaune s'étend à travers le ciel, derrière les immeubles, et la pression que je sens dans mes tempes annonce une tempête imminente.

J'aperçois mon reflet dans la vitre, avec cette nouvelle coupe qui est en réalité mon ancienne coupe. Je repousse ma frange de mes yeux, et voilà que je suis elle à nouveau, en route vers mon cours de danse classique, en route vers la maison, après l'école.

Nous longeons la lisière du parc, le Palais caché derrière le feuillage. Le long de l'avenue, les arbres sont autant de squelettes noirs et nus, et les feuilles tombées à leurs pieds elles-mêmes ne sont plus que poussière, tapissant les routes des fragments d'une beauté révolue.

Je me retourne pour regarder Kylan, assis sur la banquette arrière.

« Il ne va pas s'enfuir, tu sais », déclare Hector, et je pivote dans l'autre sens pour le toiser, installé sur le siège conducteur. Il me jette un coup d'œil. « Tu n'as pas besoin de vérifier sans arrêt qu'il est bien là. »

Je regarde par la vitre en réalisant que nous nous engageons dans un parking.

« Pourquoi on s'arrête ?

— C'est ici que je travaille, prévient Kylan. Je dois juste passer un instant chercher quelques affaires.

— Je ne veux pas rester ici avec lui, dis-je.

— Alors viens avec moi, répond Kylan. Comme ça, tu pourras faire la connaissance de tout le monde. »

Nous sortons de la voiture, et je le suis dans la rue. Pendant que nous marchons, j'aperçois notre reflet dans les longues baies vitrées, Kylan si grand devant moi, ses cheveux couleur sable reflétant le soleil. Je sens sa main grandir autour de la mienne. Je baisse les yeux et je vois ma robe à fleurs, mes jambes potelées et mes pieds chaussés de Babies noires vernies.

Dans la vitre je vois la chevelure d'un blond presque blanc, les grands yeux et le petit visage rond. Je marche à côté de mon papa. Nous allons acheter du lait pour le petit déjeuner. Il fredonne dans sa barbe, sa main est chaude dans la mienne. Depuis l'endroit où je me tiens, je ne vois que le dessous de son visage, la ligne ferme de sa mâchoire et sa pomme d'Adam. Je serre sa main pour qu'il baisse les yeux vers moi, mais quand il tourne la tête, c'est redevenu Kylan.

Nous gravissons désormais de hautes marches de pierre menant à d'imposantes portes battantes en bois.

Une fois arrivés dans l'entrée du bâtiment, Kylan va dire quelques mots à la réceptionniste. Elle a une longue chevelure sombre et trop de maquillage. Ils me regardent tous deux avant de venir vers moi.

« Madame Bjornstad, voulez-vous bien me suivre?

— Je reste avec mon fils. »

La réceptionniste consulte Kylan du regard. « Cela ne durera pas plus de quelques minutes, Maman, plaide-t-il. « Il y a un monsieur qui aimerait te parler.

— Qui? Quelqu'un qui travaille avec toi?

— Non, répond-il lentement. Un psychiatre. »

Je le fixe avec des yeux ronds. « Pourquoi un psychiatre travaillerait-il dans une banque? »

Kylan pose une main sur mon bras. « Maman, je ne travaille pas ici. Nous sommes dans un établissement psychiatrique et il y a un homme, ici, à qui je crois que tu devrais parler.

— Mais tu m'as promis que nous irions à la maison. Pourquoi me mens-tu ? » Je sens mes yeux s'emplir de larmes.

« Maman, je t'en prie, ne pleure pas. Je crois vraiment que c'est pour le bien de tout le monde. Nous nous inquiétons pour toi. Je t'en prie, veux-tu bien parler avec cet homme ? Je te promets que cela ne prendra pas beaucoup de temps. »

Je le regarde et je revois le petit garçon qu'il a été, je le revois quand il rentrait des cours de football et qu'il me surprenait, le regard perdu au loin, devant la fenêtre de la cuisine. Je reconnais le même pli entre ses yeux, plus profond aujourd'hui.

« Je t'en prie, Maman. Fais-le pour moi. Je ne bouge pas d'ici, je t'attends. »

Ses yeux sont pleins de larmes. Je ne veux pas qu'il soit triste. Cela ne durera qu'un instant. « D'accord, dis-je, et je laisse la fille m'entraîner avec elle avant d'ajouter : Mais reste là, ne t'en va pas. »

La fille m'entraîne dans un long corridor sombre. Elle tient un dossier marron qui laisse entrevoir quelques feuilles de papier blanc. Les premières lignes sont visibles.

Nom du patient : *Marta Bjornstad*.

Je m'immobilise et je ferme les yeux. Je revois ce nom, répété indéfiniment, au point de recouvrir l'intégralité d'une feuille de papier blanc à lignes. Encore et encore et encore. Ces grandes lettres griffonnées, cette écriture d'enfant. Une page après l'autre. *Écris-le encore une fois*. Je me souviens de la manière dont ma main tremblait, de la difficulté que j'avais à tracer des mots, quels qu'ils soient. La plume tremblante, l'effort que cela me coûtait de resserrer mes doigts autour du stylo-bille. *Marta Bjornstad.* Je le vois replacer sans cesse le stylo entre mes doigts. C'est ton nom. *Écris-le encore une fois. Écris-le encore une fois.*

« Madame Bjornstad ? Est-ce que tout va bien ? »

J'ouvre les yeux, et la fille se tient devant moi dans le couloir, ses grands yeux marron brillant dans la pénombre. Je recommence à marcher. Nous arrivons à une porte de bois poli orné d'une plaque de cuivre sur laquelle je lis « Chambre 4 – Docteur Brun ».

Elle frappe, et une voix d'homme répond.

« Entrez. »

Elle pousse la porte. « C'est votre rendez-vous de neuf heures », dit-elle.

Des étagères tapissent le mur du fond, la pièce est meublée d'un grand bureau en acajou, d'un canapé fauve d'apparence confortable, sur le dossier duquel a été jetée une couverture damassée rouge, et d'un fauteuil en cuir. Devant le canapé, une table basse repose sur un tapis, des magazines soigneusement empilés recouvrent son unique étagère.

Un homme aux épaules tombantes et aux jambes courtes se tient debout derrière le bureau. Sa barbe de trois jours est grisonnante, et il a de petits yeux noirs.

La fille tourne les talons pour ressortir de la pièce, mais je lui barre la route. « Entrez, madame Bjornstad. » Je reste où je suis. Sa voix est grave, profonde comme un grondement. « Il n'y a rien à craindre. »

Je fais un pas dans la pièce, et la fille se faufile derrière moi pour disparaître dans le couloir en refermant la porte derrière elle. Je tends la main vers la poignée.

« Vous préférez garder la porte ouverte ? demande-t-il.

— Oui.

— Venez donc vous asseoir », reprend-il en m'indiquant le canapé d'un geste de la main.

Je prends place, mais je garde mon sac à main en bandoulière. Il s'assied dans le fauteuil et pose les mains sur ses genoux.

« Alors, qu'est-ce qui vous amène chez moi aujourd'hui, madame Bjornstad ?

— Mon fils voulait que je vienne ici. »

Il me regarde. Je m'attendais à ce qu'il se munisse d'un carnet pour noter des choses.

« Pourquoi veut-il que vous veniez me voir ?

— Il pense que je perds la tête. » Je vois d'ici le visage préoccupé de Kylan : cela me donne envie de sortir et d'essayer une fois encore de tout lui expliquer.

« Qu'est-ce qui lui fait croire cela ? interroge le type.

— Il m'a surprise en train de fumer. Et puis il y a eu cet incident, hier. »

Il lève les sourcils. « Un incident ?

— Il croit que j'ai tenté d'enlever une petite fille. »

Il ne manifeste aucune surprise. Il attend.

« Je l'ai prise pour quelqu'un d'autre. J'ai cru que cette petite fille était en danger.

— Vous avez donc essayé de la secourir ?

— Oui, mais son père a cru que je voulais l'enlever. » Je ris. « Je crois que cela en avait tout l'air, en effet. »

Un silence s'installe, pendant lequel il me regarde sans rien dire.

« Et le fait de fumer, demande-t-il finalement. Vous ne fumez pas, d'habitude ?

— Je fumais, avant.

— Et vous avez recommencé récemment ?

— Oui.

— Pourquoi, à votre avis ?
— Je ne sais pas. Par ennui, je suppose.
— Qu'est-ce qui vous ennuie à ce point ?
— Je ne sais pas. Tout. J'ai beaucoup de temps libre, maintenant que Kylan m'a quittée.
— Votre fils ?
— Oui.
— Quand a-t-il quitté votre domicile ?
— Cela fait déjà quelques mois, désormais.
— Et les choses vous semblent plus difficiles, depuis ?
— Oui, mais ce n'est pas la raison principale.
— Pourquoi, alors ?
— C'est mon mari. »
Il se frotte le menton. « Qu'est-ce que votre mari a fait ? »
Je le dévisage, incapable de répondre.
« Madame Bjornstad ? Qu'est-ce que votre mari a fait pour vous rendre la vie difficile ? »
Il attend.
« Est-ce que cela vous embête que je vous appelle Marta ?
— Oui. »
Il me considère d'un air interrogateur.
« Cela vous embête, donc ?
— Ce n'est pas mon nom. »
Le docteur tend le bras et attrape le dossier posé sur son bureau. « Marta Bjornstad ? Ce n'est pas correct ?
— Non. »
Il vérifie une nouvelle fois le dossier. « Quel est votre nom ?
— Elise Sandvik. »
Il regarde de nouveau le dossier, tourne une page.
« Et votre adresse ?

— 14, Hansgata. »

Le docteur se lève et s'approche de son bureau. Il appuie sur un bouton.

« Oui ? » J'entends la voix fluette de la fille de l'accueil résonner dans le bureau.

« Le dossier de mon rendez-vous de neuf heures porte le nom de Marta Bjornstad, or c'est Elise Sandvik qui est assise dans mon cabinet. Est-ce qu'elle est censée être dans un autre bureau ? »

Il y a un bref silence. « C'est Marta Bjornstad qui est assise dans votre bureau, docteur.

— Elle dit qu'elle s'appelle Elise Sandvik. »

Un nouveau silence. « Son fils est près de moi et il confirme que son nom est Marta Bjornstad. »

Le docteur me regarde. Il appuie de nouveau sur le bouton. « Merci. »

Il se rassied. Il ne dit rien, il se contente d'attendre que je m'explique. Je le regarde.

« Vous n'êtes pas Marta Bjornstad ? demande-t-il enfin.

— Mon fils croit que c'est moi.

— Mais ce n'est pas vous ?

— Non.

— Pourquoi votre fils croit-il que vous vous appelez Marta Bjornstad ?

— C'est le nom que mon mari m'a donné.

— Votre mari vous appelle Marta ?

— Il a changé mon nom.

— Pourquoi ?

— Parce qu'il voulait que j'oublie qui j'avais été auparavant.

— Avant que vous ne l'épousiez ?

— Non, avant qu'il ne m'enlève.

— Il vous a enlevée ? »

Je hoche la tête.

« Qu'entendez-vous par là ? »

Je soupire. « Il m'a enlevée à la sortie de mon cours de danse. Il m'a enfermée sous la maison.

— Il vous a enfermée contre votre volonté ? »

Je hoche la tête. L'homme me considère alors pendant un long moment.

« Vous réalisez qu'il s'agit là d'une allégation sérieuse ?

— Je me contente de vous dire ce qui est arrivé. »

Il reprend mon dossier et s'y plonge pendant un moment.

« Au téléphone, votre mari prétend que vous avez suivi un traitement pendant une longue période. Est-ce que c'est vrai ?

— C'est lui qui m'a forcée à prendre ces pilules.

— Votre mari ?

— Oui.

— Savez-vous à quoi servent ces médicaments ?

— Il m'a dit qu'ils m'aideraient à me sentir mieux. »

Il se replonge dans mon dossier. « Votre mari dit que vous preniez déjà ces médicaments avant qu'il ne vous rencontre. Il dit que vous avez commencé à les prendre au moment du décès de vos parents.

— Ce n'est pas vrai. C'est un menteur. C'est lui qui m'a forcée à les prendre. »

Le docteur me regarde. « Le traitement que vous prenez doit obligatoirement être prescrit par un médecin. Votre mari n'aurait pas pu se le procurer sans prouver que vous vous trouviez dans un état psychologique alarmant.

— Nous consultons toujours le médecin du village. C'est un ami d'Hector. Il lui raconte n'importe quoi depuis le début. »

Il tapote sa jambe avec son stylo. Il note quelque chose, puis il lève les yeux vers moi.

« Vos parents sont morts quand vous aviez dix-huit ans, c'est bien cela ?

— C'est ce qu'il m'a dit, mais ce n'est pas vrai. » Je me tais un instant. « Peut-être qu'ils sont encore en vie. »

Le docteur jette un nouveau coup d'œil à son dossier.

« Avez-vous déjà tenté de mettre fin à vos jours, madame Bjornstad ? »

Je pense à l'eau froide de l'océan, aux remous bleus et aux lumières sous la surface.

« Non.

— Jamais ?

— Je n'y suis pas allée dans l'intention de me donner la mort.

— Allée où ?

— Dans la mer. Nous étions en vacances.

— Vous étiez en vacances quand vous avez tenté de mettre fin à vos jours ?

— Non. Je n'essayais pas de me suicider. Je ne voulais pas remonter à la surface, c'est tout. »

Une larme s'écrase sur la jambe de mon pantalon, laissant une trace sombre et ronde. Le docteur note quelque chose d'autre.

« Votre mari a mentionné le fait qu'il vous a tirée de l'eau quand vous vous êtes rencontrés, il vous a donc en quelque sorte sauvé la vie. Il a dit que vous souffriez d'un trouble de l'alimentation et que vous étiez cliniquement déprimée, à cette époque. »

Je l'interromps : « Ce n'est pas à ce moment-là que nous nous sommes rencontrés. Ça, c'est la version qu'il raconte aux gens.

— Quand vous êtes-vous rencontrés, alors ?

— Il m'a enlevée. »

Le docteur attend que je poursuive.

Je soupire. Je suis tellement lasse. « J'attendais devant le studio de danse et il m'a enlevée. Il m'a droguée et il m'a enfermée sous la maison. »

Le docteur plisse les yeux. « Pourquoi aurait-il fait une chose pareille ?

— Parce qu'il voulait se marier.

— Et c'est pour cette raison qu'il vous a enlevée ?

— Oui. Plus tard, il m'a raconté qu'il m'avait retrouvée sur son paillasson et qu'il s'était occupé de moi quand j'étais malade. Mais en réalité, c'est lui qui m'a mise dans cet état.

— Il vous a délibérément rendue malade ?

— Il savait très bien ce qu'il faisait. Il me donnait très peu de nourriture : il m'a rendue dépendante de lui. Comme cela ne marchait pas, il a fini par me raconter que mes parents étaient morts.

— Quel âge aviez-vous quand tout cela est arrivé ?

— Dix-huit ans.

— Il vous a gardée enfermée en dessous de la maison pendant combien de temps ?

— Je ne sais pas. À peu près deux ans.

— Et ensuite, il vous a laissée sortir, et vous l'avez épousé ? »

Il ne me croit pas.

« Il m'a fait croire qu'il m'avait sauvé la vie. Il m'a donné un nouveau nom. Il était la seule personne qui me restait.

— Quand avez-vous commencé à vous souvenir de toutes ces choses, madame Bjornstad ?

— J'ai arrêté de prendre mes médicaments, et c'est là que j'ai commencé à voir des choses.

— Vous avez eu des hallucinations ?

— Je croyais que c'en était, en effet, mais ce n'étaient pas des hallucinations. Ce sont des choses qui se sont vraiment passées.

— Quel genre de choses voyiez-vous ?

— Une fille blonde.

— Depuis combien de temps n'avez-vous pas pris vos médicaments ?

— Je ne sais plus exactement. J'ai dû arrêter quelques semaines après le départ de mon fils, ça doit donc faire deux ou trois mois ? »

Il recommence à prendre des notes. « Combien de temps duraient vos hallucinations ?

— Ce n'étaient pas des hallucinations.

— Très bien, dit-il avec un sourire tendu. Pendant combien de temps voyiez-vous ces images ?

— Je ne sais pas exactement. Cela dépendait.

— Étaient-elles déclenchées par quelque chose de votre environnement ? »

J'essaie de me souvenir. « Je ne sais pas. Mais plus elles remontent, plus je sais qu'elles ont réellement existé. Je me les rappelle très bien.

— Elles continuent donc de vous apparaître ? »

Je hoche la tête.

Il écrit quelque chose d'autre, puis il jette un coup d'œil à sa montre. « Malheureusement, notre temps est écoulé, madame Bjornstad, dit-il en se levant. Si vous voulez bien patienter ici un instant, je reviens tout de suite. »

Je me lève. Il traverse la pièce, puis passe la porte qu'il referme derrière lui.

Il a laissé mon dossier sur la table. Je m'approche du bureau et je l'ouvre. Son écriture est très inclinée, difficile à déchiffrer, mais j'arrive à comprendre quelques bribes de ce qu'il a noté.

Symptômes de dépression grave et tentative de suicide après événement traumatique (décès des parents) à l'âge de 18 ans, traitement prescrit (vérifier dossier médical pour établir diagnostic ?). Depuis l'arrêt du traitement, hallucinations répétées, de plus en plus fréquentes. Croit revivre des événements réellement vécus. A développé un délire paranoïaque envers son mari, est convaincue qu'il constitue une menace à son bien-être. Croit que son mari, Hector Bjornstad, l'a kidnappée et qu'elle s'appelait Elise Sandvik précédemment. Premier diagnostic de dépression peut-être erroné – les symptômes dépressifs et psychotiques peuvent suggérer un trouble schizo-affectif ?

Je vais directement au bas de la page. Dans la case MENACE POUR SOI-MÊME OU POUR AUTRUI ? il a indiqué : *Oui, garder en observation.*

Je sors de la pièce et je m'engage dans le couloir. Dans le hall d'accueil, le docteur s'entretient à voix basse avec Hector et Kylan. Les yeux de Kylan sont rouges. Le visage d'Hector est inexpressif, mais je distingue un léger sourire au coin de sa bouche.

Je m'avance. « Je ne vais pas rester ici. »

Le docteur se retourne. « Madame Bjornstad, je vous avais dit que je serais de retour dans un instant.

— Je sais ce que vous avez prévu de faire, mais je ne vais pas rester ici. Je veux rentrer avec mon fils.

— Maman, s'il te plaît, intervient Kylan, et une larme roule le long de sa joue. Je t'en prie, fais ce que le docteur te demande.

— Tu m'as promis que nous irions à la maison. Il faut absolument que je te montre l'endroit, pour que tu me croies. Il faut que je parle à la police. »

Kylan pose ses mains chaudes sur mes doigts glacés. « Maman. Il faut que tu arrêtes ça. Ce que tu fais est horrible.

— S'il te plaît, Kylan. Je sais que tu ne veux pas me croire, mais va à la maison et regarde ce qu'il y a sous la marche du perron. Promets-le-moi. »

Kylan ne détache pas les yeux de moi. Il hoche la tête. Hector fait un pas en avant. « Pouvez-vous nous accorder un petit instant ? », demande-t-il au docteur.

Ce dernier se dirige vers son bureau. « Je reviens tout de suite. »

Il ne reste plus que nous trois, Kylan, Hector et moi, tout près de la porte, à quelques mètres à peine de la réception. La fille se concentre sur ce qu'elle est en train de noter dans l'ordinateur.

Hector avance de nouveau vers moi. Je sens que je commence à trembler.

« Ne t'approche pas.

— Je suis désolé que nous devions en arriver là, Marta, mais tu ne nous laisses pas le choix. Je ne me sens plus capable de t'apporter toute l'attention dont tu as besoin. »

Je le dévisage et je crie : « Mon nom est Elise !

— Je n'ai jamais rien voulu d'autre que de te rendre heureuse. »

Mes paumes sont mouillées de sueur, et ma cage thoracique me semble très étroite, tout d'un coup.

« Je ne sais pas ce qui a bien pu se cacher sous la maison selon toi, mais je peux t'assurer que tu n'y trouveras rien maintenant. » Il me regarde droit dans les yeux en disant cela.

Je me jette sur lui et je lui donne des coups de pied et de poing. Il ne se défend pas : il reste debout là et me laisse le rosser, mes poings rebondissant sur sa poitrine couverte d'un pull doux.

Je hurle : « Dis-leur la vérité !

— Il n'y a rien à dire », répond-il.

Des gens apparaissent comme par enchantement et m'attrapent, m'éloignent de lui, et le docteur revient aussi. Quelqu'un immobilise mes bras, et une aiguille surgit. La dernière chose que je vois avant que tout devienne noir, c'est le visage de petit garçon de Kylan, ses yeux écarquillés, les larmes qui coulent sur ses joues. Je veux tendre les mains vers lui pour lui dire que je vais tout arranger.

Mais tout commence à m'échapper.

25

Je me réveille dans une petite pièce carrée. Je suis allongée sur un lit bas entouré d'un fin cadre métallique, solidement bordée sous des couvertures blanches, bien propres.

Un néon barre le plafond, mais il n'est pas allumé.

La pièce est plongée dans une semi-obscurité et, quand je me redresse, je crois apercevoir l'ombre d'un homme assis au bout de mon lit. Il semble attendre que je me réveille. Je donne un coup avec mes pieds, et l'homme disparaît.

Mes yeux s'habituent doucement à la pénombre. Il y a une porte ornée d'une petite fenêtre en verre : sûrement incassable, qui projette un carré de lumière jaune et chaleureux sur le sol en linoléum. Les murs sont blancs et lisses, un lavabo se trouve dans un coin. J'aperçois une boîte de laquelle dépassent les doigts de gants en plastique et un gros distributeur de désinfectant pour les mains. Il n'y a pas de miroir au-dessus du lavabo. À ma droite se trouvent des toilettes fixées au mur.

Je sors du lit. J'ai une chemise de nuit d'hôpital, serrée autour de la poitrine et ouverte dans le dos. Je tourne la poignée de la porte, mais elle est fermée à clé.

Je commence alors à crier. *Aidez-moi, s'il vous plaît. Ouvrez la porte. Il y a quelqu'un ? S'il vous plaît !*

Je tape sur le carré de verre jusqu'à ce qu'il bouge. Je regarde autour de moi, cherchant quelque chose qui puisse me servir à le casser, mais tous les objets dans cette pièce sont scellés.

Une tête de femme apparaît à la fenêtre. Ses cheveux roux sont noués en un chignon très soigné, et son visage est rond, chaleureux. Elle pose un doigt sur ses lèvres.

Je m'éloigne un peu, et elle déverrouille la porte.

« Est-ce que tout va bien ? demande-t-elle.

— Je ne peux pas rester ici.

— C'est juste pour cette nuit, me répond-elle.

— Je veux voir mon fils.

— Votre fils est chez lui. Il va venir vous voir dans la matinée. Vous feriez mieux d'essayer de vous reposer un peu, maintenant.

— Je ne veux pas rester ici. Je ne veux pas être toute seule.

— C'est seulement pour une nuit, madame Bjornstad, répète-t-elle. Ils sont en train de préparer votre transfert pour demain.

— Je vais très bien. Je peux habiter chez mon fils.

— Le docteur a voulu vous garder. Juste pour cette nuit. » Son expression se fait plus douce. « Voulez-vous manger quelque chose ? Je crois que la cuisine est fermée, mais je peux essayer de vous dénicher quelque chose.

— Est-ce que je peux appeler mon fils ?

— Je n'ai pas le droit de vous laisser utiliser le téléphone. Mais votre fils sera là demain matin.

— Seul ?

— Malheureusement, je n'en sais rien.

— Est-ce qu'on peut allumer les lumières ?

— Bien sûr. S'il vous faut autre chose, appuyez simplement sur le bouton que vous voyez sur le mur, là.

— Excusez-moi pour le vacarme. C'est seulement que je ne savais plus où j'étais.

— Ce n'est pas grave. J'espère que vous allez pouvoir dormir un peu. »

Elle sort, et j'entends le cliquetis de la serrure.

26

Je passe la nuit à faire les cent pas dans la chambre.

Je suis sortie, j'ai traversé ces vallées interminables et je me suis rendue en ville – tout cela pour finir ici.

Je m'interdis de l'être, je suis néanmoins en colère contre Kylan qui ne me croit pas. Je suis allée le voir parce que j'avais besoin d'aide.

Il n'y a pas d'horloge dans la pièce, c'est difficile de deviner quelle heure il est. La seule fenêtre est celle de la porte, qui donne sur le couloir. Pour une raison que j'ignore, ils m'ont ôté ma montre.

Dehors, dans le corridor, les autres lampes commencent à s'allumer, et je me dis qu'il doit être tôt.

Quand le petit déjeuner arrive, deux œufs brouillés et du pain grillé, j'essaie d'interroger la nouvelle infirmière.

« Est-ce que mon fils va bientôt arriver? »

Elle me jette à peine un regard en déposant le plateau sur la petite commode, près du lit.

« Excusez-moi, dis-je, pouvez-vous me dire si je m'en vais aujourd'hui?

— Quelqu'un va venir vous voir dans très peu de temps. Moi, je distribue juste les petits déjeuners.

— Il est quelle heure?

— Neuf heures du matin », me répond-elle avant de claquer la porte et de la verrouiller derrière elle.

Je m'assieds sur le rebord du lit et j'attends.

*

Un jeune médecin muni d'un bloc-notes entre dans la chambre.

« Bonjour, madame Bjornstad, dit-il en déchiffrant mon nom sur son bloc. Comment vous sentez-vous ?

— Quelle heure est-il ?

— Il est tout juste onze heures. Vous n'avez pas mangé votre petit déjeuner.

— Je n'ai pas faim. Quand est-ce que mon fils arrive ?

— Les heures de visite sont entre seize et vingt et une heures.

— Je croyais qu'on me transférait aujourd'hui. »

Le docteur me sourit comme si j'étais un enfant. « Je crains que ce ne soit pas aussi simple que cela, madame Bjornstad. Vous ne serez pas transférée tant qu'on ne vous aura pas trouvé de place ailleurs. Il faut d'abord que nous établissions un diagnostic.

— Comment vous y prenez-vous, pour cela ?

— Eh bien, grâce à des thérapies de groupe et à des entretiens en tête à tête. Vous participerez à une session collective tous les matins et vous aurez une évaluation tous les après-midi.

— Et le reste du temps ?

— Des moments de loisir et de contemplation, dans votre chambre. »

Ma poitrine se serre. « Je vais rester ici combien de temps ?

— Jusqu'à ce que nous puissions définir ce qui ne va pas chez vous. Ensuite, vous serez envoyée dans un autre établissement pour votre traitement.

— Mais, docteur, dis-je en me redressant et en ajustant ma chemise de nuit, je vais très bien. »

Le docteur sourit de nouveau. « C'est très précisément ce que nous sommes censés déterminer.

— Non. Il y a eu une erreur. Il faut que je parle à la police.

— Pour l'instant, notre priorité est que vous vous sentiez mieux.

— Mais il faut que vous fassiez une enquête. Je suis victime d'un crime.

— Tout ce que vous dites va être conservé dans votre dossier, madame Bjornstad. » Il parle d'une voix ennuyée.

J'attrape sa main. « Il faut que je parle à quelqu'un. Mon nom est Elise Sandvik. Il faut que nous prouvions que je suis une personne disparue.

— Il ne me semble pas que ce soit la priorité, actuellement, me répond le médecin en se libérant de mon étreinte avant de se relever. Il faut que nous nous concentrions sur votre guérison. » Il saisit une petite soucoupe blanche contenant des médicaments, sur mon plateau de petit déjeuner, et me la tend. « À commencer par votre traitement. »

Je prends la soucoupe en hochant la tête.

« S'il vous plaît, est-ce que je pourrais récupérer ma montre ?

— Malheureusement, nous ne pouvons vous laisser en possession de quoi que ce soit qui contienne du verre.

— Est-ce que je peux avoir une horloge, alors ? J'ai besoin de savoir quelle heure il est. »

Il esquisse un demi-sourire tout en notant quelque chose dans mon dossier. « Je vais en parler à l'infirmière. »

Dès qu'il est parti, je jette les médicaments dans le lavabo.

La colère monte, bouillante. Pourquoi ne m'écoutent-ils pas ?

Peu importe que ce soit arrivé il y a plus de vingt ans, il doit bien exister des fichiers concernant ma disparition. Ce ne devrait pas être si difficile à retrouver.

J'ai envie de balancer des choses contre le mur, de crier, de hurler, mais je sais que cela ne ferait qu'ajouter de l'eau à leur moulin.

*

Je viens de finir mon dîner quand Kylan arrive.

J'ai eu beau demander, on ne m'a toujours pas apporté d'horloge, et je suis incapable de dire quelle heure il est. Il sourit en entrant dans la pièce, mais ses yeux sont légèrement injectés de sang, et il semble épuisé.

« Bonsoir, Maman, dit-il en s'asseyant à mes côtés.

— Salut. »

Il jette un coup d'œil à ma chambre. « Comment tu te sens ?

— Comment est-ce que je devrais me sentir, à ton avis ? » Je lutte, mais je ne peux m'empêcher d'être en colère contre lui. J'ai passé toute la journée dans cette pièce, et je n'en peux plus.

« Écoute, Maman. Je suis désolé pour ce qui est arrivé hier. Je n'ai pas fermé l'œil de la nuit.

— Moi non plus. »

Il regarde le lit étroit, le lavabo, la porte fermée à clé. « Je n'aime pas te savoir ici.

— Alors ramène-moi chez toi.

— Je ne peux pas. Les médecins disent que c'est le meilleur endroit pour toi, ici. »

Je n'arrive pas à croire qu'il va m'abandonner là.

« Il y a quelque chose qu'il faut que je te dise, reprend-il. Comme je n'arrivais pas à dormir, cette nuit, j'ai cherché le nom que tu m'as cité sur Internet. Je voulais voir si je trouvais quelque chose.

— Oh, Kylan. Qu'est-ce que tu as trouvé, alors ? Si nous pouvons le prouver, ils seront bien obligés de me laisser sortir... »

Il pose une main sur la mienne. « Je n'ai rien trouvé, Maman. »

Je reste bouche bée. « Où as-tu cherché ?

— J'ai entré ce nom dans Internet, mais je n'ai obtenu aucun résultat concluant.

— Est-ce que tu as appelé la police ? La police a sûrement des dossiers concernant cette affaire.

— Non. Si c'était vrai, il y aurait sûrement quelque chose à ce sujet sur Internet.

— Peut-être que tu regardais au mauvais endroit. Il faut qu'on demande à la police.

— Maman, dit Kylan d'une voix soudain rauque, il faut que tu arrêtes, maintenant. J'ai vérifié, et je n'ai rien trouvé. Je crois qu'il faut que tu l'acceptes. »

Je le regarde : ses yeux rougis, ses cheveux en désordre, sa peau grise. C'est à cause de moi qu'il est comme ça, me dis-je. Mais je sais aussi qu'il aurait trouvé quelque chose s'il avait vraiment cherché, s'il avait orthographié le nom correctement.

Tout d'un coup, je me dis qu'il n'a peut-être pas envie de découvrir quoi que ce soit. Peut-être même qu'il n'a pas regardé du tout. S'il le faisait, il serait obligé d'admettre que son père s'est rendu coupable de choses affreuses. En dépit de tout, Hector a quand même été un bon père. Il serait obligé de le dénoncer ou tout au moins de m'aider à le faire. Hector finirait par aller en prison, et Kylan lui rendrait visite au lieu de me rendre visite à moi, il serait enfermé dans une cellule bien pire encore que celle-ci.

Si je persévère, je risque de gâcher la vie de Kylan, et ce n'est pas ce que je veux. Je préférerais rester éternellement enfermée ici plutôt que de le rendre malheureux.

Je déglutis et je hoche la tête.

Kylan serre ma main. « Je sais que ce ne doit pas être facile d'être ici, et je t'assure que nous allons tout faire pour que tu reçoives l'aide dont tu as besoin. Mais tu nous faciliterais grandement la tâche si tu arrêtais de te battre contre nous. »

Il fait une pause. « Je vais parler au médecin et voir s'il n'y a pas un moyen de te sortir d'ici. »

Il se lève.

Au moment où il arrive à la porte, je lui lance : « Est-ce que tu reviens bientôt ?

— Je repasserai ce week-end. Prends soin de toi, Maman.

— Kylan, dis-je quand il est sur le pas de la porte, est-ce que tu peux leur redemander de me donner une horloge ? Ils ont pris ma montre. »

Il a l'air tellement triste. Je sens quelque chose se mouvoir dans ma poitrine.

Une fois qu'il est parti, les larmes me montent aux yeux. Et tout d'un coup, je sais ce que je dois faire.

27

Soudain une lumière vive emplit ma chambre, et j'ouvre les yeux. Laura se tient à la fenêtre, elle vient de tirer les épais rideaux bleus pour que je puisse apercevoir le jardin. Elle se retourne et me sourit.

« C'est le grand jour, aujourd'hui », m'annonce-t-elle.

Je m'assieds dans le grand lit moelleux couvert de draps bleus et doté d'une tête de lit blanche, solide. Il y a une photographie de Kylan et moi sur la table de nuit, à côté d'une lampe avec un affreux abat-jour à fleurs.

Toutes les chambres sont identiques : douillettes, pour qu'on ait l'impression d'être en sécurité.

Mon gros réveil brille toute la nuit. Je n'ai pas le droit de le faire sonner pour ne pas déranger les autres résidents. Il indique neuf heures : l'heure à laquelle ils nous réveillent.

Laura s'approche avec un plateau et le dépose sur mes genoux. Je suis bien contente de ne pas avoir à repasser son uniforme blanc amidonné.

Des céréales avec du lait : c'est moi qui ai choisi ce menu. Ils nous disent que nous avons beaucoup de choix. Du pain grillé, des céréales, des œufs le week-end. Je n'avais jamais pris mon petit déjeuner au lit avant d'arriver ici et, maintenant, c'est ce que je fais tous les jours.

Il y a deux bols sur le plateau, et Laura en prend un pour le déposer sur ses propres genoux.

« Tu prends ton petit déjeuner avec moi ?

— Je t'avais dit qu'on ferait tout ensemble, aujourd'hui. »

Nous mangeons en silence et, une fois que nous avons terminé, Laura débarrasse le plateau.

« Je te laisse te préparer, prévient-elle. Il faut que nous soyons sorties à onze heures.

— Je te retrouve dans le hall d'accueil. »

Je sors de mon lit et je vais jeter un coup d'œil à la fenêtre. Dehors, la pelouse s'étend jusqu'à une petite colline, du côté du lac. Des arbres le bordent, des saules pleureurs, dont les branchent tremblent au-dessus de la surface de l'eau. Tout est lumineux et vert; le soleil brille. Le printemps a commencé, maintenant.

Dans la salle de bains, mon tailleur bleu marine est suspendu derrière la porte. Après ma douche, je me sèche et je l'enfile. Je m'assieds devant la coiffeuse recouverte de portraits encadrés de Kylan. Ils m'ont demandé si je voulais avoir des objets de mon ancienne maison ici, et j'ai fait une liste. Ces photographies qui se trouvaient dans l'entrée, mes vêtements restants et mon livre : *L'Épouse modèle*. Ce sont les seuls objets dans cette pièce qui m'appartiennent vraiment. Parfois je m'imagine que c'est ma chambre, mais ce n'est pas vrai. Je sais qu'on pourrait me l'enlever si les factures restaient impayées. Je n'ai pas d'argent à moi pour continuer à les régler, et il m'arrive de me demander combien de temps ça va encore durer.

Je sors le sèche-cheveux. La chaleur est agréable, je ferme les yeux. Quand je les rouvre, je vois ma mère derrière moi, dans le miroir. Elle tire doucement mes cheveux en arrière et les sèche. Ses doigts sont habiles et doux sur mon cuir chevelu, et cela me rappelle les longs trajets en voiture, quand j'étais petite. Elle jouait avec mes cheveux jusqu'à ce que je m'endorme.

Voilà où j'en suis, maintenant. Ils vont et viennent sans crier gare. J'essaie de les retenir quand ils sont là, mais cela devient de plus en plus dur de les laisser repartir.

Et puis il y a aussi les mauvais moments, les flashes noirs qui s'imposent avec tant de force et de vivacité, c'est comme si j'y étais de nouveau. Je ne vois plus la fille : c'est bien moi qui suis enfermée dans cette pièce, avec mon corps douloureux et mon estomac vide. Parfois, je me réveille en hurlant : je déteste quand les infirmières sont obligées de courir à cause de moi. Ces flashes viennent presque toujours pendant la nuit, à moins qu'ils ne soient déclenchés par quelque chose de totalement inattendu : le parfum d'un produit d'entretien ou le grincement du ressort d'un lit. J'apprends ce que je dois éviter. Hector est toujours présent : même quand je ne peux pas le voir.

À dix heures cinquante-cinq, juste avant de quitter la pièce, j'attrape le cadeau posé sur la table, près de la porte. Je l'ai emballé moi-même, dans le papier qu'ils m'ont donné quand je leur en ai demandé. C'est du papier marron, sans fioritures, pas celui que j'aurais choisi, mais c'est mieux que rien.

Laura m'attend dans le hall d'entrée. Elle a échangé son uniforme contre une jolie robe rose. Je n'avais jamais vu ses cheveux bruns détachés auparavant : quand ils ne sont pas en chignon, ils lui arrivent aux épaules.

« Tu es ravissante, Elise », dit-elle.

Je souris. « Toi aussi.

— Bon, reprend-elle, tu es prête ? »

Je me dirige vers la porte d'entrée ouverte, vers la lumière du jour.

*

Une voiture noire nous attend. Elle est différente du véhicule qui m'a amenée ici, et je me demande si c'est celle de quelqu'un de l'équipe ou s'ils l'ont louée spécialement pour l'occasion. Tout a été très soigneusement planifié pour aujourd'hui, de manière que tout se passe bien. C'est rare, m'ont-ils dit, qu'on soit autorisés à sortir, mais ils font des exceptions pour les événements particuliers.

Nous roulons sur l'allée de gravier, le long d'une avenue bordée de grands arbres verts dont l'écorce argentée reflète la lumière. Quand je suis arrivée, c'était difficile de voir quelque chose à travers les petites fenêtres de la camionnette. Je me souviens de la peur qui pesait sur moi et de mes mains agrippées au siège en similicuir brillant, mais quand j'étais descendue de la voiture et que j'avais vu le bâtiment, j'avais été surprise. C'est une vieille bâtisse de pierre, ornée d'anciennes peintures bleues et de volets blancs, avec une multitude de grandes fenêtres et un porche en pierre entouré de colonnes décoratives. Elle donne sur un petit lac, derrière lequel les champs s'étendent à perte de vue.

J'avais imaginé quelque chose de petit, avec des lumières artificielles, dans le ton de la chambre que j'habitais dans l'autre établissement. Je crois que j'ai de la chance, qu'on prend soin de moi.

La route est longue. Par la fenêtre, je regarde la lumière tacheter les champs. Quand la nervosité me gagne, je jette un coup d'œil à Laura, et je me sens mieux. Je lui ai parlé d'Hector. Je ne sais pas si elle m'a crue ou non, mais son visage est resté si calme, si impassible, et elle a hoché la tête aux bons moments, si bien que cela m'a finalement paru secondaire. Tout comme les autres médecins, elle m'écoute quand je parle. Ils m'appellent par mon vrai nom. Au début, ils ont essayé de m'apprendre à contrôler mes souvenirs, à les empêcher de remonter, mais je leur ai bien fait comprendre que je voulais me souvenir. Je ne vis plus que pour cela, désormais. Je prends le bon et le mauvais.

Dans la maison, il y a une bibliothèque claire et aérée, dans laquelle j'aime m'asseoir. La pièce est ornée d'immenses fenêtres donnant sur le lac, et de portes-fenêtres qu'ils ouvrent le matin maintenant que l'air est plus doux. Ainsi, nous pouvons sortir faire quelques pas dehors si le cœur nous en dit. C'est agréable de regarder les canards glisser sur la surface et de sentir le soleil se poser sur mon visage, mais il y a des limites, tout comme il y en avait dans la vallée. Je n'ai pas le droit de dépasser les frontières du parc ni de m'enfoncer dans les bois, derrière le lac.

Je m'assieds près de la fenêtre et je me souviens. Il n'y a plus rien à faire, ici, rien pour me distraire, mais j'en suis heureuse : je suis friande de ces souvenirs, maintenant. Parfois, ils sont identiques à ceux que j'ai déjà eus, et parfois ils sont nouveaux, ou un peu différents. Ils sont si vivants et lumineux que je n'ai pas envie de m'arracher au passé pour revenir ici. J'ai envie de rester là, avec ces gens, mais je sais que ce n'est pas possible.

Je ne me suis pas fait beaucoup d'amis, mais j'imagine que cela vient du fait que j'en ai perdu l'habitude. Il m'arrive de sourire aux autres résidents, et en général ils me rendent mon sourire. Je suppose que Laura est une amie, mais je sais aussi que c'est son boulot d'être gentille avec moi.

Kylan vient me rendre visite une fois par semaine. Depuis notre conversation dans l'établissement psychiatrique, je n'essaie plus de lui expliquer ce qui s'est passé. Je lui parle de ce que j'ai mangé au petit déjeuner, des cours de travaux manuels et des sessions de thérapie de groupe : ma routine quotidienne. Je l'écoute me parler du mariage, de la maison qu'ils espèrent acheter. Il ne mentionne jamais son père, à moins que je ne le lui demande. Parfois mon visage est douloureux d'avoir trop souri, après l'une de ses visites.

Je regarde les champs et les forêts défiler devant la fenêtre. J'ai dû m'endormir un instant parce que, tout d'un coup, Laura tapote mon épaule en me disant que nous sommes arrivés.

*

D'après l'horloge de l'église, il est midi vingt-cinq au moment de notre arrivée. En sortant de la voiture, je suis stupéfaite de découvrir la foule qui se presse dans la cour. Ils semblent comme entassés sur les dalles, une masse aux couleurs ondoyantes. Je sens les visages se retourner pour me regarder, et je résiste à la tentation de me réfugier dans le véhicule et de le laisser m'emmener loin d'ici. Puis je sens la main de Laura sur mon bras : la portière de la voiture se referme derrière moi.

J'aperçois Kylan, debout sur le trottoir devant le portail de l'église, il cherche quelqu'un des yeux. Au moment où je me demande qui cela peut bien être, il se retourne, me voit et vient à notre rencontre.

« Te voilà, lance-t-il en m'attirant pour me serrer dans ses bras.

— Je viens d'arriver.

— Tu es superbe, Maman. »

Je souris. « Toi aussi. » J'admire sa jaquette empesée.

« Je ne suis pas très à l'aise là-dedans. Je ne pensais pas qu'il ferait aussi chaud en avril. »

La vieille ride se creuse entre ses yeux, et je me rends compte qu'il est nerveux. « Ça va être merveilleux », dis-je.

Il serre mon bras. « J'espère bien. Viens, je vais te montrer ta place. »

Il m'entraîne vers la porte à travers le cimetière, et les groupes se séparent pour nous laisser passer. Je m'attends à tout moment à reconnaître la chevelure brune clairsemée et la canne, mais je ne les aperçois nulle part.

Quand je pénètre dans l'église à la suite de Kylan, mes yeux doivent d'abord s'accoutumer à l'obscurité et, pendant un instant, je ne distingue rien. Je me surprends à serrer son bras.

« Ne t'inquiète pas, Maman. Papa n'est pas encore là. »

Je respire. Laura se tient juste derrière moi. Je me demande s'ils ont organisé les choses de telle manière qu'Hector arrive plus tard : cela a dû leur coûter pas mal de tension supplémentaire. Je vois bien à quel point cela sera difficile, pour Kylan, de jongler entre nous deux pendant le restant de sa vie. J'ai envie de lui dire qu'il n'a aucun besoin de s'inquiéter : je suis déterminée à rester calme, à ne pas gâcher cette journée.

Kylan me guide jusqu'aux premiers rangs, où un panneau indique « réservé ».

« La place du roi, dit Laura, et Kylan la remercie d'un sourire.

— Je crois que vous pourrez tout voir, d'ici.

— Merci, Kylan. C'est parfait.

— Papa sera de l'autre côté, ajoute-t-il. J'espère que ça ira.

— Nous serons très bien ici, n'est-ce pas, Elise? », demande Laura.

Kylan tressaille en entendant ce nom, et Laura rougit. « Je vais très bien, Kylan. Sincèrement. Va vite profiter de cette journée. Et arrête de t'inquiéter pour moi. »

Kylan me regarde, et je l'attire contre moi pour l'embrasser. Je lui souffle : « Tu es magnifique. »

Quand je relâche mon étreinte, je le vois sourire et, durant quelques secondes, il redevient le petit garçon qu'il était, angoissé à l'idée de participer à la course de cent mètres pendant la journée sportive de l'école. Il parcourt l'allée principale de l'église dans l'autre sens et rejoint le porche en s'arrêtant en chemin pour échanger deux mots avec quelqu'un. Je le vois serrer la main d'un ancien camarade de classe, éclater de rire à une remarque de ce dernier, et soudain je réalise à quel point je suis fière de lui.

« C'est un homme merveilleux, dit Laura.

— Oui.

— Tu l'as bien réussi », reprend-elle, et je souris.

*

Il fait chaud : les gens s'éventent avec le livret de messe, et l'air bourdonne des bavardages des uns et des autres. Je suis aux aguets : chaque fois que je me retourne, je suis momentanément désorientée par le remue-ménage de chapeaux et de robes multicolores.

Quand l'église est presque pleine, je tourne la tête et j'aperçois Hector et sa mère qui descendent l'allée en se tenant par le bras. Hector est sans canne, mais il est voûté, et je suis frappée de le trouver si petit. Kylan m'a dit que Matilda était revenue s'installer dans la maison, auprès de lui – sans doute pour reprendre son ancien poste. Elle doit être très satisfaite. Je saisis la main de Laura.

« Est-ce que c'est lui ? », chuchote-t-elle, et je hoche la tête.

Quelques minutes s'écoulent avant que je risque un nouveau coup d'œil dans sa direction. Il est assis de l'autre côté de la très large allée, bien calé sur son banc entre sa mère et un groupe de gens que je ne connais pas. Quand je tourne la tête, je m'aperçois qu'il est en train de me fixer. L'expression extraordinairement calme et inexpressive de son visage me fait frémir. Il ne semble ni en colère ni triste. L'absence d'émotion que je lis dans ses yeux me déconcerte d'autant plus.

L'attention d'Hector se porte vers l'avant de l'église et, en suivant son regard, je découvre Kylan arrivant depuis une chapelle latérale, escorté de son témoin. Ils prennent place à la balustrade de l'autel, et Kylan serre la main de son ami. Il se balance sur ses talons et jette des coups d'œil par-dessus son épaule.

À cet instant précis, l'orgue retentit, et tout le monde se tourne vers le fond. Je vois une ombre blanche dans l'embrasure de la porte, illuminée par le soleil qui brille dehors. Lentement, elle avance au bras d'un homme robuste, aux cheveux gris. La marche nuptiale commence. *Pied gauche en avant, pieds réunis, pied droit en avant.* Un voile de tulle recouvre son visage et, pendant un instant, l'homme qui se tient à ses côtés disparaît et c'est de nouveau moi qui parcours l'allée vers Hector. J'ai envie de tendre le bras vers elle, de lui dire de sortir de là et de courir aussi vite qu'elle le peut, mais quand je baisse les yeux sur la main de Laura qui tient la mienne, je comprends que je m'y prends trop tard. C'est Katya qui se cache sous ce voile et, même à travers le voile, je vois qu'elle sourit.

Pendant qu'elle approche, je me retourne pour regarder Kylan. Dès que j'aperçois son visage, je sens les sanglots commencer à se former dans le fond de ma gorge. Il sourit, et ses yeux sont pleins de joie, d'excitation et de tant d'autres choses. Voilà à quoi doit ressembler un mari, me dis-je. Katya embrasse son père sur la joue, serre son bras et fait deux pas pour rejoindre sa place devant l'autel, auprès de Kylan.

*

Une fois la cérémonie terminée, Laura s'arrange pour que nous soyons les premières à passer le porche. Hector patiente, assis à sa place. Je ne sais pas si les choses ont été planifiées de cette manière ou s'il ne peut pas sortir plus rapidement à cause de son genou.

Ma gorge est encore un peu serrée d'avoir pleuré, mais je me sens plus légère quand j'avance dans le grand soleil, dehors.

La cour est baignée de lumière. Entre deux clignements d'yeux, j'aperçois les mariés, debout d'un côté de l'église pour saluer les invités. Laura et moi nous approchons d'eux.

Quelque chose les amuse, et ils ont encore le sourire aux lèvres quand ils se retournent vers nous.

« C'était parfait, dis-je.

— Je suis tellement heureuse que vous ayez pu venir », se réjouit Katya. Elle est à contre-jour, et je distingue difficilement les traits de son visage.

« Pour rien au monde je n'aurais raté cette occasion. Tu es tellement ravissante.

— Merci, répond-elle, vous avez l'air en pleine forme, vous aussi, madame… » Elle s'interrompt.

« C'est toi maintenant, madame Bjornstad », dis-je en riant.

Kylan passe un bras autour de ses épaules. « C'est bien ce qu'il me semble, à moi aussi », intervient-il avant d'ajouter : « Monsieur et madame Bjornstad. »

« Je t'ai apporté un cadeau, Katya », dis-je en sortant le paquet coincé sous mon bras.

Katya rougit. « Merci. » Elle prend ma main, la serre et, pendant un moment, ce n'est pas Katya que je vois devant moi mais la jeune fille que j'ai été, le soleil se reflétant dans ses longs cheveux blonds. Elle sourit, un sourire confiant et familier qui me fait un coup à l'estomac.

Puis elle redevient Katya. « Est-ce que je dois l'ouvrir maintenant ? demande-t-elle.

— Tu peux l'ouvrir plus tard.

— Merci mille fois d'être venue, Maman, reprend Kylan. Je sais que ça n'a pas dû être facile pour toi. »

Je souris, je le serre contre moi et, cette fois, ce n'est pas lui qui se dégage le premier.

« On se voit à la réception, ajoute Katya. La maison est à deux pas d'ici.

— Je crois que nous allons prendre la voiture, prévient Laura.

— Vous pouvez y aller tout de suite, si vous voulez, suggère Katya. Tout est prêt, et ma mère ne va pas tarder à y aller, elle aussi. »

Je laisse les personnes qui se tiennent derrière moi féliciter les mariés.

« Est-ce que tu te sens prête à y aller maintenant ? », me demande Laura.

Je hoche la tête, et nous rejoignons la voiture.

« Qu'est-ce qu'il y avait dans ce paquet ? interroge Laura pendant que nous prenons place dans le véhicule.

« Un livre. On me l'a offert le jour de mon mariage, j'ai pensé que je devais passer le flambeau. »

Laura se retourne vers la route, devant nous.

Pendant que je m'installe plus confortablement, j'imagine Katya en train de déballer le cadeau et de découvrir le vieil exemplaire abîmé de *L'Épouse modèle*. Je la vois d'ici rire avec Kylan en découvrant les formulations désuètes, dénigrer ces injonctions qui ont pris tant de place dans ma vie conjugale. Je n'en ai plus besoin.

*

La réception ne tarde pas à battre son plein. La maison est aussi belle que dans les descriptions de Kylan, une bâtisse de bois jaune en bordure de fjord, avec une longue pelouse qui s'étend en pente douce jusqu'à l'eau. C'est une journée parfaite, et toutes les personnes qui déambulent ici affichent des visages souriants, leurs joues sont roses de champagne et de soleil.

Laura et moi avons pris place à l'ombre pour regarder la fête. Laura allonge les jambes au soleil, elle en est à son deuxième verre de vin. C'est difficile de ne pas être détendu par un temps aussi radieux, surtout après cet hiver interminable, et puis tout se déroule tellement bien. Kylan est venu nous voir à plusieurs reprises, pour s'assurer que tout allait bien, mais en fait, je préfère quand on nous laisse tranquilles. J'ai demandé à Kylan où se trouvait son père, et il m'a expliqué qu'il ramenait Matilda à la maison. J'ai été présentée aux parents de Katya qui semblaient un peu nerveux, ne sachant pas quoi dire, comme s'ils rencontraient une célébrité. Je me suis contentée de hocher la tête en souriant, comme depuis le début de la journée. C'est là tout ce que je semble faire ces derniers temps, et j'ai commencé à m'y habituer.

J'aime bien être assise ici, je ne dérange personne, mais je peux observer le déroulement des festivités. J'imagine des enfants aux cheveux blonds gambader sur cette pelouse, une Katya enceinte sourire dans l'éclat du soleil, un verre d'eau fraîche à la main. Je suis comme une lionne dans l'ombre, j'ai l'air au repos, mais en réalité, je guette le bon moment. Je sais qu'il va se présenter, et j'ai attendu si longtemps, désormais, que cela ne change pas grand-chose si je dois patienter un peu plus.

Un groupe de jazz se produit dehors, et les invités ne tardent pas à danser sur l'herbe. Bien qu'il ne soit que seize heures dix, certains ont enlevé chaussures et chaussettes. Laura tape du pied au rythme de la musique.

Un buffet a été installé sur une table, à l'ombre : chacun peut se servir comme il veut. Je n'ai pas faim, mais Laura me ramène tout de même une assiette, et je fais semblant de manger. Une fois que nous avons terminé, un jeune homme vient proposer à Laura de danser. Elle rougit en me regardant. Je hoche la tête en souriant, et je lui dis que cela ne me dérange pas. Elle reste assise un instant, clignant des yeux dans la lumière, et je devine qu'elle est en train de se demander si elle y est autorisée : après tout, elle est en service. Elle finit pourtant par se lever et me sourit en se laissant entraîner par le jeune homme.

Au début ils dansent non loin de moi, l'homme se penche vers elle et elle lui échappe en sautillant avec légèreté. Elle me regarde de temps en temps, et je vois bien qu'elle est embarrassée. Elle sait qu'elle est censée me surveiller. Petit à petit, cependant, le jeune homme l'attire au milieu des autres danseurs et, au bout de quelques minutes, sa vigilance faiblit.

Je scrute la pelouse, mais je n'aperçois ni Kylan ni Katya. Je me lève lentement et je me rends dans la maison. J'ai une excuse toute prête, mais l'endroit est désert : frais, ombrageux, tamisé. Toutes les portes et fenêtres sont ouvertes, les volets rabattus, je me déplace sans être remarquée. Quand j'arrive dans le vestibule, j'entends un bruit de vaisselle qui me parvient de ce qui doit être la cuisine. Je tourne la clé de la porte d'entrée et je sors.

L'allée est constellée de voitures vides; je me fraie un chemin à travers elles. Avant même d'avoir pu m'en rendre compte, je suis sur la route, cachée des regards par les épais conifères qui marquent les limites de la propriété et projettent leurs ombres sur la route. Je marche rapidement en direction de l'église et de la ville.

La chaleur a libéré un parfum chaud et terreux qui s'échappe des arbres sombres et j'entends la musique résonner au loin. J'ôte mes hauts talons d'un coup de pied, les ramasse et les tiens du bout des doigts avant de commencer à courir en regardant du coin de l'œil la forêt défiler. Il n'y a pas âme qui vive dans la rue, et je ne tarde pas à arriver au village.

Il y a un arrêt de bus sur la route principale et je m'y arrête. J'enfile de nouveau mes chaussures et j'essaie d'arranger ma tenue pour être présentable. Je vérifie le tableau des horaires quand je réalise que je n'ai aucun moyen de savoir quelle heure il est. Bientôt mes pieds deviennent douloureux, et je m'assieds. Cela ne va sûrement pas durer longtemps, me dis-je, mais comme je n'ai pas de montre, le temps me paraît long. Je m'attends à tout instant à voir débouler Kylan ou Katya en courant.

Enfin, le bus arrive. Je monte. Le chauffeur me sourit. Je lui demande quel est le dernier arrêt de cette ligne, puis je m'achète un ticket en comptant la monnaie sur le comptoir. Ce sont les dernières pièces de mon vieux porte-monnaie et cela ne suffit pas, mais il me fait signe de passer quand même.

Je trouve un siège dans le fond. Quand nous commençons à avancer, je sens une excitation monter dans ma poitrine. Nous reprenons en sens inverse le chemin que j'ai parcouru à pied, et je m'enfonce dans mon siège. Nous ne tardons pas à être loin, et je me détends, m'autorisant à regarder par la fenêtre. Je me demande s'ils ont déjà remarqué mon absence.

Le bus est silencieux pendant un bon bout de trajet. Il y a là un jeune homme aux cheveux blonds qui me rappelle un peu Kylan, mais je ne lui parle pas. Kylan et Katya vont partir en voyage de noces, ils sont au seuil de leur nouvelle vie commune. Pendant un instant, je ressens une vague de tristesse m'envahir, mais je me répète que je fais ça pour le bien de tous.

Je glisse une main dans mon sac et j'en extirpe l'extrait de journal que j'ai gardé. La photo de ma famille, sous l'arbre du jardin. Chaque fois que je contemple ce cliché, et je le fais souvent, je suis infiniment triste de n'avoir pas su à cette époque la chance que j'avais de pouvoir me tenir tout simplement là, si près d'eux. La seule chose à laquelle je pensais, ce jour-là, c'étaient les picotements de la sueur coulant le long de mon dos : je voulais rentrer à l'intérieur, là où il faisait frais. Tout ce qu'il me reste de cela, désormais, ce sont des impressions et de la nostalgie.

Quand j'aperçois la mer pour la première fois, le soleil a commencé à baisser à l'horizon. Je me penche pour voir la lumière se déplacer sur l'eau; les vagues s'écrasent contre les falaises.

Au dernier arrêt, je sors du bus et je marche en direction du rivage. Je sens d'ici l'odeur de la mer et je me rappelle le goût du sucre d'orge qui craque sous mes dents. Dès que j'atteins le sable, je me débarrasse de mes chaussures et je marche pieds nus en direction d'un affleurement de rochers qui surplombe la plage.

Je m'assieds et je me retourne pour voir le trajet que j'ai effectué. La plage est longue et plate, le sable grossier, parsemé de petits coquillages. Derrière moi, des falaises grises mènent aux rochers où je suis assise et d'autres roches s'enfoncent dans l'eau, devant moi. Tout est parfaitement désert, mais j'entends les rires d'une petite fille dans la brise fraîche. Je vois un flash de cheveux blonds, plus bas, sur le rivage, et je me relève des rochers pour courir vers la plage. Je m'oriente grâce à l'écho des éclats de rire et je cours de plus en plus vite, jusqu'à ce que mes poumons se mettent à brûler. Je m'arrête juste au bord de l'eau et j'observe les vagues lécher le rivage. Je suis seule. Voilà comment c'est : il suffit d'une certaine lumière, d'un son particulier, et je les retrouve tout près de moi, ces gens du passé. Dans l'excitation du souvenir, je suis de nouveau elle, mais le moment s'évanouit aussitôt, et me voilà de retour dans le présent, avec rien d'autre dans les mains que la douleur renouvelée de tout ce que j'ai perdu.

C'est là que je repense au message que j'ai inscrit à l'intérieur de *L'Épouse modèle*, sur la dernière page, et qui attend d'être découvert. Peut-être que personne ne les lira jamais, mais il y avait des mots que j'avais besoin de dire. Je ne peux réprimer un sourire en songeant à Katya, attrapant le livre sur une étagère dans un moment de calme au milieu du chaos de la maternité, et découvrant mon écriture. Peut-être qu'elle révélera à Kylan que j'ai tout de même fait mes adieux, et que j'étais heureuse pour eux. Qu'avoir mon fils a été la plus belle chose qui me soit jamais arrivée et que, pour lui, je n'allais rien changer. Et j'espère que, peut-être, ils comprendront ce que je suis sur le point de faire.

Je jette un dernier regard derrière moi, mais la plage est déserte. Je commence à me diriger le long de l'eau, vers les rochers. En grimpant par-dessus pour passer de l'autre côté, je me sens ramenée à nos vacances sur l'île, quand j'ai marché jusqu'à l'eau en craignant de tomber à chaque instant. Une fois que je suis assez loin, j'ôte mes vêtements et je les plie en un petit tas bien net. Je m'assieds, attentive aux vagues qui se brisent. Je contemple l'eau noire pendant un moment, puis je me laisse glisser.

Remerciements

J'aimerais remercier les personnes suivantes :

Toute l'équipe de Picador, qui m'a tout de suite donné l'impression d'être en famille. Ma merveilleuse éditrice, Francesca Main, pour ses pensées attentives et pour m'avoir incitée à tirer le meilleur de cet ouvrage. Jennifer Weis et Mollie Traver chez St Martin's Press pour leurs commentaires et leur perspicacité.

Toute l'équipe de Toby Eady Associates pour m'avoir éclairée sur l'industrie du livre et m'avoir prise sous leur aile. Jamie Coleman pour son humour, sa patience et son génie. Zaria Rich pour sa disponibilité et ses conseils. Nicole pour sa chaleur, son efficacité et ses innombrables tasses de thé. Toby Eady pour sa sagesse astucieuse. Samar Hamman pour sa franchise, son honnêteté et sa gentillesse. Jennifer Joel et Clay Ezell chez ICM; Marco Vigevani et Jan Michael pour le travail acharné qu'ils ont fourni pour moi.

Le Dr Simone Hughes chez Creative Focus et le Dr Diana Lalor au Cottestloe Counselling Centre pour leurs précieuses informations concernant les réalités du syndrome de choc post-traumatique. D'innombrables livres et articles ont servi à la rédaction de cet ouvrage, mais j'aimerais tout spécialement mentionner *Trauma and Recovery* du Dr Judith Hermann et tout particulièrement ses travaux sur les effets de la capitivité.

Les professeurs Andrew Motion et Susanna Jones pour leurs encouragements pendant ma maîtrise en écriture créative au Royal Holloway. Kat Gordon, Tom Feltham, Carolina Gonzalez-Carvajal, Rebecca Lloyd James, Lucy Hounsom, Liz Gifford et Liza Klaussmann. Ellie Guttridge au bureau de presse pour avoir passé le mot.

Les professeurs de la Withington Girl's School, en particulier Jen Baylis, Sarah Haslam, Diane Whitehead et Janet Pickering. Laura Firth pour son travail acharné.

L'équipe Chapman. Mes parents, qui ont ma reconnaissance éternelle. Rosie, première lectrice avisée et grande amie. Nick, pour ce premier avis dithyrambique (« Je n'aurais jamais lu ça si ma sœur ne l'avait pas écrit »).

Mes amis. Tout particulièrement Kate Yateman-Smith, pour m'avoir promis qu'on s'enfuirait ensemble. Nemira Gasiunas pour ses bonbons à la menthe douce et son soutien. Kate Antrobus pour ses innombrables cartes de félicitations. Katia Sand pour le Postmodern Club. Claire Weir pour son excellente photographie. Tomek Mossakowski, mon expert de la Scandinavie.

Ben Mosey parce qu'il est ce qu'il est, et qu'il me rappelle que je ne suis pas une machine.

Dans la même collection

Svetlana Alexievitch, *Ensorcelés par la mort*. Traduit du russe par Sophie Benech.

Vladimir Arsenijević, *À fond de cale*. Traduit du serbo-croate par Mireille Robin.

Trezza Azzopardi, *La Cachette*. Traduit de l'anglais par Édith Soonckindt.

Trezza Azzopardi, *Ne m'oubliez pas*. Traduit de l'anglais par Édith Soonckindt.

Kirsten Bakis, *Les Chiens-Monstres*. Traduit de l'anglais (États-Unis) par Marc Cholodenko.

Sebastian Barry, *Les Tribulations d'Eneas McNulty*. Traduit de l'anglais (Irlande) par Robert Davreu.

Saul Bellow, *En souvenir de moi*. Traduit de l'anglais (États-Unis) par Pierre Grandjouan.

Saul Bellow, *Tout compte fait. Du passé indistinct à l'avenir incertain*. Traduit de l'anglais (États-Unis) par Philippe Delamare.

Alessandro Boffa, *Tu es une bête, Viskovitz*. Traduit de l'italien par Nathalie Bauer.

Joan Brady, *L'Enfant loué*. Traduit de l'anglais par Pierre Alien. Prix du Meilleur Livre Étranger 1995.

Joan Brady, *Peter Pan est mort*. Traduit de l'anglais par Marc Cholodenko.

Joan Brady, *L'Émigré*. Traduit de l'anglais par André Zavriew.

Lucy Caldwell, *Le Point de rencontre*. Traduit de l'anglais par Josée Kamoun.

Peter Carey, *Jack Maggs*. Traduit de l'anglais (Australie) par André Zavriew.

Peter Carey, *Oscar et Lucinda*. Traduit de l'anglais (Australie) par Michel Courtois-Fourcy.

Peter Carey, *L'Inspectrice*. Traduit de l'anglais (Australie) par Marc Cholodenko.

Peter Carey, *Un écornifleur (Illywhacker)*. Traduit de l'anglais (Australie) par Jean Guiloineau.

Peter Carey, *La Vie singulière de Tristan Smith*. Traduit de l'anglais (Australie) par André Zavriew.

Peter Carey, *Ma vie d'imposteur*. Traduit de l'anglais (Australie) par Élisabeth Peellaert.

Peter Carey, *Véritable histoire du Gang Kelly*. Traduit de l'anglais (Australie) par Élisabeth Peellaert. Prix du Meilleur Livre Étranger 2003.

Sandra Cisneros, *Caramelo*. Traduit de l'anglais (États-Unis) par Rémy Lambrechts.

Kate Clanchy, *Crème anglaise*. Traduit de l'anglais par Cyrielle Ayakatsikas.

Martha Cooley, *L'Archiviste*. Traduit de l'anglais (États-Unis) par André Zavriew.

Fred D'Aguiar, *La Mémoire la plus longue*. Traduit de l'anglais (États-Unis) par Gilles Lergen.

Jonathan Dee, *Les Privilèges*. Traduit de l'anglais (États-Unis) par Élisabeth Peellaert.

Jonathan Dee, *La Fabrique des illusions*. Traduit de l'anglais (États-Unis) par Anouk Neuhoff.

Jonathan Dee, *Mille Excuses*. Traduit de l'anglais (États-Unis) par Élisabeth Peellaert.

Junot Díaz, *Comment sortir une Latina, une Black, une blonde ou une métisse*. Traduit de l'anglais (États-Unis) par Rémy Lambrechts.

Junot Díaz, *La Brève et Merveilleuse Vie d'Oscar Wao*. Traduit de l'anglais (États-Unis) par Laurence Viallet.

Junot Díaz, *Guide du loser amoureux*. Traduit de l'anglais (États-Unis) par Stéphane Roques.

Edward Docx, *Le Calligraphe*. Traduit de l'anglais par Marie-Claire Pasquier.

Albert Drach, *Voyage non sentimental*. Traduit de l'allemand par Colette Kowalski.

Stanley Elkin, *Le Royaume enchanté*. Traduit de l'anglais (États-Unis) par Claire Maniez et Marc Chénetier.

Nathan Englander, *Pour soulager d'irrésistibles appétits*. Traduit de l'anglais (États-Unis) par Élisabeth Peellaert.

Nathan Englander, *Le Ministère des Affaires spéciales*. Traduit de l'anglais (États-Unis) par Élisabeth Peellaert.

Nathan Englander, *Parlez-moi d'Anne Frank*. Traduit de l'anglais (États-Unis) par Élisabeth Peellaert.

Jeffrey Eugenides, *Les Vierges suicidées*. Traduit de l'anglais (États-Unis) par Marc Cholodenko.

Kitty Fitzgerald, *Le Palais des cochons*. Traduit de l'anglais par Bernard Hœpffner.

Susan Fletcher, *Avis de tempête*. Traduit de l'anglais par Marie-Claire Pasquier.

Susan Fletcher, *La Fille de l'Irlandais*. Traduit de l'anglais par Marie-Claire Pasquier.

Susan Fletcher, *Un bûcher sous la neige*. Traduit de l'anglais par Suzanne Mayoux.

Susan Fletcher, *Les Reflets d'argent*. Traduit de l'anglais par Stéphane Roques.
Dario Fo, *Le Pays des Mezaràt*. Traduit de l'italien par Nathalie Bauer.
Erik Fosnes Hansen, *Cantique pour la fin du voyage*. Traduit du norvégien par Alain Gnaedig.
Erik Fosnes Hansen, *La Tour des faucons*. Traduit du norvégien par Johannes Kreisler.
Erik Fosnes Hansen, *Les Anges protecteurs*. Traduit du norvégien par Lena Grumbach et Hélène Hervieu.
William Gaddis, *JR*. Traduit de l'anglais (États-Unis) par Marc Cholodenko.
William Gaddis, *Le Dernier Acte*. Traduit de l'anglais (États-Unis) par Marc Cholodenko.
William Gaddis, *Agonie d'agapè*. Traduit de l'anglais par Claro.
Eduardo Galeano, *Mémoire du feu,* tome I, *Les Naissances*. Traduit de l'espagnol par Claude Couffon.
Eduardo Galeano, *Mémoire du feu,* tome II, *Les Visages et les Masques*. Traduit de l'espagnol par Véra Binard.
Eduardo Galeano, *Mémoire du feu,* tome III, *Le Siècle du vent*. Traduit de l'espagnol par Véra Binard.
Petina Gappah, *Les Racines déchirées*. Traduit de l'anglais par Anouk Neuhoff.
Natalia Ginzburg, *Nos années d'hier*. Traduit de l'italien par Adrienne Verdière Le Peletier. Nouvelle édition établie par Nathalie Bauer.
Paul Golding, *L'Abomination*. Traduit de l'anglais par Robert Davreu.
Nadine Gordimer, *Le Safari de votre vie*. Nouvelles traduites de l'anglais par Pierre Boyer, Julie Damour, Gabrielle Rolin, Antoinette Roubichou-Stretz et Claude Wauthier.
Nadine Gordimer, *Feu le monde bourgeois*. Traduit de l'anglais par Pierre Boyer.
Nadine Gordimer, *Personne pour m'accompagner*. Traduit de l'anglais par Pierre Boyer.
Nadine Gordimer, *L'Écriture et l'Existence*. Traduit de l'anglais par Claude Wauthier.
Nadine Gordimer, *L'Arme domestique*. Traduit de l'anglais par Claude Wauthier et Fabienne Teisseire.
Nadine Gordimer, *Vivre dans l'espoir et dans l'Histoire*. Traduit de l'anglais par Claude Wauthier et Fabienne Teisseire.
Nadine Gordimer, *La Voix douce du serpent*. Traduit de l'anglais par Pierre Boyer, Julie Damour, Dominique Dussidour, Claude Wauthier.
Nadine Gordimer, *Le Magicien africain*. Traduit de l'anglais par Pierre Boyer, Julie Damour, Fabienne Teisseire et Claude Wauthier.
Lauren Groff, *Les Monstres de Templeton*. Traduit de l'anglais (États-Unis) par Carine Chichereau.
Lauren Groff, *Fugues*. Traduit de l'anglais (États-Unis) par Carine Chichereau.
Lauren Groff, *Arcadia*. Traduit de l'anglais (États-Unis) par Carine Chichereau.

Nikolai Grozni, *Wunderkind* Traduit de l'anglais par France Camus-Pichon.
Arnon Grunberg, *Douleur fantôme*. Traduit du néerlandais par Olivier Van Wersch-Cot.
Arnon Grunberg, *Lundis bleus*. Traduit du néerlandais par Tina Hegeman.
Allan Gurganus, *Bénie soit l'assurance*. Traduit de l'anglais (États-Unis) par Simone Manceau.
Allan Gurganus, *Et nous sommes à Lui*. Traduit de l'anglais (États-Unis) par Élisabeth Peellaert.
Allan Gurganus, *Lucy Marsden raconte tout*. Traduit de l'anglais (États-Unis) par Élisabeth Peellaert.
Allan Gurganus, *Les Blancs*. Traduit de l'anglais (États-Unis) par Simone Manceau et Élisabeth Peellaert.
Oscar Hijuelos, *Les Mambo Kings*. Traduit de l'anglais (États-Unis) par Pierre Alien et Jean Clem.
Nick Hornby, *Slam*. Traduit de l'anglais par Francis Kerline.
Nick Hornby, *À propos d'un gamin*. Traduit de l'anglais par Christophe Mercier.
Nick Hornby, *Carton jaune*. Traduit de l'anglais par Gabrielle Rolin.
Nick Hornby, *Conversations avec l'ange*. Traduit de l'anglais par Marie-Claire Pasquier.
Nick Hornby, *Haute Fidélité*. Traduit de l'anglais par Gilles Lergen.
Nick Hornby, *La Bonté : mode d'emploi*. Traduit de l'anglais par Isabelle Chapman.
Nick Hornby, *Vous descendez ?* Traduit de l'anglais par Nicolas Richard.
Aldous Huxley, *Le Meilleur des mondes*. Traduit de l'anglais par Jules Castier.
Aldous Huxley, *Temps futurs*. Traduit de l'anglais par Jules Castier et révisé par Hélène Cohen.
Aldous Huxley, *Retour au meilleur des mondes*. Traduit de l'anglais par Denise Meunier et révisé par Hélène Cohen.
Aldous Huxley, *Île*. Traduit de l'anglais par Mathilde Treger et révisé par Hélène Cohen.
Neil Jordan, *Lignes de fond*. Traduit de l'anglais (Irlande) par Gabrielle Rolin.
Nicholas Jose, *Pour l'amour d'une rose noire*. Traduit de l'anglais par Anne Rabinovitch.
Ken Kalfus, *Un désordre américain*. Traduit de l'anglais (États-Unis) par Marie-Hélène Dumas.
Ryszard Kapuściński, *Autoportrait d'un reporter*. Traduit du polonais par Véronique Patte.
Ryszard Kapuściński, *Cet Autre*. Traduit du polonais par Véronique Patte.
Ryszard Kapuściński, *Ébène*. Traduit du polonais par Véronique Patte.
Ryszard Kapuściński, *Imperium*. Traduit du polonais par Véronique Patte.
Ryszard Kapuściński, *La Guerre du foot*. Traduit du polonais par Véronique Patte.
Ryszard Kapuściński, *Mes voyages avec Hérodote*. Traduit du polonais par Véronique Patte.

Ryszard Kapuściński, *Le Christ à la carabine*. Traduit du polonais par Véronique Patte.
Francesca Kay, *Saison de lumière*. Traduit de l'anglais par Laurence Viallet.
Francesca Kay, *Le Temps de la Passion*. Traduit de l'anglais par Carine Chichereau.
Wolfgang Koeppen, *Pages du journal de Jacob Littner écrites dans un souterrain*. Traduit de l'allemand par André Maugé.
Jerzy Kosinski, *L'Ermite de la 69e Rue*. Traduit de l'anglais (États-Unis) par Fortunato Israël.
Hari Kunzru, *Mes révolutions*. Traduit de l'anglais par Marie-Hélène Dumas.
Harriet Lane, *Le Beau Monde*. Traduit de l'anglais par Amélie de Maupeou.
John Lanchester, *Chers voisins*. Traduit de l'anglais par Anouk Neuhoff avec la collaboration de Suzy Borello.
Barry Lopez, *Les Dunes de Sonora*. Traduit de l'anglais (États-Unis) par Suzanne V. Mayoux.
James Lord, *Cinq Femmes exceptionnelles*. Traduit de l'anglais (États-Unis) par Pierre Leyris et Edmonde Blanc.
Patrick McCabe, *Le Garçon boucher*. Traduit de l'anglais (Irlande) par Édith Soonckindt.
Norman Mailer, *L'Amérique*. Traduit de l'anglais (États-Unis) par Anne Rabinovitch.
Norman Mailer, *L'Évangile selon le fils*. Traduit de l'anglais (États-Unis) par Rémy Lambrechts.
Norman Mailer, *Oswald. Un mystère américain*. Traduit de l'anglais (États-Unis) par Pierre Grandjouan.
Norman Mailer, *Un château en forêt*. Traduit de l'anglais (États-Unis) par Gérard Meudal.
Salvatore Mannuzzu, *La Procédure*. Traduit de l'italien par André Maugé.
Salvatore Mannuzzu, *La Fille perdue*. Traduit de l'italien par Nathalie Bauer.
Valerie Martin, *Mary Reilly*. Traduit de l'anglais (États-Unis) par Annie Saumont.
Daniel Mason, *Un lointain pays*. Traduit de l'anglais (États-Unis) par Isabelle Chapman.
Paolo Maurensig, *Le Violoniste*. Traduit de l'italien par Nathalie Bauer.
Piero Meldini, *L'Antidote de la mélancolie*. Traduit de l'italien par François Maspero.
Lisa Moore, *Février*. Traduit de l'anglais (Canada) par Carole Hanna.
Jess Mowry, *Hypercool*. Traduit de l'anglais (États-Unis) par Pierre Alien.
Péter Nádas, *Amour*. Traduit du hongrois par Georges Kassai et Gilles Bellamy.
Péter Nádas, *La Fin d'un roman de famille*. Traduit du hongrois par Georges Kassai.
Péter Nádas, *Le Livre des mémoires*. Traduit du hongrois par Georges Kassai. Prix du Meilleur Livre Étranger 1999.

Péter Nádas, *Minotaure*. Traduit du hongrois par Georges Kassai et Gilles Bellamy.

Péter Nádas, *Histoires parallèles*. Traduit du hongrois par Marc Martin (avec la collaboration de Sophie Aude).

V. S. Naipaul, *L'Inde. Un million de révoltes*. Traduit de l'anglais par Béatrice Vierne.

V. S. Naipaul, *La Traversée du milieu*. Traduit de l'anglais par Marc Cholodenko.

V. S. Naipaul, *Un chemin dans le monde*. Traduit de l'anglais par Suzanne V. Mayoux.

V. S. Naipaul, *La Perte de l'Eldorado*. Traduit de l'anglais par Philippe Delamare.

V. S. Naipaul, *Jusqu'au bout de la foi. Excursions islamiques chez les peuples convertis*. Traduit de l'anglais par Philippe Delamare.

V. S. Naipaul, *La Moitié d'une vie*. Traduit de l'anglais par Suzanne V. Mayoux.

V. S. Naipaul, *Semences magiques*. Traduit de l'anglais par Suzanne V. Mayoux.

Tim O'Brien, *À la poursuite de Cacciato*. Traduit de l'anglais (États-Unis) par Yvon Bouin.

Tim O'Brien, *À propos de courage*. Traduit de l'anglais (États-Unis) par Jean-Yves Prate. Prix du Meilleur Livre Étranger 1993.

Tim O'Brien, *Au lac des Bois*. Traduit de l'anglais (États-Unis) par Rémy Lambrechts.

Tim O'Brien, *Matou amoureux*. Traduit de l'anglais (États-Unis) par Rémy Lambrechts.

Jayne Anne Phillips, *Camp d'été*. Traduit de l'anglais (États-Unis) par André Zavriew.

David Plante, *American stranger*. Traduit de l'anglais par Laurence Viallet.

David Plante, *L'Amant pur. Mémoires de la douleur*. Traduit de l'anglais (États-Unis) par Amélie de Maupeou.

Salman Rushdie, *Est, Ouest*. Traduit de l'anglais par François et Danielle Marais.

Salman Rushdie, *Franchissez la ligne*... Traduit de l'anglais par Philippe Delamare.

Salman Rushdie, *Furie*. Traduit de l'anglais par Claro.

Salman Rushdie, *Haroun et la Mer des histoires*. Traduit de l'anglais par Jean-Michel Desbuis.

Salman Rushdie, *La Honte*. Traduit de l'anglais par Jean Guiloineau.

Salman Rushdie, *La Terre sous ses pieds*. Traduit de l'anglais par Danielle Marais.

Salman Rushdie, *Le Dernier Soupir du Maure*. Traduit de l'anglais par Danielle Marais.

Salman Rushdie, *L'Enchanteresse de Florence*. Traduit de l'anglais par Gérard Meudal.

Salman Rushdie, *Le Sourire du jaguar*. Traduit de l'anglais par Anne Rabinovitch.

Salman Rushdie, *Les Enfants de minuit.* Traduit de l'anglais par Jean Guiloineau.
Salman Rushdie, *Les Versets sataniques.* Traduit de l'anglais par A. Nasier.
Salman Rushdie, *Shalimar le clown.* Traduit de l'anglais par Claro.
Salman Rushdie, *Luka et le Feu de la Vie.* Traduit de l'anglais par Gérard Meudal.
Salman Rushdie, *Joseph Anton.* Traduit de l'anglais par Gérard Meudal.
Paul Sayer, *Le Confort de la folie.* Traduit de l'anglais par Bernard Hœpffner.
Francesca Segal, *Les Innocents.* Traduit de l'anglais par Christine Rimoldy.
Maria Semple, *Bernadette a disparu.* Traduit de l'anglais (États-Unis) par Carine Chichereau.
Diane Setterfield, *Le Treizième Conte.* Traduit de l'anglais par Claude et Jean Demanuelli.
Donna Tartt, *Le Maître des illusions.* Traduit de l'anglais (États-Unis) par Pierre Alien.
Donna Tartt, *Le Petit Copain.* Traduit de l'anglais (États-Unis) par Anne Rabinovitch.
Donna Tartt, *Le Chardonneret.* Traduit de l'anglais (États-Unis) par Édith Soonckindt.
Marcel Theroux, *Au nord du monde.* Traduit de l'anglais par Stéphane Roques.
Marcel Theroux, *Jeu de pistes.* Traduit de l'anglais par Stéphane Roques.
Mario Tobino, *Trois Amis.* Traduit de l'italien par Patrick Vighetti.
Pramoedya Ananta Toer, *Le Fugitif.* Traduit de l'indonésien par François-René Daillie.
Hasan Ali Toptaş, *Les Ombres disparues.* Traduit du turc par Noémi Cingöz.
Rose Tremain, *Les Ténèbres de Wallis Simpson.* Traduit de l'anglais par Claude et Jean Demanuelli.
Rose Tremain, *Retour au pays.* Traduit de l'anglais par Claude et Jean Demanuelli.
Joanna Trollope, *Les Vendredis d'Eleanor.* Traduit de l'anglais par Isabelle Chapman.
Joanna Trollope, *La Deuxième Lune de miel.* Traduit de l'anglais par Isabelle Chapman.
Dubravka Ugrešić, *L'Offensive du roman-fleuve.* Traduit du serbo-croate par Mireille Robin.
Dubravka Ugrešič, *Dans la gueule de la vie.* Traduit du serbo-croate par Mireille Robin.
Sandro Veronesi, *La Force du passé.* Traduit de l'italien par Nathalie Bauer.
Serena Vitale, *Le Bouton de Pouchkine.* Traduit de l'italien par Jacques Michaut-Paternò. Prix du Meilleur Livre Étranger 1998.
Edith Wharton, *Les Boucanières.* Traduit de l'anglais (États-Unis) par Gabrielle Rolin.
Edmund White, *City Boy.* Traduit de l'anglais (États-Unis) par Philippe Delamare.
Edmund White, *Écorché vif.* Traduit de l'anglais (États-Unis) par Élisabeth Peellaert et Marc Cholodenko.

Edmund White, *Fanny*. Traduit de l'anglais (États-Unis) par Anne Rabinovitch.

Edmund White, *La Bibliothèque qui brûle*. Traduit de l'anglais (États-Unis) par Philippe Delamare.

Edmund White, *La Symphonie des adieux*. Traduit de l'anglais (États-Unis) par Marc Cholodenko.

Edmund White, *L'Homme marié*. Traduit de l'anglais (États-Unis) par Anne Rabinovitch.

Edmund White, *Mes vies*. Traduit de l'anglais (États-Unis) par Philippe Delamare.

Edmund White, *Hotel de Dream*. Traduit de l'anglais (États-Unis) par André Zavriew.

Edmund White, *Jack Holmes et son ami*. Traduit de l'anglais (États-Unis) par Céline Leroy.

David Whitehouse, *Couché*. Traduit de l'anglais par Olivier Deparis.

Jeanette Winterson, *Écrit sur le corps*. Traduit de l'anglais par Suzanne Mayoux.

Jeanette Winterson, *Le Sexe des cerises*. Traduit de l'anglais par Isabelle Delors-Philippe.

Jeanette Winterson, *Art et Mensonges*. Traduit de l'anglais par Isabelle Delors-Philippe.

Tobias Wolff, *Un mauvais sujet*. Traduit de l'anglais (États-Unis) par Anouk Neuhoff.

Tobias Wolff, *Dans l'armée de Pharaon*. Traduit de l'anglais (États-Unis) par Rémy Lambrechts.

Tobias Wolff, *Portrait de classe*. Traduit de l'anglais (États-Unis) par Élisabeth Peellaert.

Tobias Wolff, *Retour au monde*. Traduit de l'anglais (États-Unis) par Rémy Lambrechts.

Pedro Zarraluki, *Un été à Cabrera*. Traduit de l'espagnol par Laurence Villaume.

*Cet ouvrage a été composé par CPI Firmin Didot
et imprimé en France par CPI Bussière
à Saint-Amand-Montrond (Cher)
pour le compte des Éditions Plon
12, avenue d'Italie
Paris 13e
en avril 2014*

Imprimé en France

Dépôt légal : mai 2014
N° d'impression : 2008817